Walter REED

VALPARAÍSO

III: Y Eileen con su
anillo de Mizpah

Primera edición: 2022
ISBN: Amazon:9798417163999
Copyright © Walter REED
Fotografía de portada:
Eileen Coleman con su traje de novia
Revisión, diseño, portada y maquetación: Walter REED

Se internó en el bosque de la vida,

Y jamás encontró la salida.

Walter REED

Chileno-español, nacido en Valparaíso, Chile en 1951. Ha escrito desde que supo, ahora cosecha lo escrito. Tiene 5 libros publicados: «Edwyn C. Reed y el archivador rojo» (Editorial Lulú, España. Es una biografía), «Joseph Louis, the King» (Editorial Austin Mc Cauley, en Inglaterra. Es un cuento infantil), «Si se puede, tengo la oportunidad o me dejan» (Editorial Letra Minúscula, en España. Es una novela), «Valparaíso, olor a mar azucarado» (Amazon. Primera novela de la trilogía acerca de Valparaíso), «Valparaíso, mi secreto ahora es tuyo» (Amazon. Segunda novela de la trilogía acerca de Valparaíso. Presenta en esta oportunidad la tercera novela de la trilogía.

Ha recibido diversos galardones literarios: en Chile, España e Inglaterra. Nada de esto impide que se le suban los humos a la cabeza. Es más, continúa escribiendo como un obrero. Tiene sin publicar aún: novelas, teatro, poesía, cuentos, otros cuentos infantiles, ensayos, biografías... Es multifacético, por lo que su público es muy diverso.

----

www.walter-reed.blog   Info@walter-reed.blog
Socio 3284 SECH: Sociedad de Escritores de Chile

Índice

Año 1932

Santiago, viernes 6 de mayo de 1932

William agradeció a Eileen, el envío de aquella música de Maurice Chevalier, que tanto le gustaba. Aunque esta aún no llegaba a sus manos, estaría por llegar. El retraso se había producido ya que ella no había utilizado, como con las cartas, la casilla postal de William: 4152, que habría sido el camino más expedito. Y también—por qué no decirlo—debido a que, en el pensionado de curas, solía perderse la correspondencia.

El día anterior se fue de Valparaíso como arrancando, precipitadamente, sin despedirse siquiera, igual que aquel que huye de la justicia. Esto se hizo sin ninguna planificación previa, decidido de repente, tras haber recibido un llamado por cable de un compañero de la escuela de medicina: René Fontaine. Donde le anunciaba que las clases—suspendidas entonces por turbulencias políticas—se reanudaban al día siguiente. No tuvo tiempo más que para preparar las maletas del zarpe la madrugada siguiente.

Los acontecimientos se presentaron de esa forma, por sí mismos. Él no tenía ningún deseo de que esta fuga veloz fuera interpretada por Eileen como una argucia para obtener beneficios sociales en la capital. <La gente capitalina, le parecía, muy «siútica» and beside, the girls are not half as nice as they are in Valparaíso, y comparadas, las chicas no son ni la mitad de «dijes» como son las de Valparaíso>, pensaba William.

Era un muchacho muy voluntarioso y amigo de sus amigos; siempre predispuesto para cualquier favor que sus amistades requirieran de él. Una de sus amigas de Santiago, Alicia, «Reina» para los suyos, era muy amistosa con él, cosa que Eileen sabía, pero nada podía decir: Eileen y William eran solo buenos amigos. William no pensaba sucumbir a los encantos, poco disimulados de la Reina. Tampoco olvidaba al grupo de amigos de Valparaíso y las «charming young ladies», <encantadoras jovencitas>, del cerro Alegre.

When I got the music, I'll let you know, <cuando tenga la música, te lo haré saber>, escribió finalmente a Eileen.

§

Santiago, domingo 28 de agosto, de 1932

Fueron tres meses de arduos estudios para William en su tercer año de carrera: química aplicada, anatomía, fisiología. Mientras que, para Eileen, en su quinto año de humanidades en el Liceo No 2, no lo era menos: lengua castellana, álgebra, biología molecular. A pesar de ello, la correspondencia entre ambos iba y venía con cariñosa regularidad. El país se estaba viendo perturbado por constantes huelgas políticas y pérdidas de las garantías constitucionales.

Un buen día, o malo—por las consecuencias—William decidió—en un acto pueril—, enviar un anónimo a Eileen, diciéndole:

—Me temo que tendré que decirle, señorita Eileen, que lamento mucho sus malos gustos para entablar amistad —. Había sido un desafortunado hecho en que se vio casi obligado, por responder a un anónimo recibido por él en el que le decían:

—A Eileen tú le agradas bastante, es verdad, pero más, otro muchacho que es de Valparaíso —. Por alguna mala varita mágica, William había interpretado que aquel «papel sin nombre», aunque no provenía de Eileen, encerraban una verdad. Ahí estuvo su error, actuó de manera precipitada. Debió haber tenido más calma y astucia. Debía disculparse con Eileen, y así lo hizo. Ella se había dado cuenta—por intuición femenina—el matasellos del correo y el tipo de papel, que había sido William. Y este no lo negó. Se disculpó. Era de comprender el estado anímico en que el muchacho había quedado luego de aquella lectura. Ambos debían, entonces, olvidar las calumnias vertidas en miras a la buena amistad que estaba renaciendo entre ellos. Le dijo a Eileen, que suponía que no podía ser ninguna de sus amigas, ya que ellas eran buenas niñas; pero guardaba unas reservas. ¿Podría haber sido la Reina? prefirió pensar que no y dejar el asunto hasta ahí. De cualquier forma, haya sido quien haya sido, intentando hacer que ellos dejaran de ser amigos, había logrado lo contrario: Que se estimaran más, si cabe.

Esa amistad iba creciendo. Eileen siempre con unas—se podrían llamar—lógicas reservas femeninas: William era un hombre de 21 años, y debía ir adquiriendo experiencia en las cosas del amor. Le parecía un joven, además de muy atractivo, bien vestido, culto, inteligente, y muy alegre, siempre de buen humor, lo que ella interpretaba como que él le restaba importancia a todo: algo superficial en ese sentido. Cuán equivocada se encontraba la joven Eileen. William tenía una gran capacidad sicológica y poder de convicción—que más adelante—ella misma comprobaría. Le bastaba tan solo mirar a las personas que lo rodeaban, para saber, con pequeñísimos márgenes de error, cómo eran los que lo rodeaban o hablaban con él. Eileen, presentía aquello, y era lo que más le atraía, pero al mismo tiempo, temía. Seguir adelante hasta el infinito con él. <¿Y si con el tiempo, ese poder psicológico, de temor-atracción se volvía contra suya>?, pensaba.

William continuó recibiendo misivas con calumnias, que leía, pero luego tiraba a la basura. Conocía a Eileen. La transparencia de sus ojos era de una niña potencialmente buena y generosa, en ninguna otra había descubierto una mirada celestial igual.

Preguntó, finalmente William a Eileen, que le averiguara algo sobre una propaganda que había recibido, de un malón que se haría el salón alemán, del cerro Concepción. Eileen, indudablemente que averiguaría lo que fuera menester, ya que esa sería una muy buena oportunidad de verlo y poder reservarle un baile de la velada. Debía, por tanto, hacer caso a su viuda mamá, doña Rhoda, estudiar álgebra concienzudamente: estudio y fiesta era su lema.

§

Santiago, viernes 2 de septiembre de 1932

El trato entre ellos era de un estricto «usted», se «usteaban». Nada averiguó Eileen sobre aquella fiesta, nada le comunicó a William, por tanto. El tiempo transcurrido hacía presumir al entendimiento del muchacho, que el malón había quedado en nada. Pero al día siguiente, viajaría a Valparaíso, en el tren «Ordinario"» y podría así, estar en directo ante cualquier ensayo de fiesta.

Una amiga de Eileen: Amor, le escribía al pensionado regularmente, y esta vez no le había contestado su última correspondencia. La confesión se la hizo directamente a Eileen. No deseaba responder aquella larga carta con tantas preguntas, que, de haberlo hecho, debía entrar en confidencias. Le dijo que señalara a la Amor su agradecimiento por las lindas fotografías recibidas y sobre todo la que le había dedicado. ¡Que le dijera lo que se le ocurriera!, terminó diciéndole finalmente a aquella hermosa chiquilla de ojos azules, que entristecieron al «sospechar», que su amiga podría estarla traicionando con William. Pero claro, nada más que una linda amistad había entre Eileen y William, ¿de qué se podía enfadar con la Amor?

No le interesaba a William continuar *usteando* a Eileen, deseaba tutearla, pero si ella lo *usteaba* a él, ¿Qué podía hacer? Solo una cosa, he de proponerle que lo tuteara. Y lo hizo. Comenzó de *motu-proprio* a tratarla de tú, con olvidos ocasionales, que fueron pasando inadvertidos, en algunos diálogos carteados:

—Deseo que me escribas seguido —, le decía William.

—Pero se, perdón, te aburrirás —Respondía con recato Eileen.

—Jamás me aburriré de leer tus lindas cartitas —respondió tiernamente el muchacho.

—De todas formas, no puedo escribirte muy seguido, ya que tengo álgebra todos los días, y eso me tiene muy ocupada.

—Preferiría de que no tuvieras álgebra todos los días, para que así pudieras escribirme y tener el gusto de recibir tus cartas.

—Pero tengo.

—Cuando puedas, escríbeme, que será siempre una alegría para mí. Me ha llegado la música, thanks <gracias>.

§

Santiago, lunes 5 de septiembre de 1932

Ese día había amanecido muy primaveral. La cordillera de Los Andes brillaba al este de la capital pintada por el sol. En el cielo transparente de Santiago, se veían los volantines bailando al ritmo de la tenue brisa, martillada por los *mocosos* tirando de los hilos del número cero, curados con fino cristal, en el intento—vano a veces—, de querer ganar la comisión y botar por tierra a su contrincante.

William se levantó muy temprano para asistir a la clase de fisioterapia muscular y luego ir a la librería Nascimento, cerca de la Catedral, a fin de buscarle a la Amor, aquella *"dama de los ojos verdes"*, un libreto. Le había escrito pidiéndole auxilio, debía presentar una comedia en el Kindergarten del colegio inglés. Necesitaba algo corto que reuniera las condiciones de entretener a los niñitos, para la fiesta de aniversario del colegio que era el sábado 17. Como no tenía ni nombre de la obra, ni autor, estaba claro que quedaba a manos de él la decisión, que sin lugar a duda sería del agrado de todos, como comprobaremos más adelante que así lo fue.

Cuando iba por la calle Estado, una de las más céntricas de la capital, se oyó un ruido de bocina de coche, muy estridente, parecía una revolución. Todos corrían al pasar de una acera a otra para ver de qué se trataba el problema. Después de caminar como una cuadra, llegó al auto que tanta bulla hacía. Estaba estacionado, esperando a su conductor, y dentro de él, había un chiquitín, vestido de marinero, todo de blanco, que se entretenía en hacer sonar el claxon. Era ortofónico: fuerte y nítido. Digno de un camión de bomberos o de una ambulancia de la asistencia pública o bien de un vehículo de la policía: los carabineros. El peneca no era poseedor de más de 2 años y medio—sin embargo—era el «hombre del momento» y todos estaban preocupados por él, William incluido. Se formó entre el estupor y la estridencia, una risa generalizada, a la que cualquiera se hubiera adherido de haber *estado en Estado*—nunca mejor dicho— le contó luego por carta a Eileen. La inocente mamá del niñito compraba ignorando aquella situación.

§

Santiago, miércoles 7 de septiembre de 1932

<¡Hoy es un gran día!, mejor que el de ayer, ¡pero peor que el de mañana!>, pensaba William. Era el día de su cumpleaños número 21. Como en la Universidad de Chile estaban con bolinas de huelga, aprovecharon la coyuntura para no asistir clases ninguno de los del pensionado de curas. Todos le prepararían una fiesta a su mejor compañero, al más amable, al mejor amigo, al más entretenido. Comenzaría las actuaciones de canto. René Fontaine, con quien compartía cuarto por esa semana, ya que la habitación de él, la estaban pintando; hizo imitaciones de Maurice Chevalier, con gran éxito. Luego vendrían chistes e imitaciones de los distintos personajes de sus vidas

de estudiantes: profesores de la universidad, no se salvó ni el mismo cura, director del pensionado, que hizo reír a todos hasta al fraile que cocinaba y les había preparado platos especiales. Se acordaron cuando un día, el curso completo de anestesiología del profesor Kahn no asistió, y en su lugar dejaron a un burro en la sala. Miraban en lo alto del anfiteatro, con las puertas de acceso entornadas, para otear la reacción del señor Kahn cuando, puntualmente, a las 10:00 a.m. hiciera su acceso por la puerta que él utilizaba. Entró, miró al burro, espero los cinco minutos reglamentarios, y se fue. El día de la clase siguiente, desde luego fueron todos. Se miraban aguantando la risa y esperando qué les diría aquel profesor con acento extranjero, lo que no demoró.

—Como en la clase anterior vino solo uno de ustedes, deberé repetirla, abran sus libros.

Esta y otras anécdotas hicieron un día muy diferente y de confraternidad en el pensionado. Recibió muchos regalos, incluso de parte de su familia.

Una de las cosas que más le gustó a William, fue el haber recibido el *libro «The Clue of the Silver Key»* <La Clave de la Llave de Plata> de Edgard Wallace, que le envió de regalo Eileen, y que le llegó oportunamente. Fue tal la alegría de este regalo, que incluso se atrevió a cantar. Nunca lo hacía, todos lo creían muy serio e incapaz de aquello. «That wasn't quite sober», <Eso no fue completamente serio>, pensaba William.

También tuvo el gusto de recibir una tarjetita de parte de la Amor, la que le agradeció por carta. Se acostó temprano y se puso a leer con gran placer.

§

Santiago, jueves 8 de septiembre de 1932

Ese nuevo amanecer también trajo sorpresas agradables: una cariñosa cartita de Eileen, que guardó en su cofre. Todas las guardaba enumeradas. Una carta escribía ella, otra contestaba él. Como comenzó la correspondencia, Eileen siempre iba delante de él en el intercambio de cartas, aunque ya ni siquiera esperaban recibir la del otro, sencillamente escribían regularmente.

Sentía, a pesar de su felicidad, que en el día de su cumpleaños le hubiera gustado estar en Valparaíso, en compañía de las personas que él estimaba desde siempre.

—Es, a pesar de estar aquí, motivo de un enorme placer y simpatía ver que me recuerdas mucho y me saludas en la forma como lo haces, Eileen querida —, escribió luego a aquellos ojos azules del cerro Alegre que lo enloquecían.

Ya se aproximaba la fecha de las vacaciones de *Fiestas Patrias*, exactamente el viernes 16, y le propuso a Eileen, ya que estaría en Valparaíso, organizar una caminata con amigos desde el cerro Alegre hasta «Silver Lake» <*el lago El Plateado*> o la playa de Laguna Verde. Esto sería el 18 o 19.

Nunca iba al biógrafo, lo haría el martes 13, sin ninguna superstición, vería «One hour with you» <una hora contigo> de Maurice Chevalier. Era un estreno. Intentaría aprenderse las canciones de memoria, para luego enviárselas a Eileen. Esa era otra de las grandes cualidades de él, su estupenda memoria.

William, muchos años antes, había cortado una gruesa caña que utilizaba para sus largas caminatas, excursiones y correrías por los cerros de Valparaíso, especialmente hacia el *Silver Lake*. Algunos años atrás, tres para ser exactos, para no dejarla abandonada a su suerte, y ya que se había ido a estudiar medicina, la regaló a Eileen, en un acto de verdadera generosidad. Este hecho había dado motivo a que Eileen comenzara la correspondencia con él: agradeciéndole el regalo. Siempre tenía a alguien detrás de él para que se lo regalara, pero el destino lo tenía preparado para Eileen. A ninguna otra quiso regalárselo, como si lo hubiera adivinado.

El interés, era que ese palo le pudiera servir a ella para hacer más llevaderas las largas caminatas, a modo de bastón.

—Es un «cane» <caña> muy útil, ya verás —, le dijo William cuando se lo entregó.

—¿No será para que me defienda de los muchachos y los corretee? —, quiso saber Eileen

—No, ustedes las niñas <a los 14 años, evidentemente lo era> tienen otras maneras de hacerse respetar sin tener que echar mano de un palo. Hasta con una mirada pueden amedrentar a cualquiera. Te doy ese palito para decirte esto en una forma que no te pareciera mal, y lo he logrado, parece —respondió William.

Indudablemente este era un muchacho captador de almas y de ideas.

Las cartas de Eileen continuaban siendo muy cariñosas, a veces en castellano y otras en inglés. Nunca supo William interpretar, a qué se debía el cambio de idioma al hacerlo, creo que sería una de las asignaturas pendientes que tenía, pero la verdad es que tampoco se ocupó de averiguarlo, como si no tuviera importancia, y efectivamente había acertado: no había ningún motivo especial.

—Te echo mucho de menos, George William —le decía utilizando sus dos nombres.

—No continúes diciéndome eso, que terminaré creyéndomelo —respondía feliz en su fuero interno y agrega—. También te echo de menos y quisiera estar siempre a tu lado, aunque sea solo para poder mirarte, no me canso de hacerlo —, respondió.

Esto le hizo merecedor de una fotografía de Eileen que, con el tiempo—veremos—se acumulaban en su cuarto.

—Eileen, he visto a Jorquera en el centro y me comentó que te vio el sábado 3 en las canchas de tenis del deportivo de Playa Ancha, y que tú no lo habías saludado, ¿Por qué fue eso? —preguntó extrañado.

—Lo que pasa es que estaba muy desarreglada y sudando con el juego, ¡Estaba atroz! —contestó la muchacha.

—No es una razón suficiente el haber estado jugando tenis. Siempre las niñas se ven mucho mejor cuando ellas creen estar peor. Para otra vez, *please* <por favor>, trátalo bien. Es una gran persona como hay pocas —finalizó William

No podía darle más lata, debía ir a clases. Pero antes le contó que el día de ayer lo había venido a saludar un amigo que se llama: Mauricio Chevrolata, a quien Eileen le había solicitado la letra de una canción llamada «Bonsoir» <Buenas Noches>. William, cuando lo supo, se lo agradeció en su nombre.

—No acepto los agradecimientos —, le dijo aquel, y le añadió, que él gozaba escribiendo canciones y mandar sus letras, pero «únicamente a la Eileen». William le dio un fuerte «Shake-hands» <apretón de manos> y lo felicitó por su buen gusto. Realmente no sabía dónde lo había conocido ella, pero lo encontró muy fresco. Días más adelante, cuando volvieron a encontrarse, tomando once en el café Olimpia, no hizo más que hablarle de Eileen. William confirmaba lo sospechado, era un fresco o algo así. Finalmente le escribió a Eileen:

— No estaré en circulación hasta el miércoles 15.

§

Santiago, lunes 12 de septiembre de 1932

Ese día había terminado de leer el libro que Eileen le había regalado: «The Clue of the Silver Key». Hasta el último, no se sabe cuál va a ser el fin de todo y al detective lo tuvieron medio asustado en una ocasión.

La verdad es que no le pensaba escribir hasta el miércoles 15, para no aburrirla y permitir que ella estudie álgebra, pero como ella misma se lo pidió, lo hizo antes.

Como se vería luego en Valparaíso, le daría las opiniones de Mauricio personalmente. También—al parecer—ella opinaba muy bien de ese amigo común, y así se lo hizo saber a William, pero, como no se habían vuelto a encontrar, ese recado no había podido llegar a su destino. De cualquier forma, sería esa una manera que Mauricio se sintiera ufano, contento y farsante cuando lo supiera. William dudaba enormemente dar ese recado. Por eso creyó más prudente no hacerlo. Y no lo hizo ni aún días después cuando se encontraron. Explicando a Eileen, que él lo conocía más que ella, pero que tampoco hablaría mal de él.

La Amor, con el cariño que la acostumbraba, le regaló a William una libreta, que agradeció por intermedio de Eileen, con el mensaje:

—Siempre son cosas útiles, que nunca están de más —. El regalo venía acompañado de una breve misiva para «ponerlo al día», de las reuniones del cerro Alegre. Había habido un malón en casa de los *Shaud*. Hubo discusiones y un grupo se separó y fue a terminar la reunión en casa de *Kinco*.

—¿Tú fuiste Eileen? —, le escribió preguntándole.

Nunca deseaba preguntar más de lo necesario. Pero quería saber a ciencia cierta todo lo concerniente a Eileen. Adónde iba, qué hacía, qué decía, con quién estaba, cualquier cosa para él era importante. Y pareciera que todos: amigos se encargaban de darle información sobre los pasos de aquella hermosa gringuita. Eileen por su parte, tenía un hermano dos años menor: Harry y una hermana, cuatro: Elsie. Su papá había nacido en Islington, Inglaterra, un pueblito muy cerca de Londres y había fallecido cuatro años atrás, el 23 de abril de 1929, en Valparaíso. Por tanto, Rhoda—su mamá—era una mujer viuda, y muy celosa con su hija Eileen. Mimada de su abuelita, tías, tíos y abuelito, a quien William mandó muchos saludos. Y después de su rúbrica agregó L.B.G., para que Eileen intentara, en vano, saber el significado de aquellas letras.

§

Pasó algún tiempo, algunos días, sin correspondencia entre ellos. William y Eileen, en esas fiestas patrias, estaban «algo peleados», distanciados por lo menos, ya que «la sangre no llegó al río». Aquella discusión, un tanto pueril, aparentemente había sido por iniciativa de Eileen. Pero debido a esas malas interpretaciones entre ambos.

§

Santiago 27 de septiembre, de 1932

Habían tenido unas largas permanencias juntos. Idas al biógrafo, tertulias con los amigos, un hermoso paseo el 18 a *Silver Lake*, todo aquello había incidido en que ya se podían considerar, abiertamente, una pareja de pololos oficiales. William tenía 6 hermanos: Alfredo, <por cumplir 18>, Enrique <inaugurando los 17>, Carlos <con 15>, Wilson <14>, Fernando <12> y Eduardo <9>; al paseo fueron solo Alfredo y Enrique.

La relación que tenían William y Eileen se iba a complicar, como con el pasar del tiempo se comprobará. Por una parte, estaba el Dr. Edwyn Reid, papá de William. Era hijo de un científico inglés nacido en Bristol, de un carácter muy fuerte y dominante. Su hijo mayor, también bautizado como Edwyn, había fallecido a los 21 años, el 2 de enero de 1927, escasos 5 años atrás, estudiando medicina, y por la infección producida por un corte, disecando un cadáver. El sueño de un médico es que el hijo mayor sea médico; como el primer hijo falleciera, el doctor se volcaba en que William siguiera la tradición familiar: que fuera médico. Y por la otra, Rhoda, la viuda madre de Eileen, que le parecía muy bien que su futuro yerno fuera un médico, pero la asustaba pensar siquiera que su hija pudiera casarse. Se conformaba pensando que aún faltaban 4 años para graduarse. Era tiempo suficiente. Ella no alimentaba—si podía— aquella relación.

Se habían levantado muy de madrugada para comenzar la caminata hacia el lago El Plateado. El centro de operaciones sería la casa de William. Desde allí, directamente hacia arriba, se iba por los cerros hasta llegar a un pequeño caminito que apenas podía pasar un coche, hasta el mismo lago. Disfrutaba el doctor y su esposa, doña Laura, viendo a todos los chicos aprontándose a un día de paseo por la naturaleza: «Es lo más saludable», decía el doctor mientras todos ponían sobre sus hombros los comestibles, los zumos, las cantimploras, las máquinas fotográficas y las guitarras. Alegría y bullicio. Eileen orgullosa, apoyada en la caña de bambú que le diera William, era la más radiante, «da más dije» <la más guapa>. William la sobreprotegía, no la dejó llevar ningún bulto aparte de la caña. Los demás comenzaban a envidiar a esa pareja. La Amor, los miraba sonriendo para sus adentros. Allá iban.

Los rostros de todos, a medida que avanzaba la caminata—cerro arriba—se les iba poniendo carmesí. Las casonas con sus jardines de jacarandas, geranios y hortensias habían quedado atrás. Aparecían, con la belleza primaveral, los sándalos, los rimúes y los coirones, a los pies de los eucaliptos, los aromos y los alerces. Mientras los gorriones y las garzas graznaban junto a los chirigües revoloteando por sobre las madreselvas, los litres y las zarzamoras que había por todo el camino.

—<¡Qué espectáculo más bello!> —, pensaba Eileen mientras en un vano intento, quiso coger entre sus dedos a una mariposa.

—Es una hermana que te viene a saludar —le dijo William.

Eileen, no comprendió aquellas palabras, le parecía que encerraban una metáfora. Otro de los enigmas de aquel joven, como las palabras que quería descifrar: L.B.G. que había puesto al final de la carta del 12 de septiembre. Prefirió preguntarle:

—¿Cómo que hermana?

—No te enojes, es un lepidóptero llamado: *Butleria Sotoi* (Reid). La descubrió el papá, es una especie muy poco conocida, a decir verdad, me extraña que la hayamos visto. Por eso te dije que era una hermana, mía, desde luego, ¡Que te venía a saludar!

Eileen quedó gratamente satisfecha de la explicación. El doctor, además de médico era un importante entomólogo de Valparaíso. Tenía en formación un gran museo particular en su mansión.

Todos hicieron una parada para beber, comer y descansar algo debajo de un fresco arrayán. Risas, algarabía, bulla y fotografías.

Tres compañeros del pensionado también estaban presentes en la caminata: Onetto, Poblete y René Fontaine. Mauricio no había sido invitado.

Una vez allá, se bañaron, nadaron y con la ayuda de Guillermo Villalón, el encargado del refugio permanente que junto al lago existía y que mantenía el club de Pesca y Caza de Valparaíso, procedieron a preparar un asado: era la sorpresa agradable que William les tenía a todos sus amigos. Como dije antes: William era muy buen amigo y querido por todos.

El número de chiquillos estaban a la par, por lo que se fueron afinando caracteres y las parejas se fueron formando: a la Amor, aquella «*dama de los ojos verdes*» no la abandonó Tommy (Tom), un muy buen amigo que le presentó William, a Poblete le gustó Alicia (la Reina) y así todos, pero sin lugar a equívocos: Eileen y William, era la más radiante y feliz pareja. Ella se dedicó a inmortalizar aquellas imágenes con su máquina fotográfica «Laica».

Fue una jornada estupenda para delinear futuras relaciones sentimentales. Una pelota que servía para jugar al *balonmano*, otra consistente en un gran globo forrado de diversos trocitos de lonas hexagonales de colores, que les permitía jugar al water-polo, naipes para los que les interesara el bridge, un *backgamon* y un ajedrez para delicia de Enrique. Todos divirtiéndose y con miradas de complicidad amorosa, escondiendo para sí, algún beso entregado detrás de algún matorral.

Los días que siguieron fueron de idas al biógrafo, cuando no, William se encargaba de proyectar una película en la máquina de cine de su casa. Era el más experto de todos sus hermanos para ello. La gran dificultad consistía en tener que acertar el rollo de la imagen con la aguja del gran disco de vidrio, donde se encontraba el sonido. ¡Que el disparo se viera junto al «bank» del sonido!

El lunes 26 en la noche, fue un día triste para William y Eileen: la despedida en la estación Puerto de Valparaíso. Junto a él, viajaban: Onetto, René Fontaine y Poblete. El viaje les había resultado de lo más simpático. No hicieron más que hablar de Mauricio, los cuatro conocían las debilidades de él, y no dejaron de comentarlas. El cansancio y la conversación de sus amigos permitieron que William se quedara dormido, desde Llay-Llay hasta la misma estación Mapocho de la capital.

Aunque en El Puerto, no todos se despidieron finalmente de todos, el trabajo quedó para los que se fueran viendo a lo largo de la semana.

William despidió la carta a Eileen, lacónicamente:

—Pocas palabras que encierran recuerdos y cariños —. L.B.G.

Eileen había olvidado por completo averiguar el significado de aquellas tres letras, y aquí le aparecían nuevamente.

§

Santiago, viernes 30 de septiembre de 1932.

Ese viernes, las actividades en la escuela de medicina, aunque no estaban del todo establecidas, se habían reanudado, con más velocidad que de costumbre. Pero William encontró un espacio para contestar la cariñosa carta de Eileen. Se verían el domingo, pero la carta llegaría a ella el sábado. Eileen le había mandado una serie de fotografías que tomó en el paseo campestre del 18. Todas de una gran calidad. William las disfrutó, pero le pidió alguno de los negativos para conservarlas en su cuarto; las que eran de ella sola y los dos juntos.

—Te mando estas fotografías, para que elijas las que quieras y te las dejes para ti. Estás muy dije, muy guapo, eres muy fotogénico. Mirándolas, me doy cuenta de que te extraño mucho, lo pasé muy bien ese día, y siempre en tu agradable compañía. Supongo que soy un poco tonta al decirte estas cosas, perdóname —, le decía Eileen con melancólica alegría del alma.

También había dejado entrever que se había producido cierto alejamiento entre ella y la Amor, sin explicar los motivos.

—¿Qué es lo que sucede entre la Amor y tú?, supongo que no será nada grave, ¿de qué se me culpa a mí?, «Explain that», <explica eso> —, respondió William.

No desaprovechó la oportunidad de contarle que Mauricio—el siempre entrometido de Mauricio—le había explicado que no se atrevía a escribirle una carta a Eileen, ya que pensaba que ella no era la única persona que las leía.

—¡Está equivocado! —, finalizó preguntando, un tanto asegurando a Eileen. Obviamente ya se iba aclarando el panorama. Espionaje y contraespionaje del amor. Mauricio, o estaba siendo utilizado por William, o sencillamente William utilizaba su nombre para hacerle preguntas a Eileen, y así impedir que ella se enfadara con él. Si lo hacía con Mauricio, no sería tan preocupante.

Eileen estaba comenzando a sospechar de ese juego «de la cuerda floja del amor» de William. Recordó cuando le regaló la caña, y lo acompañó de cierto mensaje medio subliminal. No sabía qué pensar. Amaba a ese joven y encontraba muy astuta su manera de decir lo que quería, queriendo siempre lo que decía, y en ese sentido, no herir ni dañar la relación entre ambos. ¿Hasta a dónde sería capaz de llegar él para conseguir lo que quería en su vida?, con el tiempo se irían aclarando sus dudas.

El abuelito de Eileen, Mr. Robert había comenzado a declinar en su enfermedad, día a día, lo que, para William—un futuro médico—no pasó inadvertido y siempre le preguntaba detalles acerca de su salud. Esto Eileen lo agradecía sobremanera, ya que su abuelito era una de las personas que más la mimaba, desde pequeña le contaba historias de su

Escocia natal. Pero Eileen también estaba con problemas de salud: se había hecho una herida jugando al rugby que—aunque pequeña—era sangrante en el dedo meñique de su mano izquierda.

—¿Cómo sigue tu abuelito, y tu dedo? —, fueron las penúltimas palabras de William, agregando al final:

L.B.G. ¿Necesitas ayuda para descubrir el enigma?

§

Santiago domingo 2 de octubre de 1932

Cada vez que William visitaba en su casa a Eileen, le daba la sensación de que ella no disfrutaba tanto como él con las visitas. Le parecía demasiado formal o más bien incómoda. Permanecían uno del otro a una distancia casi reglamentaria, como una actuación de los jóvenes del YMCA. <Young Men Christian Association: Asociación Cristiana de Jóvenes>. Y el tiempo parecía que volaba. Aquel reloj de pared que daba las horas como el *Big Ben* a orillas del Támesis; marcaba las horas, los cuartos y las medias a velocidades de tiempo diferentes.

¿Estaría Eileen molesta la última vez que se vieron o vio Eileen la molestia de estar juntos esa última vez? Ella sentía ser la culpable de esa sensación sabiendo no tener la culpa.

William escribió una carta a la Amor, intentando, por un sendero erróneo, saber algo de los sentimientos de Eileen, ya que ella le parecía confusa, y por más que le daba vueltas a su cabeza, no podía entenderla. Tenía otra solución: le enviaría un disco, la música *"Deliciosa"*, para que así ella se acordara de él cuando viera la película, además de unos *Bonzos* de porcelana. Estas figuras finas las había comprado a un anticuario que estaba liquidando su negocio. Esa ganga, una colección exclusiva, podría gracias a representar unos sacerdotes budistas del Asia Oriental, con su poder de divinidad, influir en Eileen. Si no era así, funcionaría el disco o viceversa o ambos. El mensajero sería un muchacho del club de regatas de Valparaíso: Fernando Sánchez; el jueves 6.

Eileen recibiría feliz aquellos regalos, pero su confusión sentimental no cesaba. Su mamá le propuso ir a pasar el día a la playa de *Los Enamorados* de Quintero. Cuando William intentaba aclarar los sentimientos de Eileen, haciendo acopio de sus dotes naturales de psicólogo, en un vano psicoanálisis, ¿ella siempre encontraba una «back-door»? <¿Puerta trasera de escape?> y William salía perdiendo.

—Deberías estudiar leyes —, le sugería él, y agregaba—. Ganarías todos los pleitos.

El dedo meñique de la mano izquierda de Eileen, por el tratamiento de masajes y besos que amorosamente le había dado William ese fin de semana en Valparaíso, estaba mejorando.

—Si tu dedo no se recupera definitivamente, espero que sea por falta de «mis tratamientos» y no por cambio de «tratante» —, celosamente le señaló a Eileen. Como recomendaciones generales de futuro médico, le dijo:

—Que permanezca el dedo en casa, que no trasnoche más allá de las 8 p.m. y que por ningún motivo fuera al cine sin William.

El sábado hubo un gran bochinche político. La Universidad de Chile salió a la calle para que el gobierno soltara a los estudiantes   presos y heridos que tenía.   No se podía pasar por las calles céntricas de la Capital. Ese mismo día hubo dos muertos y centenares de heridos. William escapó lo más ligero que pudo. Se acababa el gobierno socialista y asumía como presidente Arturo Alessandri Palma.

—No vengas el próximo fin de semana a Santiago, intentaré ir yo a Valparaíso —, le sugirió a Eileen.

Por su parte Eileen, quedó disgustada por no haber podido resolver el enigma del significado de: L.B.G.

—Suprimiré las tres letras que te han molestado tanto en mis cartas. Ni que significaran *¡Viva Mussolini!* Te pido que me releves el castigo y para que veas que soy honrado, y sin hacer uso del «back door»; podría jurarte que llevaban el significado de «Lovely Blond Girl» <encantadora chica rubia>. Haces muy bien en acompañar a tu abuelito con su terrible enfermedad. Mis recuerdos a tu mamá en este trance. Hazme el favor de presentarle mis saludos. Nuestras clases—al parecer—se reanudarán mañana lunes. Cariños a Eileen (L.B.B). William
P.S. Resucitaré a fines de la próxima semana.

Fueron las últimas palabras vertidas en la carta.

§

Santiago viernes 7 de octubre de 1932.

Doña Rhoda le había dado una gran sorpresa a Eileen. Le había regalado un coche. Un Ford modelo «T» descapotable. Tenía un color verde oscuro con lona de tono más claro. Dos personas se podían sentar adelante en los asientos lujosamente forrados de cuero negro. El maletero tenía la posibilidad de transformarse en dos asientos más cuando se abría. Una rueda de repuesto atrás y embellecedores en las cuatro ruedas. Eileen sonrió un poco más. Rhoda se sentía contenta de ver a su hija mayor algo más extrovertida y con ánimos de comer. «Mal de amores», le decía su abuelito entre los terribles dolores de su cáncer. El permiso provisorio para manejar no se hizo esperar.

—En mi casa andan preocupados por mi salud. Ando retraída, sin ganas de comer, no saben que lo que me ocurre, es que te echo mucho de menos. Creo que el único que me conoce de verdad es mi abuelito. Mi mamá conoció a un señor muy elegante y atento. Es un ingeniero en telecomunicaciones que acaba de llegar a Valparaíso. Es escocés, nació en Wallasey, Cheshire. Y es dos años más joven que mi mamá, soltero y trabaja de supervisor en *All American Cables* de calle Esmeralda, en Valparaíso <aunque viaja mucho a Santiago>. Lo conoció cuando, en una de las tantas veces enviaba un cable a los tíos de Inglaterra. Los que te conté que viven en *South Ealing, ¿te acuerdas?* Días después se volvieron a encontrar en la recepción del cónsul británico, la que hace a los británicos residentes. Se llama Percy Leslie Brown. Ya lo conocerás. A veces creo que por eso también ando yo un poco tonta, un poco celosa de que las atenciones de mi mamá ya no son todas para mí. Pero por otro lado también sé que a la pobre le hacía falta conocer a alguien para contarle sus sentimientos. Ahora William, me doy cuenta lo mucho que me haces falta. Cada vez encuentro que te siento más cerca en mi corazón, pero más lejos en la distancia, creo que estoy «falta de tratamiento sentimental», mi dedo está bien. Cada vez que pienso en ti, me siento mejor, eres como un tónico; pero la desazón vuelve. Debe ser crónico. Supongo que el regalo del coche encierra también los deseos de que ya me vaya independizando un poco —, fueron las primeras confidencias tan profundas que hacía a William.

—No sabes lo contento que me tiene la «falta» de tratamiento de que hablas. No sé qué decirte. «I know it can be chronic, but if you feel this way, take this little tonic, three times a day; with time it will disappear»; <sé que eso puede ser crónico, pero si tú continúas ese camino, tomando ese pequeño tónico, tres veces al día; con el tiempo desaparecerá>.

Había entre ellos un nivel de sentimientos superior. Para hacer más llevadera la rutina de Eileen, olvidándose un poco de sus propios problemas: Reales o imaginarios. William le envió una fotografía de ella, con el ánimo de que se la devolviera con una dedicatoria. Sería una oportunidad para William de tener unas palabras escritas y dedicadas a él, con un valor sentimental incomparable hasta ahora. William, comprobaría al recibir de vuelta la fotografía, que así sería:

—«Para William, con todo el amor de Eileen, para que estés más cerca de mi corazón».

Quiso también, ¡cómo no!, saber el resultado del paseo a Quintero: ¿quiénes fueron?, ¿nadaron?, ¿jugaron?, ¿bailaron en la playa?, ¿hasta qué hora duró?

Saludos en tu casa. Que tu abuelito se recupere. Que me eches mucho de menos. Te mandó saludos Mauricio <un día le voy a decir que se los guarde; I'm joking: estoy bromeando>. Pero el «meaning» <significado> de L.B.G., aunque no lo creas es cierto. Cariños. L.B.B. William

§

William atacaba de nuevo:
Santiago miércoles 12 de octubre de 1932.
¡Día de la Hispanidad!

—Hoy es una jornada para celebrar, no la independencia de Chile del reino de España, sino que la independencia de Chile del reino de una España que estaba sometida a las fuerzas napoleónicas. Jamás pensaron los libertadores con el conde don Mateo de Toro y Zambrano a su favor; independencia del reino de España. Como todas las tierras americanas pertenecían al monarca Fernando VII. Fue más bien resaltar la lealtad hacia su persona desconociendo a Francia.

Y el discurso del alcalde de Santiago continuó en aquel espectáculo circense en beneficio de los niños huérfanos de «la casa del Hogar de Cristo». El consulado de España había solicitado hacer un espectáculo exclusivamente para los niños. Los curas de las diferentes congregaciones religiosas fueron pidiendo ayuda. En ese camino, llegaron hasta el pensionado universitario donde William y sus amigos vivían.

Para que William cooperara en algo así, bastaba insinuárselo. Comenzaron por hacer transmisiones en la radioemisora «Ilustrado» con pequeñas actuaciones de amigos cantantes, contadores de chistes, para que el público asistiera. Todo esto, días antes y en completo secreto. Con la asistencia se juntaba dinero para pagar el poco alquiler de la carpa del circo «Las Águilas Humanas». Los trabajadores de este también se habían adherido, buscando un lleno en actuaciones posteriores, que se produjo. El sobrante, para el Hogar de Cristo.

La función especial de circo estuvo muy amenizada. Bailes españoles, canciones, guitarreos, chistes, y lo que más gustó—como no—los *tonis*: el *toni Caluga*, el *Chapatín*, o como decían los españoles asistentes, los payasos: el payaso Caluga. Hasta William se disfrazó de uno de ellos para deleite de los menudos.

Así había comenzado su carta a Eileen, de haber podido invitarla, imposible: mitad de semana <aunque feriado>, con el abuelito enfermo. ¡Nada!, por eso fue muy detallista en relatarle todo lo sucedido. Eileen agradeció lo detallista que había sido. William tenía un arte para narrar. A Eileen le pareció haber asistido. Bueno, también ella tenía un arte de imaginación. Muchas veces hablaban en silencio. Y se entendían. Le escribió a William:

—He dado un golpe, a un peatón. Iba con el coche, no muy rápido, y de repente se me atravesó en una esquina, no lo vi. No le pasó nada, pero yo me puse muy nerviosa y a llorar cuando vi a los carabineros —, explicaba Eileen a William.

—Tienes que acordarte cuando manejas de que los transeúntes son muy lesos, a veces. Por suerte no tuvo mayores consecuencias tu primer accidente. Ojalá que no los tengas más. Es difícil manejar. Debes tener mucha calma. Dominar la situación, aunque estés enfrentando a varios *pacos*, o policías, como muchos les dicen y se venga el mundo abajo. Tienes que perder el miedo al auto. Eso se consigue con el tiempo. Pero, si liquidas a alguien, mándamelo a Santiago para los estudios de anatomía—. Terminaba bromeando de la situación William.

El fin de semana anterior, William había viajado a Valparaíso. *"A reconocer el cuartel"*, como solía referirse cuando iba a su casa después de una larga ausencia. Allí se vieron con Eileen, en casa de su abuelito, conversaron de la ida a Quintero, se rieron, se miraron, se besaron...

—Ya me estaba acostumbrando demasiado a la idea de no verte —, le dijo ella.

—Aunque no es «demasiado» el tiempo en que no nos vemos: «Desde la última vez, para ser más exactos»—mofó William y continuó—. Pero sí que me preocupa que te acostumbres «demasiado» a no verme. Por todo eso cumplo mi palabra de «intentar venir a Valparaíso», y aquí estoy —. Terminó dándole un beso al ritmo de Maurice Chevalier que cantaba en la *vitrola, victrola o gramófono* del salón de la casa de Mr. Robert.

Eileen le había mandado un par de palabras de cortesía a Mauricio, en boca de William.

—Tu recado a Mauricio no se lo podré dar.

—¿Y por qué no?

—Debido a que está enfadado conmigo por no haberlo traído a Valparaíso.

—¡Bah!

—¡Bah!, y pasando a otra cosa, toma: te he traído estas piezas musicales para ver si te gustan. Y a tu hermana Elsie, estos *comics*. Estoy muy amigo de la Elsie.

—¿Por qué, especialmente?

—Por haberla escuchado el otro día en la plaza Aníbal Pinto, dar una opinión de mí que tú nunca adivinarías.

—Dímela.

—Te la cambio.

—¿Por qué?

—Tú pareces la niña de los «por qué».

—¿Por qué?

—Ahí tienes de nuevo: ¿Por qué, por qué, por qué...?

—Bien, ya está, pero ¿por qué me cambias la información?

—Por un beso tuyo.

—¿Y si no me gusta?

—¿El beso?

—No, tontito, la información.

—Pues en ese caso, te devuelvo tu beso.

—¿Cómo?

—Dándote otro yo. ¿Qué dices?

—Que me parece bien el trato.

—El otro día iba detrás de ella y ella iba conversando con unas amigas y les decía: «El pololo de mi hermana es requete dije, todos lo quieren en mi casa. Y yo también lo quiero mucho, bueno, más mi hermana».

—¿Sabes?, no me parece buena la información

—Pero deberás darme un beso igual. Lo prometiste.

—No yo te dije que, si no me gustaba la información, te devolvería tu beso. Como no me has dado ninguno, y la información no me ha gustado, estamos en paz.

—No te digo que pareces una abogada, pero el acuerdo fue: cambio de información por beso tuyo.

—Entonces, beso mío.

Y Eileen dio un beso a William. Estuvieron mucho rato devolviéndose besos, simulando que no les gustaba, hasta que apareció Elsie que se fue muy contenta con sus comics. Llegando doña Rhoda, Eileen ofreció once a William. Eileen terminó la velada tocando al piano las músicas traídas por William, celebrando mucho: «Tea for two» <Té para dos>, que repetía una y otra vez.

§

Santiago, viernes 14 de octubre de 1932

Un día de preparativos para William y un grupo de nadadores del club de regatas Valparaíso. Muchos de ellos, oriundos de El Puerto y estudiando en la capital. Cada vez que surgían campeonatos debían trasladarse para participar. Se aproximaba un campeonato en la escuela naval Arturo Prat de Valparaíso, sería el domingo: William participaría. Irían un grupo de amigos santiaguinos de claque, y—por qué no decirlo—, para conocer y tener un día diferente.

—Eileen, me gustaría verte en la escuela naval.

No sabía William que esa invitación hecha con total inocencia sería fuente de grandes dificultades futuras. Eileen fue.

§

Santiago, martes 18 de octubre de 1932

Los resultados del Regatas fueron muy buenos, hecho que destacó el diario La Unión: «¡Valparaíso sobresalió en natación, gracias al regatas!» Para que pudieran viajar todos los que fueron, la empresa de ferrocarriles del Estado hubo de poner al Expreso, un carro adicional.

La mayoría no conocía los alrededores de El puerto: Quintero, Con-Con, Peñuelas y aprovecharon de hacer turismo. William invitó a muchos de ellos a su casa. Fue Eileen y un grupo de amigas suyas. La tertulia se armó. Todos los chiquillos atendían a Eileen más que a las otras, especialmente un chico que estudiaba medicina: de bigotes, bajo. Cualquiera podría asegurar que ella era una chica coqueta, muy por el contrario: era tímida, muy educada, jovial, sonriente: como la miel para todos.

—Hubiera preferido hacer un paseo al *Silver Lake* contigo —, le confesó William a Eileen con unos ojos de enamorado: soñolientos.

—Podríamos haber ido en mi coche.

—Siempre que no lo hicieras en primera.

—Sirvamos más ponche William, te acompaño a prepararlo —insinuó Eileen, en la esperanza de tener algunos segundos solitarios, los que tuvieron.

§

Santiago, miércoles 26 de octubre de 1932

Todo estaba funcionando a su ritmo a mejor: más clases que huelgas. El grupo de amigos invitados por William no dejaban de hablar de El Puerto. De sus calles, de su gente amable, pero por sobre todo ello, de sus chiquillas tan dijes:

—¿Son todas las niñas tan simpáticas? —, preguntaban sin cesar.

Esos minutos de soledad y besos, se fueron transformando en horas. Eileen llegó a las 10:00 p.m. a su casa, con el consiguiente disgusto de su madre. Un problemilla que iría a ahondar otros y que tendrían como consecuencia un mayor control hacia esta hermosa chiquilla de ojos azules y cabello rubio.

Entre amenazas de lluvia y con un frío que atravesaba el sobretodo, William, procuraba dar ánimos a Eileen:

—¿Cómo te va con tu pequeño problema que pensabas resolver?, ¿tuviste que dar explicaciones? Creo que habrá otro campeonato de natación, ¿sabes algo? Iré a visitar a tu amiga «morena», como me pides, pero deberé ir sin afeitarme, porque la maquina la dejé en Valparaíso. Cariños. William

§

Santiago, miércoles 2 de noviembre de 1932

William había estado en Valparaíso el fin de semana. No había habido ningún campeonato de natación. En vez fueron a bañarse a la playa de laguna Verde, el sol lo permitió. Lo del campeonato había sido un rumor que circuló de forma mal intencionada a fin de desconcertar a los ganadores.

—Son tan torpes como aviesos, los que escriben anónimos —, dijo William a Eileen y agregó—nunca consiguen sus objetivos.

—Ella asistió con una mirada de amor y un beso robado, perceptible para ellos, pero imperceptible para los demás.

—William, quédate hasta el miércoles. Hablé con Pierre Poisson, y me contó que no habrá clases mañana.

—No, debo estar en Santiago, si hubiera clases, en casa no me lo perdonarían.

Y ya en la Capital:

—Tenías razón tú, Pierre no vino en el tren. Si te hubiera hecho caso, podría haberme quedado hasta hoy en Valparaíso, lo que significa contigo, y sin perder clases. Hoy no tendré en todo el día. Lástima que no lo supe allá.

William era así: hacía lo que a él le parecía correcto. No se fiaba de la pobre Eileen, que sufría al corroborar estas acciones de él.

—«Las mujeres son intuitivas, los hombres, científicos» —, siempre se defendía.

El primero de noviembre había sido un día de visitar a los difuntos: «El día de los muertos», «El de los Santos Inocentes». Eileen siempre iba con su mamá. El único muerto de la familia era su papá: Walter Coleman, que había fallecido el 23 de abril del año 1929; ella siempre daba todo tipo de detalles. Los otros difuntos de la familia se encontraban en Gran Bretaña. Este es el precio que pagan las familias de emigrantes: Mitad aquí y mitad allá. Otro tanto le ocurría a William: los únicos muertos de su familia, enterrados en Chile, eran sus abuelitos paternos y su hermano mayor: fallecido el 14 de noviembre de 1910, como hubiera dicho Eileen, ¿Y el resto?, enterrado en Gran Bretaña. Ahí estaban enterrados todos los muertos de las familias extranjeras: en el cementerio de Disidentes.

—Con el tiempo—desde luego—nuestras familias, y nosotros mismos, estaremos descansando para siempre, jamás —. Balbuceó a William. Los pájaros gorjeaban mientras los cipreses refrescaban el camposanto. Se sentaron en uno de los escaños del lugar, tomados de la mano, sin decirse palabras. No hacía falta, sus ojos divagaban comunicándose. Ambos siguieron con la mirada a un niño de unos trece años que llenaba una regadera con agua, para luego llevársela a una elegante mujer vestida de estricto luto. Era uno de los trabajos que hacían los niños pobres.

—¡Qué diferencia con mi hermana Elsie!, ella juega con sus muñecas, con sus tacitas de té —. Dijo Eileen, rompiendo el mutismo. Ambos sabían—sin hablar—a qué se refería Eileen. La comunicación entre ellos era perfecta.

—O como mis hermanos: Wilson que este domingo cumple 14, Fernando con sus 12 o Eduardo que con sus 9, no deja de jugar con su caballito de madera tirado por una cuerda. Ninguno tiene necesidad de tener que trabajar como este niño —Asintió William.

—Es un problema de plata.

—Lo es, por eso estamos luchando los universitarios: para ayudar y sacar a este país de la pobreza. Nosotros los descendientes de extranjeros, somos gente privilegiada.

—Lo somos William.

Ahí pareció entender Eileen, un poco las actividades políticas de William. Lo cierto es que la política siempre era cosa de hombres: la creación de la comisión de cambios internacionales, la disolución del congreso termal, los miembros de antiguos regímenes relegados a la Isla de Pascua, la prohibición de las huelgas y la suspensión de las garantías constitucionales, la organización de los lavaderos de oro, la creación del comisariato de subsistencias y precios...Todos ellos, temas que: entendían los hombres y decidían ellos mismos. La mujer no tenía derecho ni a voz ni a voto.

Y ambos se fueron caminando en dirección al Ford-T. Se cruzaron con el mismo niño que venía en dirección contraria por más agua. Eileen le acarició el cabello. Ella y el mocoso se sonrieron con la mirada. Comentaban ambos de la «feminista» chilena que se suicidó en la navidad en París el año 1921: Teresa Wilms Montt. Gran escritora, todo un personaje. Su propia vida fue como una novela, lo mismo León Tolstoi. William y Eileen conversaban y tenían intereses comunes.

—¿Puedes traducirme la letra de «Sous les toits de Paris» <Sobre los tejados de París?>, aquí te envío la música que me ha dejado un amigo, la letra está en castellano, pero la quiero en francés. La película recién está estrenada en los EE. UU. Gracias. Cariños. William

P.S. ¿Cómo están las quemaduras de tu espalda?

§

Santiago, sábado 5 de noviembre de 1932

¡Una carta diferente! Nadie podría siquiera imaginárselo, que William se atrevería a hacerlo. No es muy usual en pareja de enamorados. Pero William siempre sorprendía a Eileen. Le escribió una carta en Morse.

Raya, raya, punto, punto. Raya, raya, punto...

Mi querida Eileen:

Y continuó la carta de puntos y rayas.

—Tengo un disco de José Bohr que te voy a regalar. Esta carta te la he escrito en Morse, me parece que es una idea genial. Te incluyo las claves para su traducción y que tú también lo hagas así. Al principio será difícil, pero a la larga nos será fácil. Lo siento que aún sigas con tu espalda quemada. Recordarás que te dije que no te asolearas tanto. Por mi parte, no me duelen mucho mis quemaduras tanto como el haberme tenido que venir a Santiago.

—William, de ninguna manera continuaré la correspondencia en Morse, acuérdate de mis clases de álgebra.

Algo muy sorprendente le produjo a Eileen esta proposición. Lo cierto es que era un trabajo adicional que no pensaba dárselo. Pero corroboraba con ello sus sospechas de que William intentaba hacer que sus cartas no fueran leídas por otros. Algo que puso en boca de Mauricio.

§

Santiago, domingo 6 de noviembre de 1932

El proyecto del Morse quedó hasta ahí. Había sido un fin de semana en que William permaneció en Santiago y en el que envió un cable a su hermano Wilson, por el Telégrafo Americano de calle Recoleta: deseándole feliz cumpleaños. Se arrepintió de no haber ido a

Valparaíso. No había visto a Eileen y, por lo tanto, no le había hecho entrega del disco de José Bohr. ¡Qué contrariedad! Eileen, le había traducido la canción. Se le habían borrado las huellas de las quemaduras, pero no las huellas del placer de haber estado con Eileen en aquella excursión. El largo y rubio cabello que tenía, lo subyugaba.

—Qué lástima no haber traído una máquina fotográfica. ¿Tendrás alguna fotografía tuya con el pelo largo? —, preguntó William.

§

Santiago, jueves 10 de noviembre de 1932

William se estaba aprontando a viajar el próximo fin de semana a Valparaíso. No estaría para el cumpleaños de su hermano Alfredo que era el 11, pero intentaría estar allá el sábado. Si alcanzaba irían a ver biógrafo a su casa. Si su viaje lo hacía el domingo, viajaría en El *Excursionista*. Pero tendría que ser sumamente secreto. Nadie de la familia de él debería enterarse, para que no lo fueran a buscar. Solo Eileen en la estación Puerto y de allí, ambos a la escuela naval, a nadar un poco.

El entusiasmo por la natación de William era bueno, pero los deseos de dirigir y administrar la natación eran superiores. Había conseguido que entrase al club de Regatas un buen nadador del «Chuncho», un club santiaguino de la Universidad de Chile. Le harían una prueba el sábado 12.

Eileen, por su lado, estaba abrumada con los exámenes finales del año escolar. Ni siquiera salía con alguna amiga a dar una vuelta al plan en su Ford-T.

William estaba pensando organizar una fiesta en beneficio del club de Regatas. Se debían poner de acuerdo en la fecha. El Regatas le estaba debiendo muchos favores a William. Sin ser él dirigente del club, estaba tomando una importancia destacada.

Finalmente terminó la carta diciendo:

—¿Cómo sigue tu abuelito?

§

Santiago, martes 15 de noviembre de 1932

El domingo había aparecido por Valparaíso, estuvieron nadando en la escuela naval, y de ello nadie de su familia se había enterado. Así no se veía obligado a visitarlos y perderse algunas horas de estar con Eileen. Se había llevado a la capital una hermosa fotografía de ella con pelo largo.

—Estas muy dije en la fotografía, yo encuentro muy buena esa foto, al contrario de ti. *«Just like you»* <solo como tú>, pero no te lo digo muy fuerte porque sé que tienes el *prurito* de no creerme nada.

—¿Tú crees que yo creo que tú crees que no creo?

—Sí, lo creo. Dime, ¿has visto a la Amor?, el otro día, en el plan, cuando pasé en el tren por la estación Bellavista me pareció verla en calle Errázuriz. No le grité nada porque no habría alcanzado a oírme. Porque venía de incógnita y porque la vi rubia, siendo ella morena. Era una que se le parecía.

—Pero si es muy fácil cambiarse de color de pelo. Basta tener un tarro adecuado

—¿Qué clase de tarro?

—De tintura

—Tienes razón, es muy fácil convertirse de rubia siendo morena y *viceversa*. Lo difícil es cambiar de opinión respecto a alguien. ¿Cuándo es tu fiesta en la iglesia anglicana?

§

Santiago, viernes 18 de noviembre de 1932

—¿Qué es lo que te ocurre Eileen, que estás tan diferentemente callada?

—Tú has cambiado.

—Te ruego que me expliques en qué crees que he cambiado.

—¿Has visto a la Reina?

—¡Ah!, Es eso. La vi ayer cuando fui a nadar a la escuela militar. Estuvimos conversando un poco.

—¿De qué?

—De nada importante, tonterías.

—¿Y quién más estaba con Uds.?

—Tres amigas de ella, *pololas* de alférez de la escuela. Diplomáticamente me fui a tirar un piquero y a nadar. Así me aparté del grupo: «And said: Good-bye, ladies and gentlemen»; <y dije: adiós damas y caballeros>.

Salí pronto y tomé el tranvía, Alameda abajo, hacia el pensionado.

§

Santiago, lunes 21 de noviembre de 1932

Esa semana, el encuentro entre ambos estuvo más tranquilo. Eileen en casa con su familia, cuidando a su abuelito cada vez más enfermo. El rato más agradable lo pasó William mientras regaban las plantas del jardín de la casa de Mr. Robert. Los claveles, las rosas, las calas y los pelargonios parecía que participaban de la conversación. William regaba los claveles y las rosas, mientras que Eileen lo hacía con las demás plantas. Ambas mangueras trabajando y se podría asegurar que se oía:

—Tú cala, debes interferir en Eileen para que crea más a William —. Dijo la rosa.

—Claro, eso lo dices tú rosa, porque él es tu amigo —musitó la cala.

—Lo es, pero no tiene nada que ver eso en mi decisión. La experiencia me lo dice. Yo, la rosa, soy la flor más antigua de este jardín. Y recuerda que antigüedad constituye grado.

—Será rosa, pero ni yo ni los pelargonios vamos a hacer nada hasta que él no sea más transparente en sus conversaciones. Algo tiene que nos parece increíble.

—¿Increíble? —preguntó la rosa a la cala.

—Me refiero más bien a *no-creíble* —. Señaló el clavel.

—¡Ah!, es eso —musitó la rosa tiritando, justo en el momento en que le llegó un chorro de agua fría, de parte de Eileen.

—Cala, hablas igual que tu amigo William.

Se cruzan las mangueras, cada uno riega las plantas del otro, y se acabó la conversación. Se cruzan los pensamientos y se cruzan los besos. El atardecer comienza a caer. El cielo se había puesto rojizo, ¿de vergüenza?

§

William había llegado a Santiago con más de media hora de retraso. Una niña, en su intento de pasarse de un vagón a otro, cuando el tren iba a 70 Km por hora, en una curva, antes de llegar a Quilpué; en un barquinazo, cayó de espalda sobre la línea. Había muerto en el acto como salió el día siguiente en los periódicos. La gente comenzó a tirar del cordel de la alarma para que el conductor parara la máquina. Pero estaba cortada o no funcionó el mecanismo. Siete minutos más tarde <unos ocho kilómetros más allá>, se detuvo y comenzó a retroceder despacio. Anduvo en reversa como tres cuadras solamente. Después puso el maquinista «full speed ahead» <a toda velocidad adelante>, porque venía otro tren detrás y podían liquidarse todos con un choque. El pánico fue generalizado. Llegaron a Quilpué y se bajaron dos niñas acompañantes de la que había caído. El resto del viaje hasta la capital fue silencioso y de meditación. De cualquier forma, la única responsable era la niñita. Nada se le pude achacar a los funcionarios de ferrocarriles.

—Legué a las 12:45 p.m., al pensionado y ya estaba cerrado. Golpeé un rato y por suerte me abrieron.

§

Santiago, martes 22 de noviembre de 1932

William se encontraba algo desorientado, y lo estará en el futuro también; respecto al lugar para enviar la correspondencia a Eileen. Se habían estado produciendo ciertos cambios en los domicilios de ella; se podría decir: vivió con sus papás en calle Capilla del cerro Alegre. Al fallecer su papá, ella acostumbraba mucho a estar con sus abuelitos en calle Monte Alegre del mismo cerro. Ahora, que su mamá había comenzado una relación sentimental con Mr. Brown, se trasladó definitivamente a casa de sus abuelitos. Por otro lado, su mamá vendió la casa donde vivía con su esposo y compró otras dos: una en calle

Uruguay, en Valparaíso centro y otra en Villa Alemana, lugar donde Eileen pasaría muchas veces, como ahora. Doña Rhoda se turnaba con sus tres hijos. Días de colegio, en Villa Alemana, los fines de semana, en Valparaíso en calle Uruguay, para estar más cerca de atender a su papá. Tenían servidumbre debidamente adiestrada para las costumbres británicas en las tres casas. Eileen, prácticamente tenía tres domicilios, y con su coche, le era fácil trasladarse de un lugar a otro.

—Como no conozco tu dirección de Villa Alemana, deseo pedirte que le hagas llegar este programa nacional de competencias de natación al entrenador del club de regatas: Mr Schuler.

¡Que se entrenen! Disculpa y gracias. Cariños. William

Fue una breve misiva que envió a Eileen a la calle Monte Alegre.

§

Santiago, jueves 24 de noviembre de 1932

El programa enviado por William había dado pié a que se hiciera un campeonato dentro del regatas para seleccionar a los mejores y presentarse al campeonato nacional. Estaba intentando convencer en la capital a Téllez, un buen nadador del universitario, para que se hiciera miembro del club de regatas. Este aún no renunciaba a su antiguo club.

Eileen estaba yendo a nadar a la piscina de Recreo. Tenían preparada una fiesta en el *patio andaluz* del mismo recinto. Mucha juventud y alegría. Se había hecho amiga de una chica de Hollywood.

—*She is a very cute blonde girl*, <ella es una muy mona chica rubia> —, le contó Eileen y añadió—, si vez a la Nora, dale mis saludos y recuérdale si me encontró en Santiago unos monitos para colgar del espejo retrovisor del auto.

—Podría ser muy interesante conversar con tu amiga de Hollywood; *But let me tell you, once and for all* <pero déjame decirte de una vez por todas>, que no quiero conocer a ninguna niña más, por muy guapa o «Cute» <mona> que sea. Ni aun siendo «Blonde» <rubia> —, sinceró William y agregó—. Pasando a otro tema: Me interesaría estar en primera fila en ese baile; guárdame un baile para mí. Aquí en Santiago estamos nadando todos los días a las 7 a.m. en la piscina escolar. Si veo a la Nora, le presentaré tus respetos. ¡Ah!, te envío una fotografía de Maurice Chevalier. Tiene algo raro, ¿Lo notas? L.B.B.

§

Santiago, sábado 26 de noviembre de 1932

Continuaba el enigma. Algunas veces ponía L.B.G. *Lovely Blonde Girl*: <Preciosa chica rubia>, y otras, como las últimas veces L.B.B. Pero no revelaba el secreto ni tampoco se acordaba Eileen de preguntarle.

El jueves había estado unos momentos con Nora en que aprovechó de darle los recuerdos de Eileen. Ella no había visto por ninguna parte aquellos colgantes para autos. Pero William, que estaba dispuesto a cumplir cualquier deseo de Eileen, los encontró y se los mandó por paquete certificado.

La solución de la fotografía de Maurice Chevalier estaba en que se había revelado al revés, y para poder verlo realmente como era, se debía mirar la foto frente a un espejo.

Santiago se había vestido de fiesta: celebraban la primavera. Bufadas en las calles, pero William ni se había enterado. Como no podría asistir a la fiesta del Recreo, William le escribió:

—Siento tanto no poder ir a la fiesta Eileen querida. Pero no te olvides de contarme los resultados. Guárdame un baile, es decir, no bailes una vez, pensando que ese baile me pertenece, si es que puedes.

§

Santiago, lunes 28 de noviembre de 1932

Ese domingo estaba siendo muy latoso sin Eileen. William se fue al cine con un amigo que andaba de paso en Santiago, pero tuvo que salirse antes de finalizar la película, a las ocho: tenía que asistir a una fiesta a la que estaba invitado.

—Me invitaron a una *once-comida*, a la casa de un compañero de medicina: Rojas. Tiene bigotes, medio rubio, bajo y te atendió mucho ese día en que estuvimos en casa. *Remember him?*, <¿lo recuerdas?>.

William no necesitaba dar más detalles de ese compañero. Aquel día, el martes 18 de octubre lo había conocido, como habría dicho Eileen.

Ese día, en un momento de descuido de casi todos, ella se dirigió al *Conservatory* <invernadero>, que tenía el doctor. Inocentemente ella iba a buscar una planta que William le había regalado: bajo la promesa de regarla juntos en casa de su abuelito. Repentinamente alguien la cogió por la cintura. Debía ser William, nadie más tenía confianza de hacer eso. Pero él estaba muy ocupado atendiendo a sus invitados, y en asuntos de demostrar dotes de buen anfitrión, William se desmedía. No eran las manos de él, las de su pololo eran fuertemente suaves y estas eran torpemente bruscas. Sin siquiera comprobar, y en fracción de segundos, se le puso la cara muy sonrojada. Cuando se volcó, apareció una sonrisa estúpida de un rostro pálido y unos bigotes desteñidos, todo esto metido en un cuerpo de enano.

—¡Salga inmediatamente de aquí! —, resolvió Eileen.

Aquel, se disculpó rápidamente, y como llegó solo, se fue solo, dando una excusa *torpe como aviesa* como había sido su actitud reciente. Eileen, se sintió mal, pero no culpable. Hacía calor, aunque todos habrían podido asegurar que sufría de *anhidrosis,* se le había secado hasta la lengua. Nada de esto comunicó luego a William. Aunque siempre era templado y medido en sus acciones, Eileen presentía que era capaz de darle unos buenos combos a su compañero, y terminaría la fiesta en pugilatos, con sus terribles consecuencias. No le parecía a Eileen adecuado.

¡Sí, ella sabía perfectamente de quién hablaba él!

—En la fiesta —continuó William—, no conocía a nadie, pero en un cuarto de hora, todos me conocían, conversamos, bailamos y nos reímos mucho hasta las 10:00 p.m., luego, cantamos hasta las 11:50 p.m. Me dejaron invitado a su grupo para otras reuniones.

William tenía esa facultad. Se hacía querer al instante. En momentos <quince minutos como él dijo>, todos lo aprecian, y se transforma en el alma de cualquier reunión. Su cultura, su caballerosidad, su buena figura, su jovialidad, y sus dotes de psicología, eran siempre herramientas que sabía utilizar en propio beneficio. Eileen sabía esto, y la ponía tensa y celosa. William continuó su relato…

—Había como 40 personas. Las niñas: todas morenas. Una hablaba francés muy bien y nos entretuvimos hablando en francés y haciendo acopio de mis dotes musicales, recordamos las letras de Maurice Chevalier. A veces ella se ponía colorada, cuando le cantaba en voz baja, y seguramente le parecía que la letra era para ella. Fue una situación divertida, aunque yo pretendía no darme cuenta de ello. La saludé con el brazo extendido *¡Viva Mussolini!,* lo que la divirtió mucho.

Eileen sabía perfectamente que estos detalles, aparentemente ingenuos, tenían un trasfondo de intencionalidad: ponerla celosa y mantener viva una llama, que era ya imposible—aparentemente—, de apagar. Esa era la transparencia a que se referían las calas y los geranios en el jardín de su abuelito.

Finalmente, William se había retirado, nada más ver la hora en su Longine de oro. Se despidió exclusivamente de la dueña de casa. El buffet era muy bueno lo que hizo durar la fiesta hasta las 3 de la madrugada. A estas alturas William estaba en deuda con Eileen. Le debía dos cartas. Ella llevaba escritas dos cartas más que él, y se habían prometido la igualdad de correspondencia en las cartas.

§

Santiago, miércoles 30 de noviembre de 1932

Aquel fue un día en que William había aprovechado para disminuir su deuda de correspondencia. El motivo era más que entendible: Mr. Robert Campbell, el abuelito de Eileen, empeoró de salud, y se le internó en el hospital alemán, justamente enfrente de su casa. Eileen pasaría de ahí en adelante, muchas horas con su abuelito.

William guardaba las esperanzas que pudiera ser una recaída momentánea, y que finalmente regresaría a su casa. Se preocupaba sabiendo los sentimientos de los suyos, especialmente su hija: doña Rhoda.

El papá de William, el Dr. Edwyn, viajó a la capital el día anterior. Había ido a buscar a un enfermo para llevárselo en autocarril a Valparaíso. La situación se daba a la inversa. Normalmente las mejores atenciones hospitalarias, siempre están en las ciudades principales: Santiago; también las tenía respecto a Valparaíso. La diferencia estaba en otro aspecto: el Dr. Reid como médico, era una eminencia nacional, y él se negaba a dejar su ciudad natal y adorada: Valparaíso. Todo aquel que precisara de sus servicios cotidianos, debía ser atendido donde él trabajaba. En casos extremos se trasladaba a la capital para seguir, como médico de consulta, los problemas de algún paciente. Ferrocarriles estaba preparado, normalmente, para hacer viajes de El Puerto a Mapocho, los casos graves: quemados, traumatismos encefálicos múltiples y ya había dispuesto un pequeño carro ambulancia que podía viajar a mayor velocidad que los trenes normales y con ramales de adelantamiento en diferentes lugares. Lo único necesario, era tener un maquinista muy diestro, una enfermera y un médico abordo. Y eso estaba asegurado.

Le llegó a William un telegrama diciendo:

«Viajo hoy martes (punto) Quiero verte en Mapocho (punto) Llego 14:00 p.m. (punto) Firmado Edwyn (punto)».

En principio y al comenzar a leer, él creyó que se trataba de Eileen; su corazón latía más aprisa, pero, era solo su papá por razones de trabajo. ¡Qué desilusión! Se trataba de saludar a su hijo y controlarlo un poco, eso que a William no le gustaba mucho.

El año de clases estaba por finalizar. Tendrían que quedarse unos 10 días más para asistir a algunos cursos prácticos. William deseaba ir a Valparaíso ese fin de semana. Aprovechó de enviar a Eileen unas canciones de Chevalier copiadas a lo rápido en una sinopsis de cine.

—No te olvides de decirme cómo sigue tu enfermo. Me acuerdo de unos versos que me dijo, la segunda vez que lo vi: «If life was a thing that money could buy, the poor could not live, and the rich would never die» <Si la vida fuera una cosa que la plata pudiera comprar, los pobres podrían no vivir y los ricos podrían nunca morir>.

—Deseo que des mis saludos a Chevrolata si lo ves, y para ti, en este papelito te envío un «vale por un gran beso»——, respondió Eileen.

—A Chevrolata no le doy nada. Me quedo yo con ellos, *if you don't mind;* <si no te importa>. Voy a coleccionar esos vales y después te los cobro allá. Cariños. William

L.B.B... <William insistiendo, y a Eileen pareciendo no importarle lo que estas letras significaban>.

§

Santiago, viernes 2 de diciembre de 1932

El fin de semana anterior fue un fin de semana en que Eileen y su mamá, visitaron mucho la casa de William. Mr. Robert había empeorado, y Eileen y su mamá pasaban de la pieza del hospital a descansar un poco, siempre estando de guardia, en casa de los Reid. El papá de William lo había visitado, como un médico de consulta, y se había enterado acuciosamente de los detalles de su salud. *¡Nada había qué hacer!,* su cáncer era ya inoperable. Tenía muchas metástasis. «Es cosa de tres o cuatro días», señaló el Dr. Reid, como ciertamente sucedieron los hechos.

William había viajado a ver al enfermo. En un momento de silencio entendible; en la sala de billar, sentadas frente a frente, Eileen y su mamá, distraían sus miradas observando un coleo que crecía en una maceta sobre una mesita de fumar. La planta, con sus hojas verdes y anaranjadas, había sido regada recién; las gotitas de agua se deslizaban por sus hojas como las lágrimas que caían de los ojos de Eileen. De cuando en cuando, ambas, levantaban sus rostros para mirar la puerta de entrada del hospital, a través de la ventana de guillotina. De cuando en cuando un transeúnte bajaba y se desprendía de su sombrero para saludar a una mujer que subía con algún niñito tomado de la mano. William y su papá, hacían durar una partida de ajedrez, más allá de lo necesario, para no comenzar otra si es que tenían que salir intempestivamente a ver al enfermo. Un gorrión bajó a saludarlos posándose en los enjaretados del ventanal.

Ya en Santiago:

—William, ha muerto mi abuelito, hoy miércoles a las diez de la mañana —, indicó Eileen en una escueta misiva postal.

—Acabo de recibir tu carta con la noticia de la muerte de tu abuelito. Yo sé que todos ustedes lo querían mucho y no podrán resignarse tan luego, en fin, todo lo hace el tiempo, y pensando con un poco de calma: *It is by no means a fact, that Death is the worst of all evils; when it comes, it is an alleviation to mortals who are worm out with sufferings;* <es un hecho que la Muerte es de lo peor, pero cuando viene es un alivio para los mortales que están en medio del sufrimiento>. Dile a tu pobre mamá que lo he sentido mucho y salúdala muy cariñosamente en mi nombre. Te quiero.

Se haría la competencia de natación, William viajaría con Pizarro e intentaría llevar a Téllez, que ya había formalizado el cambio de club, y ahora pertenecía al Regatas.

§

Santiago, miércoles 7 de diciembre de 1932

Téllez se había lucido, había sido uno de los mejores clasificados, también se destacó Pizarro. Un triunfo para William por su apadrinar, al haber llevado al Regatas a dos excelentes nadadores: sin ser directivo, iba ganando puntos en el club por su positiva influencia.

La competencia se había realizado en la piscina de Recreo, de Viña del Mar. William inmortalizó el momento en varias fotografías. Tres de las cuales eran de Eileen, y una, especialmente querida, se la había enviado para que se la devolviera con una dedicatoria. Eileen había estado algo extraña a modo de ver de los ojos de William. El motivo, desconocido para él, pero obvio para ella: había estado rodeado de chiquillas a las cuales también les sacó fotos y, seguramente, también les pediría dedicatorias.

—Te encontré todo el domingo en Recreo, algo rara. Podría haber pensado que era sentimientos tristes por los recuerdos de tu abuelito, pero como el día anterior te había visto más animada, no sé qué pensar. Por lo que no iré este próximo fin de semana a Valparaíso, dependerá de lo que tú me digas—y como ella nada dijo, no fue—. Te envié un recado con mi amiga Irma Machado: «un abrazo y un beso»; Ella se rió. Regresará en el día a Santiago. Cariños y xxxs. William

§

Eso era. Eileen no se resignaba a pensar que William siempre estaba rodeado de chiquillas. Ellas se le acercaban, pero lo cierto es que él tampoco las eludía. Eileen tendría que hacer algo para acercarse más a las actividades de William.

§

Santiago, 9 viernes de diciembre de 1932

¡Eureka!, Eileen había encontrado la solución, aunque en realidad dudaba de poder ser capaz de llevarla a cabo al 100%. Le devolvería a William la fotografía con una hermosa dedicatoria, e iría a conversar al club de Regatas, para entrar ella al grupo de mujeres del área de natación: ¡Ella también era una buena nadadora!

—William, me presenté al Regatas y hablé con un señor, en la oficina de la entrada, <no deseo decirte el nombre, por el momento>, para pedirle que deseaba una solicitud para pertenecer a la rama femenina de natación. El hombre me dijo que no sería posible, aunque me entregó la solicitud. Me pareció uno de esos dirigentes que creen que las mujeres somos seres inferiores. ¡Viva Mussolini! Te adjunto la fotografía con la dedicatoria que me pediste: «Con todo mi corazón para alguien que lo es todo en mi vida».

—Muchas gracias por la fotografía y la dedicatoria. Supongo que en lo del Regatas debe haber algún error. Averígualo bien. Si no te dejan ingresar al club, no llevaré a ningún nadador más, y Pizarro y Téllez, tampoco nadarán más. ¡Ya verán! Voy a enseñarles a no ser tontos. Desde luego yo me voy a retirar, sé que como nadador no les hago mucha falta, mis marcas son fácilmente superadas, pero como «*hallador*» de grandes nadadores, y quien sabe más adelante, como médico (¿) o directivo, o relaciones públicas, podría serles muy útil. Si tienen un poco de inteligencia, visión o delicadeza, rectificarán. Cuando se me pase un poco la rabia, les voy a escribir a: Carrió, Villanueva y Labargo, diciéndoles algo que no les va a gustar. Uno de ellos deberá saber algo, o ser el responsable de lo ocurrido. ¡Viva Mussolini!, también yo.

§

Indudablemente que William había tomado partido del lado de Eileen, lo que la contentó mucho. Ambos con sus ¡Viva Mussolini! Y el brazo derecho extendido hacia lo alto, daban una demostración de protesta. O al menos así lo entendían ambos.

§

Santiago, miércoles 14 de diciembre de 1932

Eileen aprovechó esos días para ver a Carrió, que era el nombre de quien le había hablado de la imposibilidad de ingresar al Regatas, <aunque William aún no lo sabía>. Este hombre de ascendencia mallorquina tenía más bien un aspecto de campesino bruto con cara de bonachón. Una sonrisa eterna escoltada de dos ojos celestes rodeados de una negrura que daban la idea de haber sido pintados con un lápiz delineador de cejas. Lo buscó, pero no lo encontró. Lo hizo con el mismo entusiasmo que cuando se va al dentista: se golpea la puerta suavemente, no por timidez, por deseos de que dentro no oigan y así no abran. Aunque se oiga el ruido de la terrible máquina, siempre habrá una excusa para la cita siguiente: «golpeé y nadie me abrió».

Alfredo, un hermano de William estaba saliendo con una chica llamada Nickie. William la encontraba muy dije y simpática. Lamentablemente se iría a radicar con sus papás a los EE. UU., por tanto, la relación con su hermano sería algo solo de temporada, por otro lado, William le dijo a Eileen: "Lástima que se va lejos, de lo contrario podría entrar al Regatas". A Eileen no le gustó el comentario, y esta vez no por celos de aquella chiquilla; sabía lo caballero que era él con las pololas de sus hermanos o amigos, <No como aquel famoso Rojas, el del invernadero, pensaba Eileen>. Su preocupación serían las niñas que estaban sin pareja o dando tumbos de aquí para allá. Comprendía que un hombre debe ir adquiriendo experiencia para cuando se case, pero, en su afán de igualdad de derechos, esto la indignaba y la hacía enfurecer para sus adentros. Lo que le preocupaba, y en igual sentido, era la frase: "de lo contrario podría entrar al Regatas". Para Eileen ello significaba solo una cosa: que William no le había creído que había hablado con una persona responsable en el club, y que le había señalado la imposibilidad de que más chiquillas ingresaran. ¡No le creía a ella, o no creía al sexo femenino de ser capaz de realizar algo óptimamente! Callaría, ese mismo día fue a la piscina de Recreo a nadar, toda la tarde. Su espalda lo había sentido por el sol quemante.

—¿Qué te pasa en tu espalda? ¿Todavía te duran las quemaduras? Aquí he estado bañándome en el Estadio Militar, de Santa Laura, pero no he conseguido quemarme para adquirir algún bronceado. El sol es inofensivo por Santiago. Tu amiga Nora se va a Los Ángeles mañana. La he presentado a varios muchachos. Hasta visitó el pensionado. La fuimos a buscar con uno de ellos para ir a nadar al estadio. Tomamos algunas fotografías que cuando nos veamos te las mostraré, si es que deseas verlas. A pesar de ser ella muy amable, *she is nothing like you,* <ella es nada comparada contigo>.

Claro que querría ver aquellas fotografías, deseaba verla en traje de baño y ver si es que había engordado de aquí o de allá, si se veía más atractiva, cosas de chiquillas. Pero no podría estar celosa de ella, ya que era su amiga, pero también lo era Alicia. «la Reina» o «la dama de los ojos verdes», que de no haber apurado el pololeo, ella estaría ahora escribiéndose con William. También recordaba los celos sentidos por la Amor. Nora era una de las que Eileen llamada: de las que van de aquí para allá. ¡No sabía qué pensar! William se quedaría hasta el viernes 16 para hacer unos trabajos de prácticas ese día. Tenían un cadáver de la fosa común para todo el curso. ¡Era un día de suerte!, decían los estudiantes de medicina, que siempre estaban luchando para que los estudiantes de odontología no les robaran los cráneos para estudiarlo y sacarles las muelas. Una de las cosas que más le desagradaba a William en estos trabajos, era sacarles las uñas a los muertos. Le parecía que se lo hacían a él mismo. Nada de estos detalles, obviamente, conversaba con Eileen.

§

Año 1933

Hotel Osorno
Plaza de Armas
J. Bücken & Cía.
Osorno, martes 10 de enero de 1933

Habían llegado la noche anterior, luego de 24 horas de tren, a la ciudad de Osorno. Desde allí deberían continuar viaje hasta Puerto Varas. William, sus papás, hermanos y una comitiva de dirigentes y nadadores del Regatas; habían hecho un viaje: mezcla de placer, conocer y competir.

Lo más llamativo había sido conocer la fábrica de cervezas Ambel a orillas del río Rahué. Un gran galpón cercano al instituto alemán, un verdadero municipio independiente de un colectivo alemán residente. Como recompensa de la fábrica de cerveza, al mejor estilo bávaro, saborearon las jarras de cebada y con algunas botellas para el camino. Iban entre los barrujos del sendero plagado de pinares. Conservaron el recuerdo del fuerte sabor de la bebida, una tarde en buena compañía y las etiquetas de aquellas botellas chatas y verdes como los pinos.

—Muéstrale las etiquetas al alemán Oekel; recuerdos a la Amor. No hallo las horas de volver a Valparaíso y a mi Eileen —, terminó escribiendo William.

§

Puerto Varas, jueves 12 de enero de 1933

—Esta mañana te escribí unas tarjetas, apurado, creyendo que tendríamos que irnos a las 7 a.m. Como había llovido toda la noche, con una gran ventolera, hubo que aplazar la travesía hasta mañana. Así tengo tiempo de escribirte y contarte algo de lo que hasta aquí nos ha sucedido y hemos visto. Comenzaré desde que salí de Puerto. Prepárate porque la lata va a ser larga...

El entrenador Mr. Schuler los había acompañado hasta la capital, donde se reunieron con otro grupo del Regatas de Santiago. Todos juntos fueron a almorzar al estadio militar. Ese lugar era uno de los tantos que todos acudían a nadar, a competir y a pasar las horas muertas. La comida, aunque liviana, satisfizo a los comensales, los que competían esa tarde, se retiraron. Lo mejor fue la larga sobremesa. No faltaron los chistes y los sobrenombres, costumbre muy chilena, que cada uno tenía. Las víctimas iban y venían: «el pochocho», «el come muelas», «el parlanchín»; tampoco se salvaron las chicas: «la rompecorazones». William a todo esto, solamente platicaba con Sabugo. No daba puntada sin hilo. Comenzó a comentarle lo mala que estaba la sección femenina de natación del club. Fue cuando le pregunto acerca de la solicitud de Eileen y lo displicente que la habían tratado. Probablemente sería el compromiso social, o bien el coñac de la sobremesa, pero lo cierto es que le pareció insólito lo sucedido. Se extrañó mucho. Tenía acumuladas siete solicitudes de niñas, para ingresar y mostrárselas a las directoras. Muy pronto comunicaría a todas ellas que estaban aceptadas, la de Eileen incluida. Lo malo, decía, no era las postulantes, eran las directoras. Los resultados de la competencia de aquella tarde fueron muy buenos para el Regatas. La once se hizo allí mismo, y a las 8:40 salían, los veinte que eran, hacia el sur.

El tren, parando de vez en cuando en las estaciones principales: Talca, Concepción, Temuco, Valdivia, y alguna otra de menor importancia: los lagos, Paillaco o San Pablo, se proveía de agua suficiente y llenaba las carboneras para las calderas. El humo que viajaba en sentido contrario a la dirección del tren impedía abrir las ventanas de guillotina, so pena de quedar negros por el carboncillo. En las estaciones se aprovechaba para levantarlas y comprar las especialidades locales: pan amasado de aquí o tortas de allá.

El colorido del paraje producido por los ríos escapando a gran velocidad de las montañas se distorsionaba a veces por las nubes queriendo aplastar las copas de los pinos y los alerces. Las zarzamoras parecían indiferentes a todo esto, no se dejaban ver a orillas de los rieles. Pequeños arbustos de maquis o madreselvas daban las tonalidades del crepúsculo y el sol, ya descansando como las codornices y los gorriones.

La llegada a Osorno se había producido a las 9 de la noche del día siguiente. Quien los esperaba era un señor alemán, muy refinado y atento. Al día siguiente, los nadadores del club, incluyendo— obviamente—a los hermanos de William, estuvieron nadando en la piscina de 17 metros del hotel. Más tarde visitaron el club alemán, el club Osorno, la cervecería. Luego de la visita a la fábrica, comenzaron a destapar botellas al por mayor, dejando un poco de lado a los nadadores: daba gusto ver lo atentos que resultaron los alemanes. Por la tarde, unos nadaban, Enrique aprovechó de demostrar sus dotes de ajedrecista, ganando todas las simultáneas que jugó, otro grupo, en el que estaba William, decidió ir al biógrafo a ver *«Su noche de bodas»*. Ya en la tarde se fueron a Puerto Varas. William había visitado aquel lugar en dos oportunidades anteriores, por lo que no le llamó mucho la atención. Los papás de él no lo conocían así es que estaban muy entusiasmados.

El lago Llanquihue fue una tentación para los nadadores, algo irresistible. Sus aguas, aunque frías, eran quietas y transparentes, donde se podía ver hasta las piedrecillas de colores de su fondo arenoso, por donde viajaban indiferentes, pececillos de diversos colores. Salían a dar saltos y así poder ver la técnica natatoria de las «Huestes del Regatas». Parecían competir todos, los chiquillos y los peces. Más que nadar, asemejaban una danza acuática pintada con los coloridos de aquel atardecer. El lago más que lago, parecía un océano, no se veía el otro lado de la orilla. Pero era un lago, sus aguas eran dulces como la miel.

En Puerto Varas estaban dando la película: *«Inocentes de París»*, de Maurice Chevalier, William no se la podía perder, y no lo hizo, se dio tiempo para asistir.

El hotel donde estaban alojados: «Alonso de Ercilla», decían que era una antigua iglesia de madera con una entrada grande y un atrio por donde se accedía a diferentes compartimentos. Tenía dos plantas. Una gran bóveda en el techo con tejas de cabeza biseladas. Unas habitaciones algo más modernas y espaciosas a un costado.

El servicio, en general, era aceptable. Andaban, eso sí, algo nerviosos ya que tenían que recibir a una cuarentena de turistas que llegaban en el vapor Santa Rosa desde Puerto Octay, del otro lado del lago. Ese era el «Translago» o «transatlántico del lago»; Era precisamente el vapor que ellos, William, sus papás y hermanos, abordarían al día siguiente; en una aventura turística familiar, fueron a Cayutué. Navegaron el lago Llanquihue. Avistaron la playa Venado, los Riscos, hasta Ensenada. Una vez allí atravesarían hasta el lago Todos los Santos, por tierra. La preocupación de William, entonces, era enviar correspondencia a Eileen. Si las cartas de Eileen no se las enviaban hasta adonde irían, de cualquier forma, se encontraría con ellas a su regreso.

§

Cayutué, lago Todos los Santos, lunes 16 de enero de 1933

Desde que salieron de Puerto Varas, tuvieron un clima pésimo. Un gran temporal en el lago Llanquihue. Los temporales en los lagos, aunque aparentemente inofensivos comparando con las olas del Pacífico, son tan terribles como aquellos. El Translago se movía como una cáscara de nuez sobre el agua. Daba la impresión de que el viento podría con él, pero al final, salía a flote. La mamá de William, y sus hermanos Eduardo y Fernando, se marearon a más no poder. Hasta los peces se compadecían de ellos. Todos se quejaban de la lluvia en aquella escapada turística, ajena a competencias de natación, pero muy náutica desde luego. Una eterna lluvia que parecía no terminar y aminoraba los ánimos de todos. Ya preparaban una ruta diferente: irse el fin de semana para llegar a Talca por si hubiera allí algún campeonato de natación. Variarían así lo de dormir, leer y comer bajo la lluvia.

Al llegar al embarcadero de Ensenada, el resto del viaje, los 16 kilómetros, se debían hacer en un folleque <*coche*> transformado malamente en góndola <*bus*>, hasta Petrohué. No pudieron ver los volcanes. El Calbuco y el Osorno se escondieron detrás de las negras nubes cargadas de agua. Tampoco les ayudaba la lona que tenían para no mojarse. Los bultos con sus cosas personales se demoraron dos días más en llegar.

En Petrohué los estaba esperando el profesor *Wolffhügel*, dueño de la casa donde alojarían. Era un personaje, especie de guía turístico mezclado con hotelero, pasando por científico aventurero y contador de historias; que a veces parecían ciertas y en otras no, pero siempre entretenidas. Era un hombre de los que aparecían en las películas: de 63 años, piel rojiza, y unos grandes bigotes con una barba blanca teñida de rubia, o barba rubia teñida de blanco: no se podría asegurar. Tenía un gran dinamismo. No había por esos lugares algún peluquero, por lo que el mismo se atrevía a cortar su cabello, y se notaba; lo tenía de un largo imperfecto. Su sonrisa comenzaba en sus ojos para continuar en sus labios. Había sido profesor en Montevideo en la escuela de Veterinaria y cultivó siempre su afición. En su casa tenía muestras espléndidas y un laboratorio muy bien formado. No había bicho de los lugares, de los que él no tuviera dos ejemplares: un macho y una hembra. El papá de William se encontraba en el *Séptimo Cielo*. Miraba y admiraba las colecciones. Ambos habían hecho muy buenas migas. Conversaban en terminología técnica acerca de cada lepidóptero, coleóptero, hemípteros o los nematelmintos...

La navegación desde Ensenada hasta Cayutué la hicieron en una hora y media, gracias a que iban en la lancha del profesor. Si la travesía la hubieran hecho en el bote grande, el tiempo invertido hubiera sido de cuatro horas. Tenían un desembarcadero de madera a orillas del lago *Todos los Santos*. A tres kilómetros de allí, estaban las casas, y la última, era la de él. Se veía que era un camino agradable de hacer a pié, en días de sol, es decir, en pocas ocasiones. William se había ido a caballo por lo que llegó mojado hasta la médula de sus huesos. Sus papás y hermanos iban en una carreta tirada por dos bueyes y tapados lo mejor que podían con unos paraguas. La lluvia caía cada vez en forma más impertinente. Impedía—si se puede decir—reflexionar. La aventura era la aventura, la suerte ya estaba echada. Las siete de la tarde ya habían aparecido por la oscuridad casi eterna del paraje. El chirriar de las ruedas de la carreta era el sonido que acompañaba a la lluvia salpicando por doquier. Los pensamientos de cada uno eran tan personales, que no se compartieron, llegaban a botar en el mojado suelo, e irse a perder detrás de los húmedos y negros matorrales. El mudo andar del caballo de William sobresaltó la quietud espiritual que tenía unos andares de torpe indecisión.

Llegaron a la casa. Los esperaba un gran fuego encendido en la chimenea, ropa seca, y una sopa marinera muy caliente, acompañada de una taza de té. Dos días después, llegaron sus bultos.

Las piezas que les tenían preparadas estaban en un alero de la casa. Tanto la construcción como la densidad de los árboles conformaban un todo armonioso, camuflado, único, y en juego con la naturaleza imperante: soberbia, fuerte y hermosa. La familia de este profesor: una mujer, de aspecto más avejentada que él. Una hija que se le veía muy poco. Un cuñado con su hermana y tres hijos y una amiga de Montevideo. La comida no era muy variada: pan amasado, leche, mantequilla en cualquier cantidad, papas, carne y frutas. Nada de alcohol.

La oscuridad ambiente impedía que William pudiera sacar unas fotografías. El paisaje era hermoso y ya que se irían el viernes, podía ser—como fue—que hubiera algo de sol. Por allí pasaba cada dos días un correo; recogía la correspondencia y la llevaba hasta Ensenada. William escribía a Eileen constantemente, mientras pensaba: <Cómo no pudiera ser yo una carta para irme viajando hasta ella>. Recién hacía una semana que había salido de El Puerto, pero estar sin Eileen le parecía un año. Sin noticias, sin nada ni nadie. Un calendario en la pared les ayudaba a saber en qué día estaban. No tenían ni vitrola ni radio. William, aburrido, se paseaba por la casa. Sobre un mueble vio unos discos rotos; estaba entre ellos «Ce n'est pas la même chose» <no es la misma cosa>, de Maurice Chevalier: ¡Pobre disco Odeón!, roto y sin gramófono para poder escucharlo: estaba muerto; como se sentía él sin Eileen.

Este profesor había perdido toda su fortuna hacía unos dos años debido al problema de la desvalorización del marco en Alemania. Ya en Chile, se le murió un hijo de veinte años por una septicemia, no alcanzaron a traer a un médico para que pudiera ayudarle a luchar contra la infección de su sangre. El profesor era un hombre recientemente golpeado por la vida, sin embargo, no dejaba de sonreír, le dijo al Dr. Edwyn Reid:

—Si usted hubiera estado por estos lugares cuando mi hijo... —, no terminó de decir la frase y su mujer le acarició el cabello ordenándoselo un poco. Había aún algo de tristeza en su interior.

La vegetación que rodeaba a la casa, los bosques vírgenes, los ríos cuyos orígenes se desconocían, las cascadas de agua, los insectos, los pumas y las aves abundaban. De no ser por la lluvia, habrían estado muy entretenidos.

§

—William, que deseos tengo de conocer esos lugares, deben ser muy hermosos.

—Algún día podríamos arrancarnos los dos solos, mi querida Eileen.

—Lo dudo mucho, pero resultaría simpático.

—Ya veremos.

§

Tenían un vecino, no muy lejano, que era un poco cacique. Un hombre de mediana edad, de marcado rasgo indígena, muy escurridizo y bastante callado, pero con unos ojos vivaces. Muchos de los que allí viven nunca lo han visto, y creen que se trata de una leyenda, avalado esto por las historias increíbles que de él se cuentan. Ciertas o no es entretenido oírlas.

Uno de sus antepasados—se cuenta—, era un *hulmen,* un hombre rico entre los mapuches, los únicos capaces de soportar el gasto de tener a varias esposas. Otro de sus parientes era un *Toqui,* un jefe militar ejemplar elegido por una de las tribus que vivía entrando a la selva inexplorada. La selva virgen que todos veían desde lejos, pero que ninguno se atrevía a internarse en ella bajo so pena de caer en el maleficio de los mapuches y los espíritus protectores de sus únicos territorios olvidados por los españoles en sus conquistas. El lugar exacto que describió Alonso de Ercilla y Zúñiga cuando escribió su *La Araucana*. Hasta ahí, precisamente llegaron los soldados españoles, los que osaron continuar un poco más, nunca regresaron, ni sus espíritus, como dicen los habitantes del lugar. Esos son sitios que no tienen temporalidad, siempre están vigentes, actuales y misteriosos. No existe el tiempo, solo el espacio. La claridad dice del día y la oscuridad no deja de hablar de la noche. El misterio y la lluvia rodean el ambiente. Explicó el profesor, que allí fue donde los españoles comenzaron sus *malocas*, la caza de indios, y por ello precisamente vinieron los *malones*, que fueron las venganzas de los indios contra sus agresores. Los mataban cautivando a sus mujeres y niños y llevándose el botín de sus casas. Todo esto hizo pensar a William, respecto a los bailes que ellos organizaban y que llamaban *malones*. Normalmente cada uno de los que asistía a la fiesta, llevaba algo: bebidas o comida, una especie de botín, al mejor estilo indígena. ¡Qué curioso origen de aquella palabra, tan de moda por los jóvenes! Este indio, tan asustadizo como útil, se dejó ver ante los invitados, y se acercó especialmente a William, para acariciar su bufanda, tejida de una lana chilota muy especial y de coloridos muy fuertes, atractivos para la vista de aquel hijo de una *machi*, la curandera de su poblado, en las cercanías de la gran selva virgen. Los *machitunes* y ceremonias de curandería sorprenderían a todos, especialmente a usted Dr. Reid, por sus resultados, explicó el profesor algo más tranquilo del visitante silencioso, que hablaba casi solamente en *mapudungun*, su lengua.

Continuó acariciando la bufanda, y William se la dio, poniéndosela alrededor del cuello grueso y moreno del mapuche, dándole unas palmaditas en la espalda. Este salió corriendo con notoria alegría, sin darle la espalda. Tendrás un guardaespaldas hasta que te vayas, le confirmó el profesor a William, como lo comprobaremos más adelante.

La comunicación telefónica no existía. El correo pasaba cada dos o tres días, cuando el clima lo permitía. William se estaba poniendo impaciente. Al contrario que su papá, disfrutando de las conversaciones del profesor y curioseando los insectos. Sus hermanos menores, se iban al lago a nadar, cuando no llovía, aunque hiciera frío. La luz eléctrica no faltaba, ya que la generaban con una máquina que hacía andar un mecanismo desde una cascada de agua. Era una pequeña y casera planta hidroeléctrica diseñada por el profesor, que funcionaba desde las ocho hasta las once de la noche, el resto del tiempo, con candelas y palmatorias. Había salido un viento bastante fuerte, que hacía viajar las nubes a gran velocidad, probablemente se llevaría el mal tiempo. La única forma en que William sabía la hora era gracias a un relojito que tenía como despertador y que nunca le fallaba, agradecimiento de que él jamás olvidaba ponerle cuerda. A él siempre le creía cuando señalaba el momento del día o la noche en que estaban. Si se basaba por la claridad ambiente, de seguro que cometería un yerro. Su reloj de pulsera Longine, lo había dejado en el pensionado, para impedir que se le perdiera.

—Estamos incomunicados. Mejor lo tenían los antiguos, y no tan antiguos, pensando en *Chulín*, el nombre de nuestro misterioso personaje medio cacique, que, aunque las fogatas encendidas aquí y allá, no se utilizan a modo de comunicación por *«señales de humo»*, se comunican entre ellos diciéndose unos a otros: *«aquí hay comida, puedes venir...»*. Con sus palabras mágicas, repetidas tres veces, arregla muchos de los problemas de los demás: salud y los males de pena, dinero y los males de cosecha, amor y los males de olvido y distancia. Como los que tengo al no estar junto a ti. «Arrecunquichi, malaca, guachapa, tai tai», frase poderosa en mapudungun que, repetida tres veces con la ayuda de los golpes de una rama de olivo, parece ser, que soluciona todos los problemas. Aquí pasa el cartero, un hombre a caballo, cada dos o tres días, cuando el clima lo permite <*casi nunca*>.

§

—William, me pregunto si habrá algún día una comunicación tan perfecta como el pensamiento. Pensar en el ser amado, y que este sienta que está siendo llamado, y capte el mensaje, pensando en el ser amador <que debería también ser un "ser amado">, y comience una comunicación con el lenguaje del pensamiento, el lenguaje más perfecto. A distancia, con la imagen del ser querido.

—Claro querida, esa debería también ser una comunicación gratuita, ya que casi siempre estoy pensando en ti, y creo que nunca cortaría la comunicación —, escribió William a Eileen, con añoranza.

§

William dejó de escribir, y bajó a la gran sala en donde estaba la chimenea prendida que tenía aquella casa. Todos tertuliaban plácidamente. Repentinamente, apareció **Chulín** con una caja. Bruscamente como era y sin ningún protocolo, asustando a las visitas, pero sin sobresaltar a los de casa, <ya lo conocían>, la entregó a William. Extrañado William, miró la caja y tomándola dubitativamente, ante la insistencia de Chulín, miró al profesor, quién le dijo:

—Deberás aceptar el regalo, de no hacerlo, significará para él, una deshonra personal y para su pueblo, es una retribución por la bufanda. Se debe a ti, ahora has conseguido a un amigo que daría su vida por ti, te cuidará mientras permanezcas en su tierra: que esta es para todos los mapuches, su tierra, habitada por el hombre blanco.

William sorprendido pero agradecido terminó de tomar la caja mientras *Chulín* se alejaba sin dar la espalda y en reverencia. William se creía una especie de dios mapuche, se sentía adorado; pero en realidad solo le hubiera gustado ser adorado por Eileen.

La caja cuadrada, de unos veinte centímetros, tenía a modo de bisagras, trozos de cuero de serpiente pegadas con goma arábiga madre, «el llanto doloroso de los árboles cuando ven que cortan a hachazos a sus hermanos», aseguraba el profesor. Sobre la cubierta tenía también una piedra volcánica en el centro, del mismo volcán Calbuco: plana y con figuras producidas por la erupción misma, y que los mapuches interpretaban según sus tribus y gustos. En este caso, simbolizaba la diosa de la vida y la felicidad. Era femenina ya que «la felicidad» lo es y «la vida», también, que asociaban a la maternidad de la mujer. En sus cuatro de sus extremos, formando una perfecta cruz, unos trocitos de madera de pellín pegados sobre la caja de cedro. Todo el conjunto tiznado con ceniza volcánica recubierto con cera animal que le daba un brillo opaco y eterno. La cruz era la sublimación de la cristiandad, el dominio perenne del Dios español por sobre todos los dioses mapuches. *Chulín*— se contaba—se acercaba los domingos, después de la infalible misa del medio día, a la cabaña dispuesta como iglesia a orillas del lago. Isidoro, el viejo cura franciscano, luego de decir la misa, se alejaba en su caballo y presentía la presencia de *Chulín*, que detrás de los árboles, husmeaba lo que podía. Era *Chulín*, pensaba el sacerdote, un convertido. Con el tiempo. Fue llevando a otros de su tribu, para observar de cerca la capilla. Isidoro había optado por dejar todo abierto, para que pudieran entrar. Fue esta una acertada medida. Servía para cobijarse de alguna borrasca y también para convertir al cristianismo, gracias a *Chulín*, a unos cuantos indios, con la venia de sus propios dioses, siempre muy benevolentes, que, sin embargo, no asistían con Isidoro, pero sí lo hacían a la misa, que, a su particular manera, estaba llevando a cabo *Chulín*.

William había decidido montar a caballo, y salir a pasear por los alrededores. No llovía aquella tarde. Fue galopando por un senderito que parecía llegar a ninguna parte. El caballo burlaba las piedras volcánicas con gran gracejo. Se sentía la pesada y húmeda atmósfera y la presencia de alguien avanzando y escondiéndose detrás de los árboles y matorrales. El caballo relinchaba asustado. Podría ser un puma, pensaba William. Para agudizar sus oídos. Iría más despacio, al trote. No se había percatado, pero se había adentrado bastante en el territorio sagrado de las tribus mapuches. No era William una persona asustadiza, pero a decir verdad se había inquietado un poco, ya había comenzado a oscurecer un poco y dentro de esa selva, por caminos inventados, era preocupante. Debía regresar. Pero en ese lugar no había nada a modo de referencia. Sin luna, sin estrellas, y oscuro. ¡Había sido una imprudencia de su parte!, pensaba, pero continuó, hasta que luego de unos momentos, se percató, por unas ramas rotas por las patas del caballo, que estaba andando en círculos. Deseó pensar en Eileen para calmarse, lo intentó, pero no pudo. Ello significaba solamente una cosa: Estaba verdaderamente asustado. El caballo ahora iba al paso, sentía cada vez más cerca la presencia de alguien a sus espaldas.

—¡Arrecunquichi, malaca, guachapa, tai tai! —apareció *Chulín* gritando detrás de un pircún. William se sobresaltó y el caballo relinchó al tiempo que *Chulín* le daba golpes suaves al animal con una rama de olivo. Nunca se había amedrentado tanto, cavilaba William, como tampoco se había alegrado tanto de ver a alguien <salvo a Eileen, rectificaría luego>. Sin intercambiar palabras, fue guiando al caballo montado por William, y en un dos por tres divisaron la casa. Todos estaban preocupados. Te dije que en *Chulín*, tendrías un amigo leal aquí, le recordó el profesor. Mientras William llevaba el caballo a desensillar, Chulín se alejó, mostrando siempre su cara, pero antes le esbozó una sonrisa amistosa y le dio a William unas palmaditas en la espalda. El resto de la jornada fue muy tranquilo.

—Llegaron dos solteronas, profesoras primarias norteamericanas como huéspedes. Me había olvidado nombrártelas. Cuando salen a pasearse con sus capas para el agua, es de morirse de la risa. Conversan muy poco. Me han prestado un número del «American Magazine» que he estado leyendo. Es el de enero. Vi entre sus páginas, como luces recordatorias, tu nombre: Eileen, Eileen, Eileen..., en un cuento de intriga, aún no lo termino. La protagonista: Eileen, se escapa de un entuerto bastante entretenido, con una astucia y verborrea, digna de las *Eileenes*, con gran capacidad. Finalmente llega a los brazos de quien— ella supone—es un amor que no le conviene, pero se quedan juntos, a pesar de todas las conjeturas que los lectores van haciendo por las circunstancias relatadas por su autor. Veremos en qué termina este relato: si le convenía o no ese amor, y si en uno u otro caso, se quedan juntos para siempre. Discúlpame que te escriba tan largo y probablemente poco interesante para ti. Es lo único que hay para contar. Nunca he dejado de recordarte y pareciera «que mientras más lejos, más cerca». Sin ponerme sentimental, veo ahora que es bien cierto ese refrán —, finalizó contándole William a Eileen en su última carta.

§

Santiago, miércoles 8 de marzo de 1933

El regreso de William, sus papás y sus seis hermanos, más la comitiva del Regatas, ocurrió sin novedad alguna. Con varias medallas y copas por las marcas obtenidas. Todos venían muy contentos y satisfechos de sus logros. William, por su parte, con una felicidad interior que emergía con mayor fuerza que las erupciones volcánicas: Eileen sería su mejor trofeo y premio, como efectivamente lo fue. Tuvieron un verano de playas, calores y paseos en los cuales a ambos se les fue metiendo las fisuras que va marcando el amor, cuando es verdadero y tiene aspecto de ser eterno. Se miraban uno al otro, y les parecía imposible la vida sin ellos mismos conformando un todo apergaminado e indeleble. El domingo 29 de enero, el día del cumpleaños de Eileen, se habían hecho promesas, tan eternas como secretas, que los únicos conocedores de ellas eran ellos mismos y Dios. Fueron promesas sagradas, que sellaron, de alguna forma con el regalo que William le dio a Eileen: la caja misteriosa que le regalara Chulín. Eileen puso en su interior, las figuras de porcelana, los Bonzos. Conservaba todo junto, reunido, como lo hacía con las cartas recibidas de él. Al lado de la caña de Bambú, el báculo de mando y poder sobre William. Había sido un regalo exclusivo, preferencial ante otras chiquillas, era de ella, solo de ella, y eso significaba que su antiguo poseedor también lo era.

—Llegué a Santiago a las once menos cinco, algo cansado, con sueño y con ganas de no haberme venido, en fin, varios «strange feelings» <extraños sentimientos> que nunca había tenido antes. Dile a tu mamá que, por favor, ella perdone todas las molestias que le ocasioné. Pensando en ellas desde acá, veo todas las atenciones que tengo que agradecer. El día de ayer se pasó más ligero que nunca y me parece un sueño todos los trajines y carreras para alcanzar el tren.

Muchos recuerdos a tus tías, a la abuelita, a la Amor, de quienes ni siquiera me despedí. Ya escribiré más largo. Cariños. William. «Tres, tres, cuatro, teatro, entre, treinta y tres».

§

Santiago, sábado 11 de marzo de 1933

William había cambiado la táctica de poner, al final de sus cartas, letras. Ahora escribió un trabalenguas, que desde luego a Eileen le iba a resultar bastante difícil pronunciar rápidamente. Su marcado acento inglés, le impedía una total corrección en la pronunciación de la letra «erre», pero con el tiempo lo logró. De esta forma William, sin el ánimo de reírse de la manera de cómo hablaba su «gringuita», lo hacía para disfrutar del cómo lo hacía. Por su parte Eileen parecía tener completamente olvidadas aquellas tres letras: «L.B.B.» y su significado.

Eileen se había quedado muy triste cuando William se había ido a Santiago. No deseó decirle nada a él para que tuviera un viaje tranquilo. Los momentos de miradas tristes, los ahogaban con besos, tan largos como la eternidad misma. Eran besos que en algún sentido los dejaban sin respiración. Se deleitaban oyendo la radio y escuchando canciones románticas, que pareciera, estaban inspiradas en ellos mismos. Eran momentos que siempre deseaban repetir. Momentos de romanticismo. De conversaciones, de complicidad.

—Me dijeron que estaba enfermo tu hermano Enrique, pero me pareció verlo subirse al ascensor El Peral, ¿cómo es posible? Deseo que se recupere.

—Enrique no es el enfermo. Lo han confundido con Carlos. Pero sigue bien, con un médico en casa, ya me dirás; gracias por tus deseos.

—William, me comentó la Amor que se hará una fiesta de beneficio, y necesitarán unos folletos de comedias.

—Los conseguiré acá en Santiago, te los haré llegar.

—Ha fallecido en Valparaíso un socio del Regatas, te envío el recorte con su nombre que apareció en El Mercurio. ¿Lo conocías?

—Siento mucho su muerte, era un muy buen amigo mío. Un excelente muchacho. Entusiasta y trabajador, todo un caballero.

—¿Cómo has seguido con tu relación con los curas del pensionado?

—Este año tendré que cambiar de residencia. Los curas no me aceptan por no ser religioso, ni respetar sus creencias, haciendo chistes en contra de la <Santa Madre Iglesia Católica». ¿Qué te parece? Hay muchos pensionados adónde ir, y ya he visto uno bueno. Lo último que

les molestó fue lo siguiente. Cuando veo a los curas con sus sotanas, me acuerdo de Chulín, y me parece que también podría ser uno de ellos. Comenté aquí a los muchachos las aventuras de Chulín. Tomé unas ramas de olivo y René Fontaine se vistió con una de las sotanas de los curas que se estaba secando en los cordeles y maquillado con unos bigotes postizos, parecía que fuera uno de ellos. Salí persiguiéndolo con golpes de olivos y gritando: ¡Arrecunquichi, malaca, guachapa, tai, tai!, una y otra vez. Lo malo fue que nos pillaron en esta travesura. A los demás los perdonaron, pero a mí me tienen en la lista negra.

Gracias por tus «tres equis». Sé que la «X» simboliza un beso. Ten cuidado porque los voy a contar y después te exijo el pago con intereses.

«Treinta y tres equis».

P.S. A la Nora no la he visto, está muy lejos. Me prestaron la música de «Teniente Seductor», te la mando. ¡Ah, me debes una contestación!

§

Santiago, miércoles 15 de marzo de 1933

—Esta mañana recibí tu carta de ayer y ayer la del viernes, que tú colocaste al correo el trece. Por eso te decía que me debías una contestación. No era trampa como me dices. He dado tres exámenes y me fue bien, pero aún me quedan más.

Tus cartas las he leído varias veces y cada vez me gustan más, pero las creo menos. Sería magnífico que vinieras a Santiago. Pídele permiso a tu mamá, desde luego, no creo que te lo niegue, y podremos ir al biógrafo <al Central>.

—Hablaré con mi mamá sobre ir a Santiago. El lunes, como a las tres de la tarde, estaba pensando en ti y escuché en la radio aquella canción que nos gustó mucho cuando la oímos en casa: «Little White Lies» <Mentiritas Blancas>. ¿Qué te parece?

—Mucha coincidencia, ya que, también la oí en el comedor del pensionado, cuando terminamos de almorzar. ¿Será que estamos comenzando un tipo de comunicación como la que te comenté por carta desde Cayutué?

William no miraba con buenos ojos que Eileen estaba teniendo mucho interés por asistir al Regatas. Sabía de la existencia de un nuevo socio, tocayo de él. Pero como le había prometido dejar de mencionarle el tema, no lo hacía. Por su parte, aún estaban los curas sin tomar una resolución definitiva acerca de expulsarlo del pensionado. Sentía William que, si él insistía un poco, nada ocurriría. Y podría quedarse: «No les conviene a los curas perder pensionistas. Antes que las sotanas está el negocio», reflexionaba.

—Te envío un folleto de monólogos y *sketches*. Los que marqué con tinta son buenos. Los otros no valen la pena ni leerlos. ¿Por qué me dices que vaya al Central con alguna amiga?, ¿no será que no vas a venir nunca a Santiago?, ¿es eso? De todas formas, te esperaré para ir juntos. Muchas gracias por el millón y millón de equis. Pierde cuidado de que sabré cómo cobrártelos. ¿Se pueden hacer transacciones? Dale recuerdos a tu familia. Poblete y Téllez me preguntaron por ti.

§

Santiago, viernes 17 de marzo de 1933

—Me parece, William, que no me crees lo que te dije de la canción que escuché en la emisora «Los Ángeles». Supongo que es la misma que tú estabas oyendo.

§

Queridísima Eileen:

Recibí tu carta fechada el jueves 16. Después de leerla y releerla, quedé con la impresión de que estabas enojada cuando la escribiste. «¿Crees tú que yo creo, que tú crees que yo creo, ¿que tú crees que yo no creo lo que me dices?». No, yo no creo eso. Hay un refrán que dice que en toda «mentirita» <disculpa la palabra>, hay un grano de verdad. Con ese poco me tengo que conformar. No era la estación Los Ángeles la que oía, era la emisora «Santiago», y probablemente eran más de las cuatro. Pero no es eso lo importante que deseaba desatacar. Es el hecho de que ambos estamos comunicados—diría—por poderes divinos. Para cambiar de asunto, te voy a contar un chiste que celebramos en aquella sobremesa: «Don Otto compró un loro y quiso enseñarle a decir su nombre. Lo tomó en sus manos y comenzó las clases: diga Otto, lorito, diga Otto Loro, diga Otto ¡Caramba!», «Diga que Otto, Otto, ¡Caramba!». Hasta que perdió la paciencia el pobre don Otto y aunque le estiraba del pescuezo al loro, nunca consiguió que hablara. Después de maltratarlo lo botó al suelo y se fue a su oficina. Llega de vuelta en la noche y encuentra muerto al canario, a una lechuza <la que se fijaba mucho pero no hablaba>, a tres pollitos nuevos. Y en todas partes encontró plumas y sangre. Sigue los rastros y llega al gallinero. El loro tenía agarrado al último pollo, zamarreándolo y tirándole del pescuezo, le decía: «Di que Otto ¡Caramba!».

§

Ya no me voy del pensionado, ¡el poder de la plata!

—Mi querido William, no sé si podré hacer «transacciones» contigo, me parece que tú eres muy hábil en transacciones y siempre saldrás ganando.

—Eres muy mal pensada Eileen, en lo que se refiere a las transacciones.

—Dale mis saludos a Téllez y Poblete.

—Los saludos que mandas no los daré. Me voy a quedar con ellos. ¿Vendrás a Santiago?

—¿Vendrás tú a Valparaíso?

—Posiblemente no vaya a Valparaíso hasta septiembre. Puedes estar tranquila. No quiero decir con esto, que no te echo de menos. No te imaginas lo que me gustaría verte. Por eso espero que alguna vez me avises que vendrás a Santiago, aunque sea por un día solamente. Si lo haces, te devuelvo la visita.

—Tú te lo pierdes, el sábado próximo haremos un picnic a *El Plateado.*

—Ojalá lo pasen muy, pero que muy bien en el picnic. Escuché el informe meteorológico y dice que en Valparaíso el tiempo está amenazador, y no sería nada de raro que les lloviera.

—Así será, pero iremos.

—William se despide de Eileen con los mejores deseos de que lo pasen bien, aunque llueva. Como te dije, no iré a Valparaíso hasta septiembre. Así estarás más tranquila.

—Yo estaba por creer que no vendrías a Valparaíso hasta el fin del año: ¡Yo en el caso tuyo, no me daría el trabajo de venir acá! Santiago es muy bonito en el invierno, y mejor aún en primavera. No te preocupes tanto por mi tranquilidad, son pocas las veces que no lo estoy.

§

Santiago, miércoles 22 de marzo de 1933

—La última frase de tu carta la podrías haber reemplazado por: «No tengo ganas de verte y déjame tranquila».

William estaba muy sentido con Eileen. Había interpretado las palabras de ella de una forma parcial, no viendo lo sentida y falta de su cariño en que estaba sumida. Le parecía una injusticia. Él nunca dejaba de pensar en su «gringuita». Sus únicos deseos eran subirse al tren y viajar a Valparaíso. Sentía rabia de no poder hacer lo que deseaba. Sentía celos de que otros disfrutaran de su compañía. La vida estaba siendo muy injusta con él. Eileen le hacía falta, pero se atrevió a escribir:

—Eileen, me haces falta y a veces me desespero por no poder estar cerca de ti. Necesito verte. Y tú me dices que en el caso mío no te darías el trabajo de ir. Me conoces muy poco Eileen, esa es la razón del porqué opinas así. Ya sé cuál es tu modo de pensar y seguiré tus consejos. No me daré el trabajo de ir, ni me preocuparé tanto por tu tranquilidad. Tampoco te escribiré tan seguido, pero déjame siquiera que lo haga. ¿O tú tampoco, en el caso mío, te darías el trabajo de escribir? Haré cualquier cosa por satisfacerte, ese es mi lema. Te abraza con mucho cariño. William

§

Santiago, viernes 24 de marzo de 1933

—Mi querida Eileen. Hace días te mandé una carta algo rara. No le hagas caso. Son rebeldías de ese *"otro"* que tú conoces. Perdónalo como lo has hecho siempre.

Me fue mal en un examen. En la casa estoy en lista negra. No me extraña el resultado. Déjame que cumpla con lo que te prometí. Ya veremos. Parece que las clases comienzan el *tres* de abril.

Mis felicitaciones a Harry; tu hermano debe de estar contento de haber ingresado al liceo. A sus quince y casi dieciséis años, está en la edad perfecta. Se acostumbrará.

—Te perdono tus puerilidades. A veces pienso que eres muy inmaduro. Supongo que la madurez, como la inmadurez, tiene entre sí una línea divisoria muy fina. Muchas veces, al hablar o actuar de una u otra forma, pasamos de allá para acá y viceversa. Dentro de tu reconocida «seguridad», a veces, y perdona que sea sincera, me pareces muy «inseguro», lo que traduzco como inmaduro. En la vida hay que saber lo que se espera de ella, saber lo que se quiere. Y nuestras acciones y pensamientos deberían estar barnizados por los caminos que llevan al logro de lo que queremos hacer de nuestra vida, sin distracciones, sin pérdidas de tiempo, que no se nos escape la juventud, que no se nos escape la vida. ¿Qué esperas de tu vida? Pasando a otra cosa menos filosófica, pero no por eso menos importante. Haremos desde Villa Alemana, un paseo a caballo hacia el *Tranque Recreo*, ¿te lo perderás?

—Me gustaría acompañarte a esa excursión, tendría que ver las combinaciones de trenes para el regreso a Santiago. De cualquier forma, me daría lo mismo cualquier día, siempre que sea antes de que comiencen las clases. Si no voy, ten cuidado con los golpes del caballo. No es difícil caerse. Para contestar tu primera pregunta: ¿Qué esperas de tu vida?, la única respuesta que se me ocurre es: *Vivirla hasta la muerte junto a ti.*

§

Santiago, domingo 26 de marzo de 1933

William siempre sospechaba que Eileen utilizaba la «puerta falsa» <backdoor>, para salir airosa cada vez que le hablaba a él con una seriedad que lo hacía sentirse realmente "inmaduro": Casi como vivir al día, sin pensar en el mañana. Dejó sus pensamientos sobre sí mismo, para atender la visita de un amigo: Jorge del Río. Le había comentado que había estado en Villa Alemana desde donde traía muy gratos recuerdos por haber conocido a dos hermanas que vivían en la *quinta Beckeley.* Eran, como dijo: «gringuitas de Chuquicamata».

§

—¿Las conoces Eileen? Me contó también que había habido una comida en el cerro Alegre, que habían ido las Balbontines y las demás chiquillas. Si hubiera sabido que ibas a estar hoy domingo en Villa Alemana, habría ido en el Ordinario de 11:35 a.m. Llega allá a las 2:45 p.m. De vuelta tendría los Excursionistas, que siempre se detienen ahí. Tú no me dices qué días de la semana estás en Valparaíso o en Villa Alemana. Necesito saberlo para no hacer viaje de balde y no encontrarte. Sería el colmo de la mala suerte. ¿Los domingos vas a Valparaíso? K.H. and S. William.

—Muy agradecida de tus K.H. and S. —. Respondió Eileen.

—Con "fina ironía" das las gracias por los K.H. and S. <Kisses hug and seize: *Besos,* abrazos y secuestrarte>. Tendré que aceptar el desafío y contestarte con la frase de etiqueta: «no hay de qué», «Its a pleasure» o «You are quite welcome» o «Not at all» <en inglés>; «Nichts zu danken» o «Bitte schön» <en alemán>; «Pas de quoi» o «Ça va» <en francés>... ¡Qué erudito! ¿No? Eileen, prefiero que no me contestes cuando estás enojada. Espera hasta que se te pase. Tus cartas, cuando leo entre líneas que estás en ese estado anímico, hacen que me duela mucho la cabeza. Ya las aspirinas no me hacen efecto.

§

Santiago, miércoles 29 de marzo de 1933

William se puso de acuerdo con Eileen, y tuvieron un gran día de paseo a caballo. Nada de esto, obviamente sabían en casa de William. Su viaje había terminado en Villa Alemana, lejos aún de Valparaíso. Los galopes y descansos en las tabernas del camino estuvieron muy llenos de alegrías por todos los participantes. Pero llegaba la hora fatídica, en la que William debía volver a Santiago. Alcanzó el tren sin dificultad, aunque con el tiempo justo para ello. Eileen lo fue a dejar hasta el andén, y le entregó una flor para que se acordara de ella. Muchos esperaban a El Excursionista para su regreso a la capital a reanudar las diferentes responsabilidades. Muchos pololos, muchos besos y muchos adioses.

—En Limache tuve una sorpresa agradable. Mientras esperaba el Expreso, para demorar menos en llegar a Santiago, y como tenía treinta y cinco minutos, salí a dar una vuelta al pueblo. De repente veo a un señor con chaqueta blanca y muchos botones, que me echa encima el caballo. No estaba yo en ese momento para más caballos, mi día había sido muy «acaballado», por lo que di un salto a un lado, esquivando lo más rápidamente posible la embestida, y oigo que el jinete se ríe y me llama por mi nombre. Era un antiguo amigo del pensionado: Carlos Swett. Se bajó del caballo, lo amarró a una valla al borde del camino y entramos a una posada. Se alegró mucho de verme. Bebimos unas cervezas y luego quería que me quedara a comer con él, y que alojara en la hacienda Trinidad, donde su padre es el administrador, etc., etc., Me preguntó que qué era lo que hacía ahí; Le hablé de ti y de Villa Alemana. Me hizo prometer que iría un día a paseo a caballo con ellos. Me dijo que te invitaría a ti; no alcanzamos a fijar la fecha porque en ese momento piteaba el tren y debí despedirme apresuradamente. En todo caso quedó «lanzada la idea», ¿te gustaría ir?

El viaje hasta Santiago lo dormí integro, tapándome las piernas con el abrigo, y contemplando la rosa que me diste. La pobre estaba tan triste como yo y no alcanzó a llegar a Santiago sin llorar alguno de sus pétalos. Ahora está al lado de tu fotografía, acostada en la carpeta y no me atrevo ni a tocarla para que no se desarme.

Heaps of K. H. and S. <Montón de besos, abrazos y secuestros>. William

§

Santiago, jueves 30 de marzo de 1933

Un día para contar cosas de última hora y no olvidar un saludo.

—Eileencita, ¿te enojas si te llamo así?, un amigo que se fue hoy a El Puerto te llevará el sábado, entre 6 y 7 de la tarde, una fotografía buena de Chevalier, que creo te gustará conservar.

Dale un abrazo a la Elsie por su cumpleaños en nombre mío. ¿No te olvidarás? Aunque grite y pida auxilio. Montón de K.H. and S. William

§

Santiago, martes 4 de abril de 1933

Los recuerdos de Eileen, William siempre los conservaba barnizados de una especie de «presente soledad». Debía suprimir aquellos delitos o pensamientos de olvido que significaba la distancia física entre ellos. Nada escapaba a la belleza de Eileen: ni el aroma de las rosas, ni el murmullo de la brisa, ni los colores de las flores ni el cantar de los gorriones. William lo sabía, lo sentía. Sus espacios vacíos llenos de pequeños secretos de amor marcaban un ritmo. El *tic-tac* del reloj señalando silencios equidistantes, ordenaban los pensamientos de William. La lluvia caía silenciosa tras los cristales. No podía concentrarse en los estudios. Su imaginación se transportaba instantáneamente a Villa Alemana; escapando de su cuerpo. Aparecía Eileen, sonriéndole con amorosa ternura adornada por el hermoso brillo de sus ojos azules. William la amaba en ese silencio a gritos de su alma. En ese silencio obligado por la distancia, pero no en ese silencio del olvido. Deseaba hacer junto a ella una eterna peregrinación hacia la vejez y más allá de ella misma, hacia la vejez envejecida del más allá.

Esa mañana en una encomienda enviada por Eileen, había recibido un trozo de queque que le había enviado Elsie, era en agradecimiento por el saludo de su cumpleaños. Lo habían pasado—aunque estrictamente en familia—muy bien.

—Iré, muy probablemente, a Santiago con mi mamá; tiene que arreglar unos asuntos legales antes del primer aniversario de la muerte de su papá, que ocurrió el miércoles 30 de noviembre de 1932. La mamá, aunque está preocupada de tener que dejar al Harry y a la Elsie por unos días con la abuelita y las tías, está preocupada.

—Estoy feliz de saber que vienes a Santiago. Espero, sin embargo, que el viaje no fracase, y que las preocupaciones de tu mamá le permitan realizarlo, te esperaré.

§

La vida en el pensionado de William había comenzado a normalizarse. Había llegado gente nueva y el comedor se veía más completo a la hora de las comidas. Los hermanos de William, Enrique y Alfredo, que estudiarían, medicina y odontología, respectivamente, también vivirían allí. Las clases comenzarían el lunes 10 de abril y no el tres, como se especulaba antes; y la rutina seguiría.

El clima: con un poco de lluvia y mucho frío por las mañanas, hacía las amanecidas muy desagradables y oscuras. Aún el gobierno no daba la orden de cambiar la hora.

Aprovechando una tregua de la lluvia, donde apareció un tenue sol, William, el día anterior había aprovechado de tomar unas instantáneas. Las que posteriormente envió a Eileen. Habían salido muy buenas. Una de ellas permitía ver el edificio de La Moneda, en todo su esplendor. Algunos autos, unos cuantos tranvías eléctricos viajando rigurosamente por la huella de sus rieles, los transeúntes cruzando despreocupados y a su aire y todo ello con un telón de fondo espectacular: la cordillera de los Andes comenzando a quedar nevada. Una belleza, mezcla de naturaleza creada por Dios y naturaleza inventada por los hombres.

§

—El domingo estuve con Téllez y Pizarro en la final del campeonato de temporada, en el estadio de carabineros. Ellos—queriendo ser amables—me preguntaron por ti. Lo que permitió que, desde ese momento, con la imaginación, volviera a Villa Alemana, en fin. Me regalaron un marco de 18 x 24, ¿te da alguna idea?

—Sí, que te envíe alguna nueva fotografía mía para poner en él. Pero ¿será conveniente?, ¿estamos lo suficientemente unidos en sentimiento a pesar de la distancia?, ¿quiere tu familia nuestra relación?

§

Santiago, miércoles 5 de abril de 1933
Mi querida Eileen:

Cuando a tus manos llegue esta carta, leerás en ella un mensaje oculto entre líneas. Una desesperada necesidad de mi alma de sobrellevar—a la distancia—nuestra relación. Y que ella no sucumba en los mares del olvido. Cuando el suspiro del viento hace vibrar en mi alma el recuerdo de tu rostro, renace en mí el estruendo del ocaso. El crepúsculo de un amor perdido. La muerte, el odio a mi vida, y al olvido. Pido ayuda al poder de los dioses del Olimpo, a la fuerza de los espíritus protectores de los mapuches con sus: «*Arrecunquichi, malaca, guachapa, tai tai*», a la soberanía del Dios viviente, eterno y siempre presente, de los frailes del pensionado y a todo lo que pueda unirnos por siempre.

Te envío este anillo de fina plata de ley, para que lo conserves, como un gran símbolo. He hecho grabar la palabra: *Mizpah,* que se pronuncia *Mizfá*, en griego. Es un sitio en donde se celebró una alianza bíblica que está en el Génesis. Fue entre dos familias, que por varias razones se odiaban, se peleaban y robaban mutuamente. Las familias de *Jacob* y *Labán*. El capítulo 31 del Génesis dice:

44: Ven pues y hagamos alianza, para que sea en testimonio entre mí y entre ti.

45: Tomó pues Jacob una piedra, y alzóla por título,

46: Y dijo a sus hermanos: Traed piedras, los cuales, recogiéndolas, hicieron un   majano, y comieron sobre él:

47: Al cuál llamó Labán «el Majano del Testigo», y a Jacob «el Montón del Testigo»: Cada uno según la propiedad de su lengua.

48: Y dijo Labán: Este majano será hoy testigo entre mí y ti, y por esto fue llamado su nombre Galaád, esto es, Majano del Testigo.

49: Mire y juzgue el Señor entre nosotros cuando nos hubiéremos separado el uno del otro. (latín: *Intueatur et judicet Dominus inter nos quando recesserimus à nobis*).

50: Si afligieres a mis hijas, y si tomares otras mujeres a más de ellas: Ningún testigo hay de nuestras palabras sino es Dios, que presente está mirando; Él será nuestro Juez y me vengará de ti.

51: Y dijo de nuevo a Jacob: mira este majano y esta piedra que he alzado entre mí y ti:

52: Será Testigo, si yo pasare de él para ir a ti, o tu le pasares con el designio de hacerme mal...

Ya estarás bostezando, Eileen querida. Disculpa. En fin, toda esta interesante conferencia de paz con promesa de lealtad se efectuó en *Mizpah*, pero deseo hacerla nuestra, enviándote un anillo, para que lo lleves puesto en señal de amor mutuo, de paz y de promesa de lealtad. Si uno de los dos fallare, no lo uses, pero si ambos cumplimos esta promesa de amor eterno, eternamente deberás llevarlo puesto. ¿Te das cuenta de que estoy con unos «meaning» <sentimientos>, algo raros?

—Conservaré el anillo como ese símbolo de «eterno amor», que te aseguro, no lo creo del todo, algo me dice dentro, muy dentro de mi corazón, que sería muy hermoso, como imposible. De todas formas, espero que no te olvides del todo de mí.

—¿Por qué me dices «esperando que no te olvides del todo de mí»? *Explain that*; <explica eso>, pareciera que no me conoces.

—Probablemente te conozca mucho más que tú a ti mismo.

—Probablemente. Estoy ansioso de que vengas. A la Reina le mandé unos artistas. ¿Y la Amor y Tommy, están vivos? Me están dando ganas de despeinarte, lástima que no estés a la distancia que alcance mi mano.

§

Santiago, lunes 10 de abril de 1933

William había recibido de parte de Eileen, una carta con un recorte de La Estrella, donde aparecía un artículo acerca de la final del campeonato de temporada. Quedó muy contento con este detalle y supo agradecerlo. En el número de cartas, Eileen estaba una adelantada, como siempre solía ocurrir

—Conservaré este anillo, como te decía, en mi mano derecha, como un anillo de compromiso ineludible de nuestro amor. Estoy muy emocionada y agradecida por tu bondad sin fin. Transformas los momentos de soledad, en pensamientos, y los pensamientos en alegrías. Tienes una especie de poder sobre mí que a veces me asusta. Soy capaz de seguirte adonde quieras. Creo que ejerces un dominio sobre mi espíritu—o al menos—eso sentí cuando me puse el anillo en mi dedo anular. Te quiero, gracias, y gracias.

§

William estaba debiendo una correspondencia a Eileen, y procedió a ponerse al día.

—Tu misiva Eileen, me dejó con profundas estalactitas de renacientes optimismos, capaces de esperar lo que sea preciso para materializar nuestro cariño en algo más real, más cierto, más humano. Te contaré—pasando a temas algo menos personales—que ayer he recibido unas líneas de la Amor, en la que me dice que hace unas dos semanas que no te ve. Que su pololo, Tommy, está enfermo y que el Ankel está en Santiago, etc., etc. No se atreve a ir al hospital a ver a Tom, por una especie de superchería: cree que por ese hecho ella también enfermará. Está en un error, ya que lo que sufre su pololo, está lejos de ser contagioso. Su visita le ayudaría a animarle para su más pronta recuperación. Habla con ella para que le visite, o mejor, si no te importa, acompáñala tú y vayan juntas, ¿te parece?

§

Las clases habían comenzado esa misma mañana, con una fuerza y velocidad que hacía imposible distraerse de los estudios. La escuela de medicina de la Universidad de Chile era la más prestigiosa de Sudamérica, y se estaba demostrando en el nivel de exigencias. Las energías de William debían doblarse, y sobrellevar el frío polar que se sentía en Santiago, con una neblina espesa y con constante apariencia de ponerse a llover. El invierno que se aproximaba sería, sin lugar a duda, muy fuerte. ¡Cómo echaba de menos William aquella bufanda chilota regalada a Chulín!, pero no, en el cambio había salido altamente favorecido: Eileen conservaba aquella caja como un tesoro. En el pensionado de curas seguían las misas y comidas de los viernes. Los curas murmurando *preces* en lengua muerta. «Así está la religión, ahogada por el rito», pensaba William. Y pronto vendrá la Semana Santa.

§

—El Teatro Central y yo esperamos tu visita, querida Eileen.

—Pues continúen esperando, ya será. Por ahora dale mis saludos a Téllez y Poblete.

—No le doy a nadie saludos tuyos, ya te lo he dicho varias veces. ¿Podrías venir para Semana Santa?, ¿todo el mundo bien por allá?...

§

Santiago, martes 11 de abril de 1933

William, esperando que Eileen viajara con su mamá, quien tendría que hacer algunas diligencias en la capital, insistía para intentar que ella viajara, aunque sea sola aquella Semana Santa. Doña Rhoda, que no deseaba dejar sin su compañía a Harry y a Elsie, muy probablemente se las había ingeniado para solventar el problema con su hermano en Santiago, el tío Tito.

—A lo mejor iré a Santiago a verte. Me quedaría en casa del tío Tito.

—Sería colosal, *wonderful*, maravilloso, etc., que vinieras en Semana Santa. No dejes de avisarme para ir a esperarte. Si tratas de hacerlo, seguramente te darán permiso. Diles que te vas a portar bien, que no eres la primera niña que viaja a Santiago. Si siempre hubiera necesidad que a las niñas las acompañara un pariente, sería pocas las veces que se efectuarían viajes por el estilo. Y, por último, puedo convertirme en carabinero y seguirte como si fuera tu sombra. No te pasará nada. Estas fiestas son una buena oportunidad. Todavía no llueve, ni hay necesidad de que traigas tus famosas y envidiadas botas. Si no quieres volverte sola a Villa Alemana, puedo acompañarte de vuelta. Espero halagüeñas noticias en que me digas que lograste permiso. ¿Será hasta muy pronto? P.S. En último caso, podría venir el Harry contigo.

§

Santiago, miércoles 12 de abril de 1933.

—Solo dos palabras. Te envío un artículo que me publicaron en el diario acerca del Regatas. Espero que te guste. ¿Te gustó el nuevo Teatro Real? La película que viste: «El Signo de la Cruz», la vi en Santiago. Me gustó en cuanto a técnica cinematográfica y presentación escénica, pero no puede decirse que sea una película «agradable». Te envío dos estrofas de un poema de *Amado Nervo* que me gustó mucho, la última estrofa te la recitaré personalmente, algún día…

Seis meses

¡Seis meses ya de muerta!, y en vano he pretendido
Un beso, una palabra, un hálito, un sonido…
Y, a pesar de mi fe, cada día evidencio
Que detrás de la tumba fría,
Ya no hay más que silencio…

—No me creerás, pero después del fuerte temblor ocurrido ayer de madrugada: grado 5 de la escala Richter, duración 30 segundos, como dice la prensa hoy día. Tuve unos sueños de pesadilla. Tú habías quedado debajo de los escombros de la casa de tu abuelito de Monte Alegre, durante seis meses. Tiempo en que estabas muerta. Seguramente el poema actuó en mi inconsciente de manera terrible.

Supe que en Valparaíso pasó casi inadvertido. Pero acá en Santiago, aún estando tan cerca las dos ciudades, fue muy fuerte.

—Así fue, aquí casi ni se sintió, lo único malo fue que mis tíos: Tito y Winnie, han tenido que mudarse a Valparaíso, hasta reparar su vivienda en Santiago.

—Por aquí rezamos: Jesús, Omnipotente y Salvador/ Mueves tierra y corazones/ Dulce Jesús de mi vida/ ¡Atrácale más temblor!, e inmediatamente dejó de temblar.

§

Santiago, jueves 13 de abril de 1933

Eileen había quedado algo preocupada ya que no había recibido correspondencia de William. Este le había escrito a Villa Alemana y ella estaba en Valparaíso. Esos problemas ya los había expuesto William, pero...

Al leer estas dos estrofas, le bajaron deseos de estar en Santiago para que William le recitara la tercera. Eileen no tenía ese poema, estaba en un libro que se encontraba exclusivamente en la Biblioteca Nacional. Comprobaremos que luego de estar juntos, nunca se acordaron del poema: ¿casualidad?, ¿desinterés?... Nunca lo pude comprobar a ciencia cierta.

William, por su parte había estado en el Central viendo una película llamada «Grand Hotel» <Gran Hotel>.

§

—Es una película estupenda, cuando vengas iremos juntos a verla. *People come, people go, always the same, nothing ever happens*, <gente que viene, gente que va, siempre lo mismo, nunca pasa nada>, es una obra verdaderamente artística.

—Intentaré verla acá en Valparaíso cuando la exhiban. Respecto a mi posible viaje para Semana Santa, me temo que no podrá ser para esa semana, ¿la próxima quizás? Aunque tengo muchos deseos de verte, estoy con los nervios hecho pedazos. Manejando, estado teniendo pequeños choques. El último ha sido a un caballito, para qué te cuento. Me da mucho miedo manejar.

—Lo que pasa es que todavía no sabes manejar, es por eso tu miedo y los choques. Tienes que practicar mucho y verás cómo lograrás dominarte y dominarlo <*Al Ford*>. ¿El potrillo se puso a llorar cuando lo atropellaste? Un día te vas a matar. Acuérdate de tus promesas de tener cuidado, de no ir muy ligero, sola, etc.

—Lo he hecho, pero mira. Con la poesía que me enviaste: «¡Seis meses ya de muerta!», ya sabrás lo que habrá pasado cuando te deje de escribir por seis meses.

—¡Ni en broma! digas eso, más bien te envié aquella poesía por la parte que dice: "No te olvides de mí".

—William, desearía estar ahora mismo contigo para darte muchos xxx's.

§

Él debía resignarse, había estado contando los días que faltaban para la Semana Santa, pero debía esperar una semana más. La universidad continuaba su ritmo de fuerte estudio. A él siempre le faltaba algo, alguien, pero nunca sabía si se encontraba en Villa Alemana o en Valparaíso. ¡Cómo echaba de menos a Eileen!

§

Santiago, viernes 14 de abril de 1933

—Dime Eileen si en realidad quieres que le dé a la simpatiquísima Alicia, más conocida por nosotros como la Reina, tu recado de: «Por favor comunícate conmigo, ¿Estás enojada?» No sé si será esa la causa de que la Reina esté tan flaca. No sé a qué se dedica ni a quién <si pololea> y es mal correspondida. Bien pudiera ser que desee hacerle «reclame» a los «fideos Carozzi». Nunca la he conocido muy gorda.

Me gustó mucho y todavía estoy saboreando en la imaginación el final de tu carta. Cuando vengas hablaremos de ello, no vale la pena que te diga por carta lo que te debería decir en persona. No tendría para nunca terminar. Supongo que te habrás juntado con mis cartas enviadas a Villa Alemana.

§

Santiago, lunes 17 de abril de 1933

—Hace años que no recibo una carta tuya, ¿qué te ha pasado? No sé nada de ti. Un amigo que regresó de Valparaíso me contó que te había visto con la Amor el domingo en el parque Italia.

—Estuve con ella y fuimos a ver a Tommy al hospital, realmente tenías razón, le hizo muy bien la visita de su polola. Pronto lo darán de alta. Luego nos fuimos a la tienda de música *Llave de Sol,* la que está frente al Parque Italia. Estuve tocando al piano varias piezas, para comprar una, finalmente me decidí por *La colegiala.* Ya te la interpretaré cuando tú vengas por acá.

—¿Qué hay de tu viaje?

—Por ahora, nada. ¿Cómo está la Reina?, ¿me odia?

—Aunque no sean muy buenas noticias, por lo menos me alegro mucho de haber recibido noticias tuyas, las que agradezco.

§

Santiago, miércoles 18 de abril de 1933

—No te preocupes de la Reina. Estoy seguro de que ella no te odia como tú dices. No tiene motivos para ello. Se ha quedado callada. No he sabido más de ella. Tampoco me gusta que me des las gracias por lo que tú llamas «defensa». Nada más agradable para mí, que expresarme en esa forma de una persona que se hace acreedora a cualquier elogio. Por muy modesta que seas, no podrás ocultar tus bondades. Las ven todos los que tengan ojos. Por otra parte, nunca un hombre y una mujer se pondrán de acuerdo sobre los méritos de otra mujer, y viceversa. Sus intereses no son los mismos; ni las mujeres se agradan unas a otras por los mismos atractivos que placen a los hombres. Muchas circunstancias que encienden en estos las grandes pasiones y la antipatía. La franqueza a menudo cambia de nombre, y se llama «mala educación», hay que manejarla con tino. ¡Ya basta de sermones!

§

William intentaba con esas palabras, entrar en los sentimientos personales de Eileen, procurando romper cualquier atisbo de celos, cualquier duda de la existencia de alguna relación, sórdida en ese sentido, entre él y la Reina. ¿Dudas injustificadas?, veremos qué dice el tiempo con su garúa.

§

—Haremos una caminata desde Con-Con hasta la playa Las Salinas.

—Me hubiera gustado estar allá y acompañarte. Para ganar una apuesta, *"te apuesto"* a que no vienes a Santiago. ¡Gánala!

—Me quedaré en Valparaíso para Semana Santa.

—Envidio tu facilidad para quedarte en Valparaíso, después que me prometiste venir a Santiago. Creo comprender. Allá—he sabido—habrá bailes. ¿No querías perdértelos, no es así? No me olvidaré de eso. Pero, si por algún motivo, de sobrenatural poder del anillo de *Mizpah*, decides venir, avísame en qué tren llegas. Si no, puede pasarse todo el día sin que me pilles por teléfono. Quiero darme el gusto de irte a esperar, y no serás tú tan *"egoísta"* de impedírmelo. En todo caso el número es 87755. Te advierto que el servicio de recados es sumamente malo. Si no alcanzas a escribirme, ponme un telegrama avisándome la hora de tu llegada. ¡Cuidadito con no venir! Deseando verte pronto. William

§

Santiago, viernes 21 de abril de 1933

—Iré a Santiago. Tengo ganas de estar allá, contigo. Pasado mañana iremos a dejar flores al cementerio por el aniversario de la muerte del papá.

—El lunes iré al Expreso de la mañana por si vienes. Todos estos días te he estado esperando. No quería ni moverme de aquí por si llamabas por teléfono. ¿Algún baile por allá? Hay un párrafo en tu carta que dice:

—«Yo podría haber estado contigo en Santiago para Semana Santa. Mi mamá fue con mi tía Winnie, pero no me gusta salir para esas fechas. Todo está callado, no es lo mismo, al menos así fue en Valparaíso».

—No está de acuerdo con lo que dices ahora. Bueno dejémoslo. He recibido una carta de la Amor que voy a contestar inmediatamente. La Reina también me escribió. Te mostraré la carta cuando vengas. Está cambiando de tono, ahora está más amable. No olvides de traer tu traje de baño. Podremos ir—alguna vez—a la piscina Escolar. Supongo que te quedarás acá una temporada larga ¿No?

§

Habían sido cinco largos días de disfrute mutuo. Eileen, su tío Tito con su esposa, la tía Winnie, habían decidido alojar en el Hotel Cecil, junto a la plaza de Armas de Santiago, su casa aún no estaba reparada del todo, y debían controlar las reparaciones. El tío Tito era hermano de Rhoda, la mamá de Eileen, y la hermana de su difunto papá, la tía Winnie. Eran, por lo tanto, tíos por partida doble. Ambos, tíos carnales, por eso la querían tanto.

§

Santiago, sábado 29 de abril de 1933

—William, para mí, las horas que pasamos juntos en Santiago, fueron los días más felices desde que tengo puesto el anillo de Mizpah. No sabría cómo explicártelo de manera que lo comprendieras tal y como me sentí. Me dieron deseos de hacerle algo al maquinista que era el culpable de que nos fuéramos distanciando de nuevo.

—Eileen querida, no creas que solo tú tenías en esos momentos las "«intenciones homicidas» contra el maquinista. Los cinco días que he estado contigo aquí, han sido los más felices que he tenido en Santiago. Podrás darte cuenta de lo duro que fue para mí verte alejar. Me dijiste que conseguirías permiso para venir por un tiempo menos corto, <ya que por mucho que se extienda, nunca podré considerarlo largo>. ¡Si hubieras visto el estado de ánimo en que quedé!

»En la tarde fui al Hotel Cecil a preguntar por si tu tío hubiera dejado el guante allá. Estaba todo como un cementerio. También a nombre tuyo agradecí al señor que nos invitaba a la fiesta. Su amabilidad, que desgraciadamente no pudimos aprovechar. Todo estaba raro, en fin. Quedé con la misma sensación de mi pesadilla.

»Dos de las fotografías salieron mal. La que tomaste tú a tus tíos, y una que salen ustedes tres, y que tomé yo. El martes me tendrán algunas ampliaciones que te mandaré a Villa Alemana. Podrás tenerlas allá en la mañana del miércoles.

«Creo que no me devolviste un cortaplumas que te pasé en la sala de espera de la estación Mapocho. Lo quiero mucho por su origen. Dime si te quedaste con él. Te volverías a cortar los dedos como en tantas otras ocasiones en la calle Capilla».

Eileen no podía comprender esa actitud, un tanto egoísta de William. Preguntar por un cortaplumas, algo sin mucho valor en cuanto a dinero, pero que quería mucho por *«su origen»*. Ella no lo tenía, le preocupó aquel origen, pero no habló más del asunto. Lo ignoró.

§

—Dales muchos recuerdos a tus tíos. Creo que ni las gracias les di. El dos de mayo estrenan la película: *Il est Charmant,* ¿Por qué no vienes a verla? Eileencita, trata de estar aquí cuando den Chevalier y vamos juntos, ¿convenido? Comenzarán los fríos, pero podremos ir a la piscina, ya que es temperada. ¡Yo quiero ir a la piscina!

§

Santiago, lunes 1° de mayo de 1933

Era un día festivo, *El Día del Trabajo,* pero también el día del cumpleaños de la mamá de Eileen. William aprovechó de enviar un saludo tierno y caluroso a doña Rhoda. Sentía en su corazón un gran agradecimiento hacia ella, era la mujer que le había dado vida a su vida, a su Eileen. Muchos eran sus deseos de verla, y así se lo hizo saber en una carta. Le parecían años que no sabía de ella. De pronto se le ocurrió algo sorprendente por lo inesperado: le haría un *malón* en Villa Alemana, un domingo que ella eligiera. Era una fiesta para Eileen por ser ella Eileen. De esta manera estarían juntos un domingo entero.

§

—Quiero que estés conmigo un domingo entero, ¿tienes algún inconveniente para el 14 de mayo? Por suerte, la piscina de Playa Ancha está lejos de Villa Alemana y no se te ocurriría visitarla. ¿Qué te han dicho sobre el permiso para venir acá otra vez?

—¿Hacerme un malón a mí?, parece que estás loco, no es mi cumpleaños ni nada. De cualquier forma, no tendría ningún inconveniente que sea ese día que dices, pero ¿se justifica? Le preguntaré a la mamá sobre ir otra vez a Santiago, pero paso a paso. Primero el permiso para hacer un malón en casa.

—Querida Eileen, tú eres una persona muy importante en mi vida y eso es motivo de sobra para organizar una fiesta. Comprendo que estoy algo impaciente con tu venida para acá; sabré esperar. Si vinieras, te iría a buscar hasta Villa Alemana, para que no te distraigas y te vayas para otro lado. Sería capaz de raptarte por un año entero.

§

Quedó meditabundo escuchando en la radio: «I'm yours» <soy tuyo>, cavilando que en realidad era de Eileen, le pertenecía a ella. Decidió llevarle el disco de regalo, aunque sea uno de cartón.

—Encontré el cortaplumas, por suerte. ¿Tú lo echaste en el bolsillo de mi abrigo?

Una despedida un tanto insólita. William tenía lo que llamaban: «Salida de caballo inglés y llegada de burro». ¡Vaya burrada con que terminó la carta! Eileen no estaba dispuesta a leer esa última frase. La ignoró, como había decidido antes.

<¿Cuál será el origen del cortaplumas?>, se quedó pensando.

§

Santiago, miércoles 3 de mayo de 1933

Las fotografías sacadas por William recientemente ya estaban en poder de Eileen.

—En todas las fotografías te veo muy dije, <pero mucho menos que tú personalmente>. Te lo digo, aunque te enojes.

§

Él pensaba que ella no podía prohibirle que dijera lo que dentro de sus pensamientos era una realidad, menos aún sobre algo que estaba para ser advertidos por todos los que tuvieran vista. No titubeaba en expresar los deseos de que Eileen fuera a Santiago, aunque tan solo un *week-end* <fin de semana>. Una vez allí, él se encargaría de raptarla, impidiendo primero que llegue en forma oportuna al tren, y enseguida... <Tenía todo el plan delineado secretamente>.

Santiago con su aire fresco y montañoso, con sus parcelas, con sus casas de techos bajos aledañas a las faldas de las montañas, parecían solidarizar con William en su deseo. Santiago también estaba triste. Aguantaba mucho y con gran disimulo, pero repentinamente lloraba y como un pañuelo, sus lágrimas eran secadas por la brisa. ¡Por favor, Eileen, ven pronto antes que me deshidrate llorando!

§

—William, también te echo mucho de menos. Los amaneceres en Valparaíso, grises como los crepúsculos con los llantos de los barcos en su bahía son los mismos que en Villa Alemana con el gorjeo de sus pájaros revoloteando alrededor de las zarzamoras, mientras las astas de los molinos trabajan al ritmo del silbido del viento.

—No me digas tanto que me echas mucho de menos, finalmente voy a terminar creyéndomelo, y eso hará más terrible mi agonía. La magia de tu anillo de Mizpah funciona como los relojes suizos. Espero verte pronto.

§

Santiago, jueves 4 de mayo de 1933

Love me tonight no la darían en Santiago hasta junio. El Real esperaría a ambos para su visita. Eso podría ser que estaba dentro de lo esperado por William, pero no otra cosa.

§

—Fíjate Eileen, mucha gente a la que le gusta *Henry Garat*, dice que es mejor que Chevalier. Al menos alguien me dijo eso ayer y no pude más que sonreír. Pobres, son unos ilusos, ¿No te parece?

—Supongo que tienes razón, pero debemos ser democráticos y pensar que, en cuestión de gustos, nada puede estar establecido. Te gusta o no te gusta.

—Podría ser que tuvieras razón.

—Dime un solo ejemplo que eche por los suelos mi teoría.

—Tú misma.

—¿Qué?

—Tú misma, me explico. Me gustas a mí y a todos, sin excepción.

—Te contradices.

—¿Por qué?

—Una vez me dijiste que nunca una niña estará de acuerdo o reconocerá las bondades de otra.

—Eso dije, pero me refiero a que les gustas a todos; pienso en el sexo masculino.

—¿Y el femenino?

—Probablemente haya algunas excepciones.

—¿Cuáles?

—No sé.

—Yo sí, que sé.

—¿Quién o quiénes?

—No diré nombres, pero me limitaré a decirte que a todas aquellas niñas que te miran con muy buenos ojos y que sabiendo que somos pololos, me envidian.

—Te diré que te envidian por tu belleza física como espiritual.

—Te diré que me envidian por ser tu polola, por nada más.

—Vamos a dejarlo, para no discutir. Acuérdate de tu anillo.

—Ya me lo estaba sacando inconscientemente...

—Saluda a tu abuelita, a tus tías, a tu mamá, a Candy <caramelo>, la nueva perrita *Cocker Spaniel* inglés que tienen...

§

Santiago, miércoles 10 de mayo de 1933

Ya que ese fin de semana no se habían visto, William intentaría ir a Villa Alemana. Estaba esperando la carta de Eileen, ella le debía una ahora. Para el domingo, tenía tres trenes: dos en la mañana y uno en la tarde.

—¿Eileen, en cuál prefiere que viaje?, con franqueza quiero que me digas si tienes algún inconveniente. Espero pues tus órdenes para ir. Si me escribes antes del domingo, sabré a qué atenerme.

§

La vida santiaguina estaba un poco sumida en los vericuetos de la política. Por un lado, el gobierno de *Arturo Alessandri Palma*, con las presiones sociales partidistas y por otro, la naciente *Milicia Republicana*, réplica de la *España franquista*, con su particular sentido patriótico chileno. Su importador en Chile era *Valentín Letelier*. Creían justas las demandas de los trabajadores e intentaban organizar al proletariado a fin de obtener mejoras sociales que dignificaran su situación. Ya se había venido presentando en Chile la diferencia de las clases sociales. Por un lado, estaba la aristocracia santiaguina que solía veranear en *Las Termas de Cauquenes*, al sur de la capital y por el otro, las clases serviles: los lustrabotas, los jardineros, los burreros y las mismas empleadas domésticas, verdaderos parias de la sociedad.

«Si esto continúa así, no tendremos servidumbre en Santiago, debemos— lamentablemente—aguantar muchas humillaciones de parte de esta gente, por necesitarlas. Si no vienen desde Argentina, nada se podrá hacer en breve», solían decir las mujeres en sus clubes privados.

Lo cierto es que William, era, o, mejor dicho, pertenecía a esa clase social: la aristocracia, aunque de Valparaíso, ya que, para estudiar en Santiago, había que tener un estatus, tanto social como económico, y ellos lo tenían. En cuanto a Eileen, para qué agregar nada. Pocos eran los coches en la ciudad, y ella ya tenía uno. Sus amistades, todos iguales: «gente linda». Pero ahí estaba William, en busca de la igualdad social, compartiendo ideales con la milicia y Eileen. A ellos los mantenía una fuerza mucho mayor que la justicia, «el amor», ya que el amor en sí mismo es justicia. El tiempo les deparará muchas sorpresas por sus pensares.

La gran masa de Santiago aplaudía a la milicia, aunque tenían sus detractores. Se estaba programando un desfile en Valparaíso, lo que a William le gustaba mucho: ahí podría ver a Eileen.

§

—Avísame Eileen, si voy o si quieres que postergue el viaje para otra oportunidad. Ojalá que no suceda esto, pero como te digo, puedes tu tener alguna dificultad y no quisiera molestarte.

§

Santiago, lunes 15 de mayo de 1933

Habían estado juntos aquel fin de semana en Villa Alemana, lo que les sirvió mucho para empapelar de más amor—si cabe—la relación entre ambos. Doña Rhoda estaba sufriendo de una neuralgia: un nervio y sus ramificaciones la tenía postrada en cama con mucho dolor. Eileen había ido a dejar a William al andén, dándole un gran beso y poniéndole en el ojal de la chaqueta, una ramita de su ciruelo de color violeta intenso, para que se acordara de ella durante el viaje.

§

—Legué a Santiago muy bien, pero el árbol que me pusiste en el ojal llegó hecho pedazos. En Quilpué tuve que esperar 10 minutos a El Excursionista. Para la próxima vez voy a usar el tren que sale de Villa Alemana faltando 5 para las 9, y tomo la combinación en Limache. Detrás de ese y por la misma línea viene El Excursionista, de modo que es imposible que se atrase ni perderlo. Esperándote el sábado. ¿Cómo sigue tu mamá de la neuralgia? Besos. William

§

Santiago, martes 16 de mayo de 1933

La invitación a Eileen para almorzar el sábado hecha por la tía de William estaba resultando un éxito, al menos eso le parecía a William.

§

—Supongo, mi querido William, que tú le insinuaste a tu tía que me invitara al sábado a su casa.

—Desde luego que no, mi querida Eileen.

—Entonces utilizaste a tu prima para que lo hiciera, diciéndole que le diga a su mamá si tú podías llevar a una amiga o chiquilla.

—Debo decir que tampoco. Pero vamos por parte, ¿qué es eso de «utilizar» a mi prima?, ¿piensas acaso que soy capaz de «utilizar» a las personas?

§

El dardo estaba lanzado y había caído en la diana, en terreno fértil. No había nada más que agregar y Eileen lo sabía. En el fondo ella misma se sentía «utilizada» por William, por su sentir, por un amor, probablemente posesivo, egoísta, y se lo había hecho saber de esta forma, casi casual, de soslayo.

§

—Me refería «utilizar», por el significado de «útil», de servir.

—Bueno, bueno, bueno, no seguiré por el camino en que vamos, no llegaremos a nada bueno.

—¿Y cómo se produjo la invitación, entonces?

—A pesar de que tengo confianza con ellas, no me hubiera parecido propio haberlo hecho. La invitación nació espontáneamente, lo que tiene más valor. Por algo la señora es mi tía y supo interpretar muy bien los sentimientos de su sobrino.

—Bien, iré encantada, pero tendré que confirmar el permiso con la mamá.

—Si veo a mi tía le diré que me contestaste que vendrías. Te esperarán. No me dejes mal puesto después de haber avisado. ¡Por teléfono le daré la gran noticia!

—Te dije que debo primero confirmar el permiso. ¿Qué hay del desfile que haría la *Milicia Republicana* en Valparaíso?

—No habrá desfile el 21. Si te parece puedo irte a dejar a Villa Alemana de regreso, en caso de que, por costumbre o por desgracia o por la desgracia de la costumbre, el permiso no sea más extenso. Te echo mucho de menos.

—Confirmaré primero lo del permiso: "para que no me eches tanto de menos".

—Tú sabes, mi querida Eileen, que te echo mucho de menos. O tal vez no lo sepas, sino, vendrías, aunque fuera por compasión.

—Chao, saluda a tu compañero René Fontaine.

—A nadie le doy saludos tuyos, ¡Si quiere saber!

§

Santiago, jueves 18 de mayo de 1933

—William, he conseguido permiso de mi mamá, por el sábado, pero debo estar temprano en Villa Alemana el domingo. ¿Qué te parece?

—¡Magnífico!, ven antes de que tu mamá se arrepienta. Avísame en qué tren viajas, para irte a encontrar a la Estación.

§

Ese era un día muy frío para estar lloviendo tan fuertemente. A las 07:30 a.m. Aún no amanecía y si en días sin lluvia se veía algo de claridad, esa madrugada permanecía cubierta por las nubes cargadas de temporal. William estaba terminando de escribir una carta a Eileen, y así aprovecharía de enviarle también un libro: «Las aventuras de Sherlock Holmes» de «Conan Doyle», sabía perfectamente que a ella le gustaban las novelas policíacas, sobre todo las inglesas de finales de siglo. También le incluiría a la Amor una fotografía del actor: *Gary Cooper*, su amor platónico.

§

—Supongo Eileen que tú nunca imaginarás lo largo que encuentro los días hasta llegar el sábado para poder verte. Me dan ganas de abrazar a tu mamá por haberte dado el permiso, <*no le cuentes a ella*>.

§

Santiago, lunes 22 de mayo de 1933

Aquel sábado de temprana mañana, el tren en que venía Eileen había llegado oportunamente. A pesar de la demora de quince minutos, ya que, en Peña Blanca, nada más salir de Villa Alemana, se cruzó una vaca que pastaba libremente por el lugar.

Al verse en el andén, el abrazo entre ambos fue tan espontáneo como cariñoso. William acompaño a Eileen a casa de su tío para luego salir juntos camino de casa de la tía Rose, aquella viuda con una hija: Carol, la prima de William. La tía Rose era una mujer muy grande, su corpulencia contrastaba con la delgadez de su hija. Ambas querían mucho a William, pero él prefería vivir en el pensionado. Por libertad de acción, comodidad y porque no decirlo, lejos de prendas femeninas: enaguas, fajas, medias, colgadas en los baños. El papá de William coincidía con el gusto de su hijo en preferir el pensionado, pero por motivos muy diferentes: deseaba que su hijo estuviera en un ambiente de estudios, y que por ningún motivo dejara de estudiar la carrera de medicina. Eileen en ese sentido era un distractor para William, pensaba el doctor.

La distancia desde la estación Mapocho hasta la casa del tío Tito, era de diez minutos caminando y desde allí hasta *Santos Dummond*, la casa de la tía Rose, otros diez. Era una vieja casona rodeada por altas rejas negras pintadas de verde por una gran enredadera que impedía el acceso al interior de cualquier mirada intrusa. Un gran almuerzo a la chilena los esperaba en el comedor.

Las dueñas de casa se deshicieron en adulaciones: «Eileen, eres muy bonita, ¡qué ojos más azules!, que mirada tan dulce». William se sentía orgulloso de la elección que tuvo al decidir su polola. Más que por él, por haber ellas aceptado con tanto beneplácito a Eileen. Sabía que su tía y prima eran muy fijonas en eso. De esta invitación en adelante, alimentaron la relación entre ambos. Por su parte, Eileen, aunque incómoda, se sentía feliz de tanto piropo.

Al caer la tarde, William fue a dejar a Eileen a casa del tío Tito. Sin entrar, se despidió hasta el día siguiente, en que juntos viajarían hasta Villa Alemana.

Parecía que el clima, tanto en la capital como en la costa, era cómplice de ellos: sol y más sol.

Ya en Villa Alemana, ambos estuvieron almorzando en la glorieta. Los niños en la casa con doña Rhoda, quien sufría mucho ahora por un dolor de muela. Desde la glorieta se podía ver la entrada del portón de la casa y el letrero: «EIHARHOEL», que había hecho instalar doña Rhoda.

§

—¿Qué significan todas esas letras Eileen?

—¿Podrás adivinarlas?

—No, prefiero que me las digas tú.

—Si tú me dices primero qué significa: *LBB,* que me has puesto en cartas anteriores.

—Creí que ni te acordabas de aquello, fue el año pasado.

—Para que veas que me acuerdo perfectamente.

—Significa: *Little Beautiful Baby*: <Pequeña Preciosa Chica>.

—¿Y *EIHARHOEL?*

—Significa: Eileen, Harry, Rhoda y Elsie. Las primeras sílabas de los nombres de todos los que vivimos en casa, faltando—desde luego— nuestro difunto papá.

§

Estas confesiones les daban una áurea de misticismo, de pacto mutuo. El anillo parecía brillar de gozo. Harry y Elsie se acoplaron a servirse con ellos el postre: un helado de lúcuma y chocolate, preparado por doña Rhoda. Una leve brisa comenzó a salir, la que hizo moverse las aspas del molino, al tiempo que un abejorro perseguía, inútilmente, el brillo, reflejo del sol, producido por el anillo de Eileen sobre el suelo de tierra, cada vez que ella hablaba, ya que siempre lo hacía con muchos ademanes. Al desaparecer el abejorro, dio la hora de la despedida.

Ya en Santiago, William escribió:

§

—Mi querida Eileen. Recién escribo a mi papá contándole que había estado en Villa Alemana contigo. Almorzando contigo. Todo el día contigo y todo el trayecto de regreso a Santiago, *sin-contigo* físicamente, pero contigo en mi pensamiento. Te contaré las novedades.

Espero que hayas llegado muy bien de regreso de la estación a casa, y que tu mamá esté ya sin ese maldito dolor de muela.

§

Santiago, martes 23 mayo de 1933

La gran preocupación de la actitud de su papá, al saber que él había estado con Eileen en Villa Alemana, significaba dos cosas para William. La primera era romper ese *Páter Poder,* que lo tenía aprisionado y lo obligaba a estudiar una carrera por la que no se sentía atraído y también, permitirse continuar su relación con Eileen. Todo ello llevó a que el doctor tuviera una seria conversación con William, a la que él no supo cómo reaccionar más que escribiéndole a Eileen una carta que decía:

—Eileen: recordarás que siempre ha existido entre nosotros la franqueza y que yo te pedía que, si alguna vez dejabas de quererme, me lo dijeras. Ahora el caso es inverso.

Veo que me he equivocado y que lo que consideraba cariño, no era sino entusiasmo pasajero.

Te pido que no te preocupes más por mí. Prefiero que me consideres el peor de tus amigos. No escribas y no peguntes. William

§

Santiago, jueves 25 de mayo de 1933

Esas líneas—de desamor—hicieron eco en el corazón de la pobre Eileen. No hizo más que llorar encerrada en su cuarto, sin querer comer ni hablar con persona alguna. Doña Rhoda comenzó a preocuparse seriamente. Con la ayuda de sus propios problemas sentimentales procuró comprenderla y con mucha psicología, digna de una mujer muy culta, logró sonsacarle lo que le pasaba, hasta que pudo leer la carta. Iría a hablar con el doctor, papá de William sobre la relación de sus hijos, y así se lo hizo saber a Eileen, pero esta le pidió prometer que no lo haría. Estaba de todas formas la tranquilidad de su hija de por medio, ya veremos qué ocurriría al respecto. De momento, regresemos a los tristes ojos de Eileen.

§

—No es más que una reacción, producto de alguna pelea con su papá, que William te ha enviado esta carta.

—No, es verdad, ya no me quiere, y ahora soy yo la que sufro y que estoy muy enamorada de él —, entre lágrimas decía Eileen a su mamá.

—Ya verás que es algo pasajero —, le recalcó doña Rhoda. Eileen ya se había desprendido de su anillo de *Mizpah* y lo guardó en su secreto lugar. Ya no brillaba para ellos, su poder se había acabado.

§

Por su parte William estaba desesperado, y sin poder hacer que retrocediera el tiempo, y de esta forma no haber escrito aquella carta. Debía escribir otra, pronto. Y lo hizo.

Eileen, casi por inercia, se encaminaba hasta la estación, a pasearse por el andén, viendo los trenes pasar como la vida misma. En un momento, la llamó uno de los trabajadores que ya los conocía, y le dijo que tenían una carta en el buzón de la estación, para ella. Su corazón gritó de alegría, pero su rostro, triste y temiendo tener otra desilusión, quedó inmóvil; ningún sentimiento se escondía tras su mirada.

Como un ser autómata se dirigió hasta la oficinita y le entregaron la carta. Caminó con ella, hasta la banca más alejada del andén, aquel en que se iban con William, para darse unos besos de despedida, lo más discretamente y alejados de cualquier mirada que pudiera perturbarlos. Con sus dedos temblorosos y con la ayuda de una de sus uñas perfectamente delineadas, fue abriendo el sobre, suavemente como lo que hacen los jugadores de póquer con los naipes, para no romper la suerte. Su rostro tampoco daba señales de la jugada que tenía entre sus manos. Pero todo el trabajo estaba en su corazón que latía a un ritmo de un atleta en medio de la carrera. Finalmente, ante sus ojos, la carta:

§

—Eileencita querida: perdóname. Necesito confesarte algo. Quiero desahogarme. No he estado tranquilo desde que te mandé mi última carta. Quieren en mi casa que corte toda amistad y correspondencia contigo. Quise satisfacerlos y por eso te escribí esas líneas que llevaban envuelta tanta maldad de mi parte. Perdóname, Eileen. Tú debes comprender. No puedo, ni podré nunca olvidarte. Cada palabra que digo, cada frase que oigo trae a mi memoria algo de ti. Ahora cuando tratan de separarnos comprendo que te quiero tanto. Ocupas un lugar tan importante en mi vida Eileen que—sin ti—yo no sé lo que haría. Tu última carta—la silenciosa—la que no me escribiste en respuesta a la mía, ha causado muchos destrozos aquí adentro. ¿No me entiendes? ¿Por qué no continuamos como hasta antes de mi carta, siendo leales y buenos? El cariño no necesita de aspavientos para durar. Podemos seguir queriéndonos como antes. Sin que nadie más que tú y yo nos demos cuenta. Es tan lindo tener un secreto y guardarlo así.

Estoy desesperado por tener noticias tuyas. Por favor escríbeme en cuanto recibas esta. Me dijiste que cualquier cosa que sucediera tus sentimientos no cambiarían.

Te abraza con todo cariño. Destruye esta carta después de leerla. William

§

Santiago, martes 30 de mayo de 1933

Eileen se fue contentísima, reía y saltaba en el andén, quien le había dado el soplo de la carta se reía para sí, orgulloso de haber sido él quien le conectara con buenas noticias. Eileen se veía radiante, feliz. Llegó a su casa. Sus hermanos trabajaban en el jardín mientras su mamá, sonriendo de verla tan contenta, dejó de regar para ir junto a ella.

§

—Te escribió William con buenas noticias —, le aseguró.

—Así es mamá, y me dice que me quiere mucho.

—Muéstrame la carta.

—No, no puedo, es una especie de petición especial.

—Bueno —. Dijo algo triste, pero volviendo a sonreír al ver la alegría de Eileen.

—¡Toma!, léela, para ti no puedo tener secretos —, contestó Eileen, extendiendo las manos para hacer entrega a su mamá de la carta, quien la leyó con mucha prisa.

§

Felices ambas, y sus hermanos a la distancia tras un guiñe de ojos de doña Rhoda. Todos dejaron sus labores de jardinería para entrar a casa a celebrar la noticia con una jarra de limonada y unos *scones* con mantequilla y miel.

Eileen se fue a su cuarto, se puso nuevamente su anillo y comenzó a escribir una cariñosa carta a William. Por su parte él, al recibirla, contestó:

§

Santiago, jueves 1° de junio de 1933

—Eileen querida, desde ayer me tienes feliz con tu carta. Como no me escribías, pensé que estarías enojada conmigo. Me felicito que no haya sido así.

Es cierto que fui muy injusto y acepto todos los reproches que quieras hacerme, pero no había otra forma de salir del paso, sino simulando un rompimiento. Tú me perdonarás. Ahora con lo que me dices, me siento otra persona. No te olvides de guardar estricta reserva, como te dije antes. ¿Puedo confiar en esto?

Te voy a mandar un retrato tuyo que me están haciendo al lápiz <si sale malo>. Si sale bueno me lo guardaré para mí.

Te avisaré cuando se estrene Chevalier. En todo caso se acerca el 24 de junio ¿Recuerdas lo que dijiste?, que probablemente vendrías a

Santiago. Tengo tantos deseos de verte y de conversar contigo hasta que me dé dolor de cabeza.

You do not know <tú no sabes>. William

PS: Te envió la música de *Two tickets to Georgia* <dos pasajes a Georgia>, para que se los entregues, si puedes, a *Alberto Davagnino*, en la Confitería Colón. Sería un gran favor que te agradecería.

§

Santiago, viernes 2 de junio de 1933

—No iré hasta el 24 como te prometí.

—¿Me vas a hacer esperar hasta esa fecha?

—No puedo ir antes. Como sabrás, mi mamá irá a conversar con tu papá, y de aquella conversación dependerá mi viaje. ¡Ah!, la Amor me dijo que te escribiría y que... <Un montón de cosas más que prefiero no escribirlas>.

—Bien, esperaremos. El Chevalier que te mandé solo está calcado en los contornos. Ensaya a ver si puedes dibujarlo bien y mándame lo que salga. Es fácil.

La música, dile a Davagnino que es con ida y vuelta. En el correo se rompió y tuve que agregarle los trozos, adivinando lo que le faltaba. Me gustaría que tú la oyeras tocada por la orquesta de la Confitería. Es muy liviana y fácil de retener. Te agradezco mucho la molestia que te ocasionará llevársela.

Supongo que tu mamá no me irá a dejar muy mal puesto con mi papá. Tenme al corriente, deseo tener noticias más ligero.

El retrato tuyo está casi listo, pero hay que arreglarle no sé qué. Tiene el aire, pero no es igual a ti. Te lo mandaré hoy en la mañana, para que adornes tu cuarto.

Es una gran cosa verte libre de bolinas y por eso no tengo el menor interés en comenzar otra discusión, Dile a la Amor que no me escriba más, dile lo que tú quieras. Besos. William

§

Santiago, domingo 4 de junio de 1933

Hoy me encontré con Alfredo Cohen, el dueño de la pieza «*El Teniente Seductor*», que te había dejado tiempo atrás. Quiere que se la devuelva porque está cantando todas las noches en un cabaré con gran éxito: repeticiones, aplausos y mucho bombo. Ofreció prestarme las partituras de *Aime-moi ce soir* <Ámame esta noche> de Maurice Chevalier, pero no me atrevo a recibírselas hasta que no entregue la que le debo. Si tú ya no la necesitas y te acuerdas, ¿podrías mandarla a Alfredo Cohen, Calle San Martín 834, ¿Santiago? Si no estás de humor, no lo hagas, y asunto concluido. Lo principal es que no te incomodes. *You know*, <tú sabes>. Parece que hiciera un siglo que no te veo. ¿Qué has hecho estos dos domingos? Besos. William

§

Santiago, martes 6 de junio de 1933

Eileen:

Te incluyo las palabras de las canciones de la próxima película de Chevalier. Acá la estrenarán el 20 de junio.

Hace mucho tiempo que no sé nada de ti, ¿qué pasa?

Acuérdate de que te invité a ver «*Love me tonigth*», quiero que la primera vez que la veamos, sea juntos. No la veas allá. ¿Convenido? Besos. William

§

Santiago, viernes 9 de junio de 1933

Mi querida Eileen:

Por primera vez has dejado pasar una semana sin acordarte de escribir.

—Es que estoy en Valparaíso. Pero eres tú quien no me ha contestado.

—El que estés en Valparaíso no es un motivo suficiente para disculparte, a no ser que...

—A no ser que nada, te escribí recién ayer noche y te puse la carta esta mañana.

—Sabes perfectamente que esa carta aún no la puedo haber recibido. No me habías contestado <te devuelvo tu frase>. Me refiero a la carta anterior. Hay dos cartas perdidas.

—Me gustaría conocer la opinión de ustedes. Sobre ese retrato tuyo, no sé qué le encuentro. Tal vez sea porque no estas *Half a nice* <mitad de bella>, de lo que la realidad dice. ¡Enójate!

No te olvide de que tenemos que ver *Aime-moi ce soir*. No te perdonaría que fueras antes, aunque sean asientos numerados.

¿Cuándo vienes a Santiago? No me abandones tanto tiempo otra vez.

Saluda a tu abuelita y Cía., muy cariñosamente.

—Bueno

—Eres poco comunicativa Eileen

K.H. and S. William

PS: Probablemente mañana vaya a un té acompañando a mi prima y a unas amigas de ella. ¿Alguna recomendación?

§

Santiago, sábado 10 de junio de 1933

¿Qué recomendación podría Eileen darle a William más que no dejara de pensar en ella? La reunión estuvo muy agradable y sin nada que destacar, salvo unos lindos marcadores de hojas para lectura que le regalaron a William y que decían *tuyyo*, donde habían firmado su prima y las amigas, un regalo para Eileen. William escribió:

§

—Te mando este recuerdo de la fiesta. Valen poco, pero significan mucho. L.B.B.

William

§

Santiago, lunes 12 de junio de 1933

Mi querida Eileen:

En serio Eileen, no recibí una carta tuya donde me cuentas algunas cosas que yo te preguntaba.

Has dejado de escribirme por una semana, del primero al siete, ¡si quiere saber! Te invito a que la mandes de nuevo y "certificada".

No creas lo de los oficiales de la marina. Con Cervantes murieron esos tiempos del Quijote. En todo caso, el fin no justifica los medios.

Tu recomendación llegó tarde, porque solo esta mañana recibí una de tus cartas perdidas en iguales circunstancias. En todo caso no habría podido cumplirla, siempre te echo de menos, y en las fiestas mucho más. Todas las personas acá me parecen muertas, ¡*You know*! <*sabes*> Aunque tengo entendido de que se divirtieron mucho. La fiesta fue en Macul. Casa muy bonita, demora 70 minutos el carro desde plaza de Armas. Había muy buenos discos, te voy a nombrar algunos: *Who's your little whozis?* <¿Quién es tu pequeño chisme?>, *Call me Darling* <Llámame querida>, *Concentrating on you* <Concentrándome en ti> *Now is the time to fall in love* <Ahora es el momento de caer en el amor>. Muy buena la discografía. Volvimos cerca de las 11 p.m., para alcanzar a dejar a mi prima, y volver al Pensionado a las 12. Llegué justo, como en otras ocasiones. Allá muchos estuvieron felices, la mesa estaba muy surtida; para algunos la felicidad es una especie de calor de estómago agradecido.

En resumen, los dueños de casa deben haber quedado muy satisfechos del resultado, pero para mí, «la única lástima es que tú no estabas», y yo sí creo en eso, no como una personita que una vez me dijo lo mismo, y resultó ser una ironía.

Eileen, yo sé que cuando tú quieres conseguir algo, lo haces, de modo que espero que no me negarás el «placer» de tenerte por acá y muy pronto. Tú «prometiste» venir, diste tu palabra, y nunca te he conocido todavía que faltes a ella.

Claro que no me gusta que vayas al biógrafo con persona alguna. Ni con la Amor, ni con amigos de ella. ¿Por qué no vas con tu tía o con tu abuelita?, son señoras tan cariñosas contigo, te quieren tanto, y rara vez saldrán tan bien acompañadas que cuando van con la Eileen. Debes hacerle caso a esas personas que son tan buenas con la «nieta», <creo que nunca había escrito esta palabra antes>.

Es peligroso ir a bailes, sobre todo en la «Bomba», puede haber un incendio. Ahora hace tanto frío, además te podrías resfriar. Pueden chocar los autos, atropellarte un carro, doblarte un pie al subir una escala, y por encima de todo, lo que más temo, que...

¿No te parecen estas razones bien atendibles?

Supongo que la Amor no estará muy afectada por su pelea con Tommy. Tengo una carta de ella reciente, en que me dice que ya no lo quiere, ¡Quien sabe la verdad!

Como siempre K.H. and SSSSS. William

§

Santiago, jueves 15 de junio de 1933

Mi querida Eileen:

Por lo que veo, a toda costa quieres hacerme consentir que se perdió esa otra carta. Todavía no pierdo las esperanzas de que llegue, deseo saber lo que me cuentas de la conversación de alto nivel entre tu mamá y mi papá, ¿tú misma la colocaste en el buzón? *A straight answer to a straight question,* <una extraña respuesta para una extraña pregunta>.

Tienes razón, hice mal en recordarte de «la única», pero yo mismo no puedo olvidarme, y cuando pienso que pueda repetirse, llego a temblar, ¡Tú sabes! Discúlpame. Es un sentimiento muy humano que el que tenga un tesoro, lo cuide y no esté nunca tranquilo por lo que pueda sucederle. Por eso repito lo que ya te dije en mi anterior. Según me dices en tu carta, no les encuentras ninguna gracia a los amigos de tus amigas, sería mucho más fácil—entonces—que te aislaras de ellos. ¿Serías capaz de hacerlo? Porque puede pasar que ellos encuentren demasiado dije a la Eileen, y el resultado es el mismo, ¡Tú sabes!

La Amor, en una carta me habla de ese joven que tú dices «no conocer». Se expresa en esta forma: «Supe que era amigo de la Eileen cuando eran mocosos, etc., pero yo no encuentro «colosal» a la novia, etc. Ya la Eileen me contó su vida con milagros y toda clase de aventuras.» ¿Quién de Uds. dos es la que está equivocándose?

La canción que me mandaste no la he oído, pero si es tan bonita como las palabras, no voy a perderla.

A fines de mes nos cambiamos a otro pensionado, donde uno puede llegar más tarde. Lo esperan hasta que vuelva, aunque sean las dos de la mañana, etc., etc. Queda en el barrio Independencia, a cinco cuadras de la escuela de Medicina.

Mi hermano Alfredo y Onetto fueron a Valparaíso hoy. Con ellos te mandé un libro para la Amor.

Sería magnífico que puedas pronto venir a Santiago. Tú prometiste venir el 24 y te cobro la palabra. No es intransigencia, sino deseos que tengo de verte. Podrías venir, aunque fuera por un solo día, con el Harry.

Las violetas nadie me las dio. Las tomé de un florero encima de la mesa. Ganas tenía yo de enviarte también un pedazo de torta.

Para otra vez será. No me atreví a llevarte, porque era la primera vez que iba a esa casa. Había dos niñas que estuvieron esa vez donde mi tía. Mucho me preguntaron por «esa chiquilla tan dije».

A propósito de tía, tengo acumulados muchos saludos para ti. Quiere que cuando vengas, vayamos a almorzar, o a comer, o hacer once con ella. Te abraza y L.B.G. W

PS: Avísame cuando vuelvas a Villa Alemana, para dirigir las cartas allá. Cohen recibió y agradece la música.

§

Santiago, domingo 18 de junio de 1933
Mi querida Eileen:

Te agradezco tu *straight answer* y me voy a permitir otra *straight question*: ¿Tú misma entregaste la carta en cuestión al mozo para que la colocara al buzón?

No te enojes por lo que te he preguntado, pero como había algo que no comprendía, quise que me pusieras al corriente en este asunto de la conversación de tu mamá con mi papá. Eso es todo. Respecto a lo de la Amor, creí que lo mejor que podría hacer para que esta niña te mostrara mis cartas sería justamente decirle que no lo hiciera *private*, <privado>, como dices tú.

Más tarde veré a mi tía o a mi prima y les daré tu recado.

Los otros puntos que tratas en tu carta los conversaremos acá.

Cohen cantó varias veces en la radio. No sería raro que fuera él mismo a quien has oído. Considero que la voz de Chevalier la imita muy bien. La mímica no tanto. Trata de verlo u oírlo, para que me digas tu opinión.

No me extraña que la Amor piense que es imposible que estemos peleados. Quiere decir que me conoce más de lo que yo creía.

Eileen, no quiero que te perjudiques por venir acá. Si tu mamá no desea que lo hagas. Mejor será que no insistas hasta que ella buenamente te conceda el permiso. Comprendo que, luego de la seria conversación con mi papá, <cuyos detalles me los cuentas en la carta perdida>, esté así.

No te imaginas lo que quiero que vengas, estaría feliz de verte, aunque fueran solo cinco minutos. ¡Tú sabes!, hace tantísimo tiempo que no vienes. Besos. William

§

Santiago, miércoles 21 de junio de 1933
Mi querida Eileen:

Siento mucho que tengas razones tan buenas para tenerme un mes más sin verte. Me dices que lamentas que vaya a estar sin verte, pareciera que no me creyeras cuando te digo que sufro por verte. Está bien Eileen, no importa que no vengas tan luego. Tú sabes que siempre estaré feliz de verte, aunque pase un año.

No te recordaré más de tu viaje, para que no te enojes conmigo.

«Ámame esta noche», no la he visto. No tenía la menor intención de ir hasta que tú no vinieras, como yo creía, el 24. Ese era el convenio que tú—me imagino—no hubieras respetado si hubieran dado esa película allá. Dime si te espero o no.

No sé por qué me preguntas si mi papá vendrá a Santiago. No he sabido nada. De la casa me invitan a que vaya a verlos una vez. Hace cuatro meses que no voy, <desde la última vez...>. No sé todavía, podría combinar para verte de alguna forma, aunque fuera a la pasada del tren. ¿Viste Café Vienés? Besos. William

§

Santiago, viernes 23 de junio de 1933
Mi querida Eileen:

Como te había dicho, mañana iré a Valparaíso para volverme el lunes a Santiago. Saldré de aquí en el tren de 11:30 a.m. que pasa por Villa Alemana faltando un cuarto para las tres. Me fijaré por si tengo la suerte de que subas al mismo tren en caso de que vayas al puerto. O verte, aunque sea un momento en la estación. Besos. William
PS: Estamos citados en la milicia el domingo. Creo que habrá un desfile o algo así, de Viña a Valparaíso.

§

Santiago, miércoles 28 de junio de 1933
El tren se detuvo cinco minutos en Villa Alemana, los que William aprovechó para bajar y mirar entre las personas que subían y bajaban a su Eileen. No le fue muy difícil, la estatura y belleza de ella, el sol haciéndole brillar sus cabellos rubios, permitieron el encuentro en dos minutos. Eileen subió al mismo carro que él y juntos, entre besos, miradas y caricias, su fueron a El Puerto. Aprovecharía ella de hacer unas compras con la Amor, al menos esa fue la explicación o el pretexto que dijo en su casa.

Como pudieron, aclararon lo medular que encerraba la carta perdida, y que, por absoluta—confesión de parte—nunca fue escrita. En vista de aquello, de los labios de Eileen se fue narrando la «gran conversación» entre la mamá de ella y el papá de él.

—Lo más importante, creo, es que tu papá no desea que continuemos el pololeo, ya que por eso tú descuidas tus estudios. No es solo cuestión de gasto—dice—es cuestión de principios.

—Pero ya dije en mi casa que no me interesa transformarme en un matasanos.

—Debe pensar en tu futuro económico, social, etc.

—Eso se ve muy bien, pero nada de eso me interesa si te pierdo a ti, que es lo único y que más quiero.

—No me perderás.

—Lo haré.

—No.

—Sí.

—No, ya que yo comprenderé que sería por nuestro futuro y...

—Eso lo dices ahora, pero ya sé que andan por ahí unos botones de la marina muy interesados en ti. Además, ¿qué dice tu mamá al respecto?

—Ella piensa—y se lo hizo ver a tu papá—que yo, aunque también estoy enamorada de ti, sabría esperar a que tú te titules de médico cirujano, como es el deseo de tus papás.

—De mi papá, ya que mi mamá no opina al respecto, la voz—como sabes—la tiene él.

—De cualquier manera, es cosa de ambos, son tus papás. Mi mamá piensa en que sabe que sería imposible separarnos, con cualquier argucia. Ella, como mujer viuda lo comprende y está dispuesta a ayudarnos en lo que nosotros decidamos. Si nuestra decisión contraviniera los deseos de tus papás.

—De mi papá.

—Bueno, como sea; ella está dispuesta a apoyarnos. Eso—comprenderás—no le gustó a tu papá, quien la miró con disgusto, que se disimuló por la intervención de tu mamá apoyada en la opinión que de mí escuchó, por parte de tu prima y de tu tía Rose. Como comprenderás, tu mamá y la tía Rose son mujeres además de que ella es la hermana de tu papá, como te quedará claro, creo que las mujeres somos más comprensivas ante los problemas sentimentales.

—Y más competentes, ya que nada me han dicho en casa, y supongo que algo saldrá de esta visita, ya te contaré.

§

En la estación Puerto, se despidieron. Eileen salió por una puerta lateral donde la estaba esperando, disimuladamente la Amor, y en tímida y escondida señal con una mano, saludó a William, quien respondió con una atragantada sonrisa y guiñe de ojo, ya que venía entrando en ese instante, por la puerta principal de la estación, su papá con su hermano Alfredo. Ya en Santiago, escribió:

§

«Viejita»,

Recibí tu carta que contesté a Villa Alemana.

Siento que no puedas ubicar a tu tío, espero que su viaje al sur del país no esté siendo tan accidentado como el mío, y que el Harry también lo esté disfrutando. ¿Te acuerdas las anécdotas de mi viaje? Y es de esperar—por tanto—que tu venida a Santiago en 12 días más no sea tan corta como los anteriores, y que tu tío ya esté sin novedad en Santiago.

Es un pequeño gran problema eso de «especie de vacío» que dices sentir. A mí me sucede lo mismo. ¿Entonces, dónde está lo que falta? Me gusta oírte decir esas cosas, o mejor, me gusta leerte escribir esas cosas.

En lo que se refiere a la «dueña de la casa», como te llamé, tengo que confesarte algo, parece que dejé la casa en el camino, pero mantengo aprisionada a su habitante. Nunca la dejo salir de mi corazón, y tengo miedo de que me declare una huelga. Si me permites, te seguiré hablando de ella, cómo la veo, cómo te veo. Como te decía, es dueña y señora y hace su voluntad. Manda y tengo que obedecerle. A todas las chiquillas les encuentra defectos y me los hace sentir. Ella es de lo más *dije* que tú puedas imaginarte. Si alguna vez te encontraras con ella, no le digas que te hice estas confidencias. Puede enojarse, aunque no le conozco el mal genio. Te puedo decir al oído, que es un "encanto".

Bajando de las alturas; mañana nos trasladaremos a nuestra nueva pensión, que te había comentado antes. Está aislada, sin teléfono, y difícil de llegar allá a quien no conozca esos barrios. Lo que tiene a su favor, es su vecindad a la escuela de medicina.

El lunes encontré una carta de la Amor en que me preguntaba si estábamos enojados. Le dije que «sí», en una forma que, fijándose bien, quiere decir «no».

Me preguntaba algo como te las arreglarías sola hasta que llegara el Harry a Villa Alemana. Casi me bajo en Peña Blanca. Después pensé que tal vez tendrías un "compromiso", algo con la marina.

¿Te enojas si te digo «viejita»? Sin darme cuenta, comencé la carta con esa palabra que me gusta y la creo cariñosa.

Si quieres algún encargo para regalarle a tu tío, que de seguro los llenará de regalos del sur de Chile, avísame y te complaceré.

Bueno Eileen, otra semana más sin verte. Sé que cumples tus promesas y que vendrás. Hasta muy pronto. Saludos. Besos. William

§

Santiago, lunes 3 de julio de 1933
Querida Eileen:

Desde el jueves 29 de junio estamos instalados en la nueva pensión: Vivaceta 968. Imagino que la vida que aquí se hace, debe ser parecida a la del Far-west, <lejano oeste>. Somos ocho en total. Una casa enormemente grande y cuatro cuadras de terreno. En la noche—casi siempre—hay tiroteos, para espantar a los que se meten a robar leña, alambres y cosas por el estilo. Es la vida: riesgo y sustento de los desposeídos. Lo curioso del caso es que un *curita* es quien se encarga de dar vida a todo ello, fabricando los cartuchos de escopeta y de dispararlos. Han comprado un perro bravo para ahuyentar a los ladrones, pero no se atreven a soltarlo, por temor a que se lo roben. Hay muchas cosas divertidas por estos lados, que no terminaría nunca de contarte. Pareciera—en pocas palabras—que estamos viviendo en un pueblo dentro de la ciudad. Es un paréntesis de Santiago. El mismo día amanece con otros coloridos, imperceptibles a los ojos de alguien que vive fuera de este oasis de misterio, pero muy real para quienes—como yo ahora—disfrutamos de su amanecer.

Muchas gracias por los piropos. Cuando vengas te curaré el *cototo* que tienes en la frente. Conozco un remedio eficaz, que—por cierto—no me lo han enseñado en esta universidad, lo he aprendido en la universidad de la vida, cuando en mí ha florecido el amor por ti.

Avísame la hora en que llegas, y claro, dónde te quedarás, <¿*en casa de tu tío?, ¿hay alguien allí?*>. De todas formas, trae harto equipaje, ¿me entiende?, para que te quedes muchos días.

El miércoles estoy invitado a una comida que tendrán los notarios. Creo que será de etiqueta. Podré pasarlo bien si la *dueña de casa,* la *dueña de mi corazón* no se pone intransigente.

Cuando me dices *Darling,* <querido>, me enojo tanto que me dan ganas de morder. Me parece que no te refirieras a mí.

Bueno, *viejita,* no te vuelvas a demorar tanto en contestarme. Besos. William

§

Santiago, viernes 7 de Julio de 1933
Querida Eileen:

No es necesario «arrancarse» de los chiquillos. Si te comprometiste a ver a ese fulano, <¡deja que lo pille!> en el teatro Victoria, debiste haber ido. En todo caso, preferible a lo que te tocó en el teatro Colón, ¡si quieres saber! Lo que no me explico, es para qué le dijiste que se encontraran allá, si no pensabas ir. Explícamelo si es que puedes.

Si viajas en tren, ¿qué importa que llueva? El tiempo acá está sumamente frío y amenazante, pero todo hace suponer que no durará hasta mañana. Así lo espero, ya que un detalle como ese, es capaz de hacerte cambiar de idea en cuanto al viaje.

Estaba muy agradable la comida. Fue en el club La Unión. "La única lástima era que tú no estabas", de verdad. Acá te contaré los detalles, si llegas a venir.

La Reina me devolvió su fotografía con una dedicatoria, no tan seria como otra que he leído muy a menudo. Besos. William

PS: No dejes de decirme si vienes. Si postergas tu venida, tendrá que ser con la condición de que la alargues después. A veces me dan ganas de morirme por un tiempo, cuando comienzas a fallar. ¡Yo nunca te fallaré, lo prometo!

§

Santiago, lunes 10 de julio de 1933

Mi querida Eileen:

Ayer estuve en la estación, a la llegada de los dos trenes de la mañana. No llegó mi Eileen, pero sí una carta de la Amor. Te la envío a ver si encuentras que tiene algo que corregir. No quiero creerle lo que dice por ahí en un párrafo, aunque tú digas que es cierto. ¡Si quieres saber!

En la tarde de ayer, fuimos a caminar hasta un sitio que se llama *La Pirámide*. Si no hubiera sido por el frío, habría estado mucho más agradable. Tres muchachos y cuatro chiquillas, pero entre todas no se hacía una. Han hecho unos fríos espantosos, de cuatro grados centígrados, bajo cero. La escarcha gruesa como vidrio de parabrisa de auto, flotando en cualquier charco de agua.

Pensaba ir a la nieve el próximo domingo, si vienes. Hay un cerro que se llama *Manquehue* y se puede ir y volver en la mañana, saliendo temprano (5 a.m.), ¿te interesaría? Mi hermano Alfredo iría con nosotros, y tal vez una niña más con su hermano. Buena para andar, pero creo que tú se la ganarías, <a pesar de ser *viejita*>. Besos. William

PS: ¿Estuviste en el Té del Regatas?

§

Santiago, lunes 10 de julio de 1933

Viejita

Me olvidaba agradecerte el libro. Hace tiempo que lo recibí. No me dices si te gustó o no, *Come on, be honest sister*, <venga, sé honesta hermana>.

Pasando a otro libro, una vez me dijiste que el libro que te presté: «El Credo de un biólogo» tenía algunos imposibles. Sería interesante que subrayaras esas partes para discutirlas. ¿Lo desocupaste? Tengo turno el próximo jueves y me gustaría leer eso en la academia. Estoy en la tabla. Es muy entretenido. Xxxxx ...∞. William

PS: Ese signo (∞), ¿Sabes qué significa en matemáticas? Averígualo.

§

Santiago, jueves 13 de julio de 1933

Viejita

Veo que averiguaste el significado del «signo matemático» y lo has interpretado perfectamente: "besos para ti hasta el infinito". Efectivamente es un signo que no se sabe dónde comienza y dónde finaliza. Le llaman también *«lemniscata»,* cualquier curva en forma de ocho. Intriga a matemáticos, filósofos y astrónomos. No tiene ni principio ni final.

Recibí los papeles y tu carta, muchas gracias. Pero debo decirte una cosa al respecto. No es bueno que ocupes papeles y sobres tan elegantes para escribirme a mí. Prefiero las *cartas blancas,* se me imaginan más sinceras, las otras me parecen hipócritas.   O por lo menos, muy formales.

§

Ese fue un fatal comienzo de carta. Para Eileen resultaba como una bofetada y un gran desatino, ahora—precisamente en que—habiéndose sacado su anillo, prefirió guardarlo hasta *nueva oportunidad,* que le estaba pareciendo lejana. ¿Cómo pudo William comenzar una carta así

—¿Pretendes decir que mi carta no es sincera con ese papel y ese sobre? Pues mira, te contaré algo de ese papel y ese sobre. Mi papá lo encargaba para mi mamá, directamente de la fábrica en Estados Unidos: la fábrica Southworth, existe desde el año 1839. Lo fabrican con un 25% de Cotton <algodón>, con fibras naturales, y pintado con anilinas de flores, por eso es por lo que tiene perfume. Me parece que—muy por el contrario—es algo muy elegante, femenino, y lo que se escribe, jamás guarda relación con el tipo de papel, ¡Si quiere saber!

—Bien, bien, no sigamos por ese camino.

—Pero tú...

—Nada. Dejémoslo hasta ahí. Háblame un poquito más de la comida esa a la que fuiste, me pareció muy interesante, y me dices muy pocas cosas.

—Lo haré cuando nos veamos.

—Bueno, entonces, te contaré que *Ámame esta noche*, es muy buena. Al final, tuve que ir solo. ¿Siguen un poco tirantes tus relaciones con tu mamá? En la próxima carta espero que se haya arreglado todo, y que me digas que muy pronto vendrás. Hace mucho tiempo que me tienes completamente abandonado, y me engañas con promesas de viajes que ni piensas realizar. Supongo que serán cosas de la marinería de Chile.

—Si tienes buena memoria, te acordarás de que fuiste tú quien, el viernes, 14 de octubre del año pasado, me invitaste a la Escuela Naval.

—¡Que buena memoria tienes para ciertas cosas!

—Nada especial, se trata de dos días después del 12 de octubre: *Día de la Raza*.

—Sé que te miraron mucho cuando estabas ahí, te estaba mirando.

—No me di cuenta.

—¿De qué te miraba?

—No, de que otros me miraban. Tú siempre estás mirándome.

—¡Pretenciosa!

—Nada de eso, tengo ojos.

—¿Para mí?

—Para mirar.

—¿Mirarme a mí?

—Mirarte a ti.

—¿Estuviste en la estación El Puerto a las 15:30 p.m. el sábado?, Onetto cree haberte divisado. Le di un buen *speech* <sermón> por no haberte saludado. Los fríos parecen estar pasando. Aunque hubo algo de nevazón. Cayó plumilla fina. Besos. William

PS: El domingo voy a ir a esperarte a *El Excursionista*, ¿Qué dices?

§

Santiago, martes 18 de julio de 193
Mi querida Eileen:

Es curioso lo que ha pasado con mi carta anterior, pensé que la recibirías el viernes, como sería lo normal. Sé que te llegó con bastante retraso. Lo siento.

—Pensé que estabas en Valparaíso, y que no me habías escrito por eso.

—¿Cómo crees que, si hubiera estado en Valparaíso, no te lo hubiera dicho para ir a visitarte? Ojalá hubiera sido verdad que estaba allá, te podría haber visto, se me está olvidando *What you look like*", <como te ves>, (esto último es mentira).

Esta mañana me estaba acordando que el año pasado, en esta misma fecha, yo estaba en Valparaíso, gracias a una huelga estudiantil, feliz viéndote diariamente, y tú levantándote temprano para salir a nadar juntos.

—Ahora eres tú el que tiene muy buena memoria paras ciertas cosas.

—Las cosas—como tú dices—es el hecho de verte a diario. Voy a terminar esta carta para evitar escribir algo que seguramente te *aburriría o enojaría, o ambas.*

Good night, <buenas noches>. Besos. William

§

Santiago, sábado 22 de julio de 1933
Querida Eileen:

Una desagradable sorpresa me dio tu carta. Es horrible lo que le pasó al pobre Harry. Por favor dame datos más exactos sobre su estado. Se escapó de haber muerto entre las ruedas del tren, pero en todo caso es muy doloroso tener que perder parte del pie y quien sabe. Que te sirva de escarmiento, tú que tanto viajas en ferrocarril. Todas las precauciones que se tomen siempre serán pocas. Ojalá no hayan tenido que hacerle ninguna amputación o cosa parecida. We must hope to the best! *<¡debemos esperar lo mejor!>*.

—Mi hermano fue un poco irresponsable. Te contaré. Iba al colegio desde Villa Alemana hasta Quilpué. Pero como se le había ido el tren, prefirió continuar por el camino de este. Es solamente una estación, por lo que supuso, equivocadamente, que no tendría problemas y que llegaría a su destino, antes que el nuevo tren pasara. Sus cálculos no serían del todo malos si no hubiera sido por dos motivos. El primero es que él no contaba con que a esa hora pasaría un tren de tan solo tres vagones, con carga diversa, y el segundo es que, aunque corto, debía atravesar un túnel muy oscuro. Ambas cosas fueron lo suficientemente nefastas para la tragedia. El tío Tito que estaba en casa, corrió a socorrerlo y a quitárselo a los enfermeros de la Asistencia Pública, quienes ya habían comenzado a hablar de amputación. ¡He sido enfermero de Inglaterra, en la Guerra Mundial!, gritó y se lo trajo a casa, bajo su estricto cuidado y responsabilidad, tuvo incluso que firmar un papel. Yo había tenido los deseos de haber ido a Santiago a verte, pero con esto, es imposible, tú comprenderás.

—Te agradezco mucho las intenciones que tuviste de venir. Ahora la cosa es punto menos que imposible con lo que ha sucedido. Mala suerte para todos.

Saluda muy cariñosamente al pobre chiquillo y que tenga paciencia para guardar cama.

He titubeado, y no sabía dónde dirigirte esta carta. Por fin creo que lo haré a Villa Alemana. Estarás con tu hermano, desde luego. Besos. William

§

Santiago, martes 25 de julio de 1933
Mi querida viejita:

Me alegro mucho de que lo de tu hermano no haya sido más que perder los dedos del pie. La impresión que me dio tu primera carta fue que el asunto era más grave. En todo caso, todavía no se puede decir nada definitivo, y el peligro de una infección existe mientras no cicatrice la herida. Bien cuidado con tu tío y como está, nada de eso tiene que suceder. Salúdalo en su cumpleaños mañana.

Estamos con la universidad cerrada por algún tiempo, en honor del exantemático. Creo que quieren cerrar piscinas, teatros, iglesias, etc. Y toda forma de aglomeraciones. Mi hermano Enrique se fue hoy a Valparaíso. Yo con mi hermano Alfredo, o más bien dicho, mi hermano Alfredo y yo, nos quedamos acá esperando los acontecimientos, a ver si el piojo que trae esta epidemia pasa de largo.

A la Amor no le he escrito nada, realmente no sé qué decirle. A ti quisiera preguntarte muchas cosas. Tú sabes lo que me interesa saber. Tus correrías o aventuras de chiquilla. Hace tiempo que no me cuentas nada.

Fui a visitar a la Rosita Huber, que, como sabes, vino a Santiago y acaba de llegar de los Estados Unidos. La saludé en su hotel, y para que no se demorara tanto en bajar, me hice anunciar como el embajador yanqui. Todo un éxito. Antes de cinco minutos, ya se había vestido. Cuenta maravillas del malón que le hizo todo el grupo en Valparaíso, nada más bajar del vapor, <menos mal que tú no fuiste>. Me dijo que le dijeron muchas palabras hermosas, como: "estás preciosa", "eres el alma de la fiesta, y se nota etc.".

—Supongo que sería así, tú podrás confirmarlo. De todas formas, me parece que es muy petulante diciéndote lo que le han dicho a ella.

—Más que petulante, creo que lo dijo en tono de: «no me lo merecía».

—Eso sería entonces una *falsa modestia.*

—No considero que sea una *falta de modestia,* el que las niñas digan cosas como esas. Son frases que a ellas <y a ti también incluyen>, no las perjudica y constituyen la felicidad de cualquiera.

—No dije *falta de modestia,* dije «*falsa modestia*», que no es lo mismo. De todas formas, no deseo hablar más de este asunto. No quiero tener que guardar mi anillo. Agregaré—sin embargo—dos aclaraciones: a una niña, cuando le dicen que es muy hermosa, y lo es de verdad, no le debe extrañar, se trata de una realidad. Y si no lo es, sería una mentira, que más que hacerla feliz, debiera entristecerla porque le están diciendo cosas que no se merece. ¿Cuál es el caso con ella?

—Ni lo uno, ni lo otro, ya que la belleza o hermosura de alguien, es cuestión de opinión. Pero cuando la generalidad de las personas coincide en que una niña es hermosa, lo más seguro es que lo sea, aunque ella misma no se sienta bonita. Como a ti, mi querida Eileen, todo los que te conocen, hombres y mujeres, dicen lo mismo. No debieras sentirte incomoda o insegura—o, mejor dicho—celosa por lo que te conté.

—Ni incómoda, ni insegura, ni celosa. Tú debieras saber mejor lo que estoy diciendo. Saca las conclusiones que quieras. Como te decía; cambio y fuera.

—Siempre saco conclusiones y leo y releo tus cartas, para—incluso— leer entre líneas. Y Muchas de mis conclusiones, jamás me atrevería a revelártelas para que no te fueras a enojar. Y me da miedo que mi querida Eileen se esté aburriendo conmigo.

Hoy te he echado de menos, más que de costumbre. Más que ayer, pero menos que mañana. En Santiago no hay ninguna persona que pueda reemplazarte para ir al teatro. Casi lloviendo, con frío, con viento. Todo ello hace que uno se ponga más sentimental, y recordar tiempos pasados. No creas que estoy loco. Besos. William

§

Santiago, martes 1° de agosto de 1933
Mi querida Eileen:

Después de haber estado este fin de semana en Valparaíso, y haber disfrutado, aunque muy poco, de tu compañía, además de ver el progreso de la salud de tu hermano, se me hizo muy triste tener que alejarme nuevamente de tu compañía. Habiendo llegado ayer a Santiago, mantengo la gran esperanza de recibir tu visita, cuando puedas.

Las clases en la universidad comenzarán el 20 de agosto, por lo que mis hermanos Alfredo y Enrique, se quedaron en el Cerro Alegre.

El único consuelo que me queda desde aquí es poder escribirte y recibir tus cartas, que, con esta, estamos sin deuda: ni tú me debes una a mí ni yo te debo una a ti. El viaje a Valparaíso fue un poco obligado por mis papás, estar en el cumpleaños del papá y para controlarme, es decir, un poco absurdo. Yo pensaba poder haber estado más tiempo contigo, pero como sabes, las circunstancias fueron adversas. Sin embargo, te encontré muy cambiada y temo que tus sentimientos para mí, también lo estén. No me atreví a preguntártelo allá abiertamente. ¿Qué me dices? *Be honest sister,* <sé honesta hermana>.

Podrías venir a Santiago sin esperar que tu tío se venga a Santiago, *aquí nos desquitaremos.* Él continuará cuidando a tu hermano, podrías venir por el día. Saludos al Harry. William

§

Santiago, viernes 4 de agosto de 1933

Respiro tranquilo ahora después de leer tu carta. No pude al principio evitar de tener algunas dudas. Lo que pasa es que es demasiado bonito para ser cierto. Por mi parte podría decirte tantas cosas, pero cuando llego al lado tuyo, se me olvida todo. *It must be chronic,* <debe ser crónico>.

—Mi hermano Harry no está muy contento. Como he estado más tiempo acompañándolo en su recuperación, hemos conversado muchísimo de nuestras cosas, y en ese sentido, le conté que me escribiste diciéndome que nos *desquitaremos.* Me dijo que él me tiene mucho cariño y que siempre se preocupará por mí. Y como yo, piensa que tienes otra chiquilla en Santiago. No quiere que vaya a verte.

—Muy bien que el Harry sienta ese cariño por su hermana, es lo que nos pasa a todos. Después te digo en qué va a consistir el *desquite,* ¿no te lo imaginas?

Ojalá no hablaras nunca de *otra,* es una broma de mal tono. No ha existido, ni existe, ni existirá nunca *otra.* Tú eres la única.

Estoy lejos del centro, y si tú me enviaras las cartas por este tiempo a la dirección de abajo, las recibiría mucho más luego, que es lo que me interesa. Antes iba más regularmente a correos, pero ahora como estamos sin clases, estoy recluido acá *estudiando, Believe it or not:* <lo creas o no> y no quiero moverme de aquí hasta que tú no vengas, <no pierdo las esperanzas>, o para asistir a la función del pequeño teatro universitario. Que Harry no sea egoísta. Besos. William

§

Instituto de Humanidades: Prudencio Herrera
Y Pensionado Universitario Federico Ozonan
Fermín Vivaceta 968 Santiago

Santiago, sábado 12 de agosto de 1933
Mi querida Eileen:

Estuvo muy concurrido el teatrito el domingo. Todos los números del programa fueron aplaudidos, de modo que me tocaron algunos aplausos a mí también. Había como cuatrocientas personas. La gente se rió bastante.

No hubo ensayos, y si los hubiera habido, nunca podrían compararse con los del teatro San Luis, razones sobran.

No entiendo por qué te pudo parecer mal mi carta. Si te he ofendido, te ruego me disculpes. Jamás escribo menos que al ciento por ciento, si quiere saber señorita.

Mejor para el Harry que hagan ese injerto en el pié, así sanará más luego. Agradezco sus saludos.

Hemos tenido un poco de mal tiempo, pero ha vuelto a afirmarse el clima y parece un verano. Está lindo para salir a caminar, hasta la señora *Luna* se digna mostrar su rostro y alumbra bastante para el deleite de los enamorados. En mi caso, me conformo con poder leer el diario a la luz de la Luna.

Espero que el tío de la Amor haya seguido bien. Un día que esté de humor le contestaré a su sobrina esa carta tan desagradable que me mandó.

El 12 cumple 20 años la Reina, ¿me autorizas para saludarla? El 10 mi hermano Enrique estuvo de cumpleaños, ni lo saludé. Besos. William

¡Viva la Eileen!, es el saludo obligado a todos en la calle. Los saludo como miembro de la Milicia Republicana, con el brazo derecho levantado.

§

Santiago, miércoles 16 de agosto de 1933
Mi querida Eileen:

Tu última carta la contesté con fecha doce, pero la coloqué en un buzón del barrio, lo que puede haber ocasionado un retardo. Iré a colocar esta al mismo correo.

Nada fijo sabemos de los exámenes. Creo que serán el 2 y el 25 de septiembre. Es lo que me tiene preocupado y estudiando este tiempo. Mis deseos serían estar en Valparaíso, pero...

Me alegro de que Tommy vuelva con la Amor, dicen que *Old friends are the best friend,* <viejos amigos son los mejores amigos> y que *You must bear in mind, a true friend in hard to find, and when you have a one that's true, never change old love for new*, <debes pensar que un verdadero amigo es difícil de encontrar y que cuando encuentras a uno de verdad, nunca cambies un viejo amor por uno nuevo>. ¿Qué te parece a ti?

¿Quién es tu amigo que te invita al teatro?, preséntamelo, aunque sea por carta. I hope he is not so attractive! <Espero que no sea muy atractivo>.

Recibí de la Lucha una pieza de música que te enviaré para que se la prestes, si quieres, a Davagnino, siempre que se comprometa a no perderla.

¿Todavía dice la Amor que estamos peleados?

Ahora que sé que el Harry está perfectamente bien, espero que cumplas algo que me prometiste. Besos. William

§

Santiago, sábado 19 de agosto de 1933

Mi querida viejita:

Es trampa que tú me contestes una sola carta, cuando recibes dos, pero está compensado porque la pasaste a tinta dos veces. ¡Estamos empatados en correspondencia!

¿Cómo se llama tu amigo? No tiene nada de particular que vayas al biógrafo con él, pero. NO SOLA CON ÉL, ni tan seguido *once a month* <una vez al mes>.

Encontré muy pobre la carta que me envió la Lucha desde los Estados Unidos. La compadezco. Si vuelve a Chile va a extrañar muchas cosas. Besos. William

§

Santiago, lunes 28 de agosto de 1933

Querida Eileen

Según leo en la carta que me envió tu tío, has estado enferma. Se habla de hígado, reumatismo, dolores en la mano derecha. ¿Qué hay de verdad en todo esto? No puedo creer que hayas estado mal todo este tiempo, sin decirme nada. No te perdonaría que me lo callaras. Por favor contéstame diciéndome cómo estás de salud.

—He estado con un ataque al hígado, incluso me veía amarilla. Pensábamos que era hepatitis, resultó ser nada más que problemas al hígado por haber comido demasiados huevos fritos, en un arranque de comer un desayuno inglés: tocino, huevos y cebollas fritas, por todo ello quedé *frita* en cama. Lo de la mano es independiente, o a lo mejor, relacionado por mi debilidad hepática. Comencé a sufrir dolores profundos, un poco de calor en la muñeca derecha, un par de *Dominales* al día, y se fue solucionando. Ahora estoy bien del todo. Supongo que tú también has aprovechado de ir al biógrafo con tus amigas, que nunca te dejan de acompañar. Mi tío se irá a Santiago y nos tiene invitados al Harry y a mí.

—Ojalá que tu tío cumpla y tú aceptes con tu hermano su invitación. Estás muy equivocada en tus apreciaciones, la verdad es que no he ido más de tres veces solo con una amiga al biógrafo, en los cuatro años que estoy en Santiago. Y si lo hiciera más a menudo, no sería motivo para que tu siguieras en la misma forma. Es distinto, y los comentarios atacan siempre a la niña. Estoy casi seguro de que no volverás a hacerlo ¿verdad?

Ayer domingo, estuvieron mi mamá y papá en Santiago. Volvieron en la noche. Venían al entierro del Dr. Augusto Antonio Orrego Luco, falleció el sábado 26 de agosto en Valparaíso y lo enterraron en Santiago. En el cementerio había una muchacha tan parecida a la Amor, que tuve que mirarla mucho para cerciorarme de que si en realidad no era.

Cuéntame qué has hecho todos estos días que no me escribías. Be honest. William

§

Santiago, martes 5 de septiembre de 1933
Mi querida viejita:

Me alegro y siento haber sido tan tonto de pensar que no estabas enferma. Suponía que era una broma de tu tío.

Estamos todavía en capilla esperando el turno para ser examinados. El profesor que preside la comisión está en cama y desde la semana pasada no se aparece en la escuela. Dos veces por semana estamos yendo a la piscina. El próximo sábado tendremos que participar por el Regatas en una posta 5 estilos. Sería colosal que estuvieras aquí. Si asistes a esa fiesta que me dices que tienes, *be good*, <sé buena>. Aquí Hace siglos que no voy a ninguna fiesta. Dicen que el sábado 10 de septiembre hay una en el colegio alemán. Si estás acá podríamos ir. Se prolongará el baile hasta las 10 de la noche. *Would you like to come?*, <¿desearías venir?>. Contéstame para conseguir entradas. ¿Hablaste con tu tío? William

§

Santiago, domingo 10 de septiembre de 1933

Mi querida viejita:

Mucho sentí que te fueras tan luego y no prolongaras más tu estada aquí. Por suerte me dices que vendrás el 17, víspera de las Fiestas Patrias. No sé cómo hacer para que se apure el calendario y llegue pronto esa fecha. La verdad es que cada vez que vienes, siento más tu partida a Valparaíso; ¡haces tan rápidos tus viajes! Para otra oportunidad podrías traer una maleta grande. De todas maneras, no me quejo, fue muy simpático haber estado el jueves 7, el día de mi cumpleaños contigo, veintidós años contigo.

—No son veintidós años conmigo.

—Pero lo serán, y muchos más años contigo. La eternidad misma. Pero yo me refería a mi cumpleaños número veintidós.

—¿Cómo estuvo el torneo de natación y tu fiesta del colegio alemán?

—El torneo y la fiesta de ayer resultaron *flat* <llanas>. No estaba con ánimo para nada, y es la razón de que todo me pereciera raro.

Escríbeme pronto contándome tus andanzas por Valparaíso.

El dolor de cabeza lo sentí más fuerte que nunca en la estación, pero no me atreví a decírtelo. Supongo que habrás estado en la fiesta de Playa Ancha. William

§

Santiago, jueves 14 de septiembre de 1933

Mi querida Eileen:

Te escribo dos cartas iguales, una a Valparaíso y la otra a Villa Alemana, <aunque para nuestra contabilidad deberás considerarla una sola>. Lo hago así ya que la fecha se aproxima y quería proponerte algo.

El sábado hay un torneo de natación y los chiquillos vendrán a competir; no sé en qué tren vienen. La propuesta es que intentes venir y quedarte en casa de tu tío. Yo tengo que irme con mis hermanos, podríamos viajar juntos a Valparaíso. ¿Qué te parece? Contesta pronto. Besos. William

§

Santiago, domingo 17 de septiembre de 1933.

Mi querida viejita:

Lamenté mucho que no hubieras podido venir a Santiago. Solo quiero decirte «hasta luego», antes de irnos a Valparaíso en el tren de 11:35 a.m. Volveré a Santiago el lunes 25.

Que te diviertas mucho en el paseo que harán al campo, y no te olvides: *Be good.*

Muy buena la *performance* de los nadadores del Regatas. No te doy detalles, en el diario podrás ver los resultados. Saludos. William

§

Santiago, lunes 25 de septiembre de 1933

Mi querida Eileen:

Anoche llegó El excursionista con una hora de atraso. Se cortó un cable de no sé dónde. Una vez aquí, lo primero que hice fue cerciorarme de la fecha en que tú anunciabas viaje. Era 17. Todavía no me conformo de esta equivocación ni de la despedida tipo militar que me hiciste allá.

Aún no he recibido tu última carta. Me debes una. Quisiera decirte tantas cosas y preguntarte tantas otras, pero francamente, mejor que no lo haga. Tú siempre me dices: *Ask no questions and you'll be told no lies*, <no hagas preguntas y no tendrás mentiras>.

Tengo deseos de matar a toda la marina, que con su visita te retiene allá.

Recordándote más que nunca. Besos, <si no los quieres, bórralos>. William

§

Santiago sábado 30 de septiembre de 1933

Mi querida viejita:

Muchas gracias por la flor, ¿cómo se llaman? Ya una vez antes me las habías mandado.

Claro que me acuerdo de que estábamos peleados en las Fiestas Patrias del año pasado, tú tuviste la culpa, ¡si quieres saber!

¿Cuándo vienes? Si es necesario un pretexto como la inauguración de una parroquia, o cosa por el estilo, avísame y con «mis amigos curitas», puedo conseguirlo.

—¿Conoces la dirección de Poblete?

—Ignoro la dirección de Poblete. Él me llamó una vez del hotel Pizzani de Villa Alemana. El pueblo es chico, si deseas encontrarlo, no te será muy difícil conseguirlo.

Si lo vez, salúdalo de mi parte y dile que lo llamé el domingo a las 12:30 al hotel. Contestaron que no se alojaba ahí. Sentí mucho no saludarlo. Tienes que portarte muy bien ahora, porque si te *pilla*, me escribe contándome. Es espía que tengo allá.

¿Cómo será tu baile el 7? Ya que el siete no puedes, ¿por qué no vienes el otro sábado? Hay un torneo de natación, ¿te sirve ese pretexto? Besos. William

§

Santiago, viernes 6 de octubre de 1933
Mi querida viejita:

Me tiene muy preocupado tu silencio. La última tuya data el martes 26 del mes pasado—como ves—hace un montón de tiempo. Me estás debiendo una carta. En la última que te escribí, te envié unos recortes de Chevalier, dirigidos a Villa Alemana.

Noto que mi viejita me está fallando. Pasan más de 10 días y no escribe, cuando nos vemos, se despide de mí muy fríamente. Dime qué es lo que te pasa. No creo que estés enferma de reumatismo articular. ¿Estás aburrida conmigo? *Be honest*.

Diviértete mucho en tu baile de mañana. Be bad, <sé mala>. Besos. William

PS: El sábado estuve en un malón aquí en Providencia. Fue magnífico, pero hacías falta. Avísame si quieres que no te escriba tan seguido o que no te escriba más.

§

Santiago, jueves 19 de octubre de 1933

Querida Eileen:

Hoy se cumplen los 13 días que demoraste en contestarme. Voy a seguir tu táctica. Tengo muchos cargos en contra tuya. En primer lugar, me escribes con fechas atrasadas. Tus dos cartas anteriores venían con fecha 6 y llegaron con cinco días de diferencia. Fecha ocho en el correo de Valparaíso. En segundo lugar, dices que no puedes venir a Santiago porque tienes que estar en Villa Alemana, y te vas por semanas enteras a Valparaíso. Ya no te acuerdas de escribir. Podría seguir enumerando muchos detalles que ahora último he notado raros en ti. Tú resolverás...

Acá en Santiago hay entusiasmo por ir al torneo de natación del sábado.

Recibí una carta de la Amor en que me habla de paseos, etc.

No me preguntes por los dolores de cabeza. Claro que conseguí quien me quitara el que traje del último viaje...

Espero tu contestación, ojalá sea antes de otro medio mes.

He estado conversando con mi amigo Mauricio y no me gusta lo que me aconseja, dice que no resucite. Besos. William

§

Santiago, miércoles 25 de octubre de 1933

Mi querida Eileen:

He mandado a cambiar a Mauricio, a la punta del cerro, a freír espárragos, no voy a permitir que siga con sus consejos, para esto tendrás tú que prometerme una cooperación, que consistirá en que no dejes de escribirme, aunque estés en Valparaíso, ¿te parece bien?

Recibí una carta de la Amor, veo que interpreta mal mi interés por conocer el nombre completo de Mimi. Se trata sencillamente de hacer que un compositor amigo mío, le dedique un vals que va a imprimir, eso es todo. Es el mismo que ha hecho *O Kay*, que pronto conocerás y que le he puesto letra en inglés que le calza.

He estado de actor de circo, para variar. No estuvo tan mala la recepción de verduras. Tuve suerte que no silbaran

El torneo de natación estuvo muy bueno para mi hermano Carlos. Tuvo un récord de Chile en los 100 metros pecho: 1.23.1/5. El anterior del año 1929 era 1.25

Los dolores de cabeza, de verdad no han existido, mal podían quitármelos; *You Know*! <Tú sabes>.   Quiero saber si vas a seguir declarándome la huelga. William

PS: Dicen que la Reina está muy enferma.

§

Santiago, lunes 30 de octubre de 1933

Mi querida Eileen:

Me alegró mucho la recepción de tu carta y la forma como te comprometes a «cooperar». Siento que hace años que no te veo. Me gustaría arrancarme, aunque sea por un día a Valparaíso para disfrutar de tu presencia, pero me será imposible hasta diciembre. La esperanza que me queda es que tú puedas venir a Santiago si es que tus entretenciones o preocupaciones allá no te lo impiden. Ahora con la llegada de la escuadra de marina, tendrás muchos amigos.

¿Cómo te has portado todo este tiempo?, me gusta hacerte esta pregunta, pero le temo a la respuesta. ¿Has curado algunos dolores de cabeza?

En honor a la epidemia que está atacando a la capital, se han suspendido todos los preparativos de la fiesta de la primavera, y tampoco habrá romería a los cementerios el 1º de noviembre. Recibí unas líneas de la Lucha con dos piezas de música que pronto te enviaré para que las toques y puedas darme tu opinión. Como comprenderás, por estos lados no hay nada nuevo además del diario vivir.

—A mí me dijeron que habías estado el lunes en el club de señoras en una fiesta. ¿Diario vivir? Yo también tengo mis espías. El otro día me saludó en Valparaíso un joven que simplemente me saludó por mi nombre y me dijo que era amigo tuyo, ¿Otro espía como Poblete?

—¿El lunes William?

—No, el lunes no, fue el sábado cuando estuve allí haciendo unos monólogos en la fiesta de los alumnos de odontología de primer año.

—¿Hubo mucha gente?

—Mucha gente, porque eran a las 2 ½ de la tarde, y con entrada gratis. En esas condiciones todos estaban dispuestos a reírse y la reunión resultó agradable.

—Me refiero a las muchachas.

—También, pero no empecemos. Te he estado echando mucho de menos, no te imaginas cuánto. Deseaba dármelas de muy valiente— pero ya ves—es imposible. Ahora que lo sabes ojalá no dejes de escribirme: "a falta de Eileen, buenas son sus cartas".

Supongo que toda tu familia estará bien. Saludos. Besos. William

PS: Avísame cuando te vayas a Villa Alemana, para no demorar mi correspondencia.

§

Santiago, miércoles 8 de noviembre de 1933

Mi querida Eileen:

El amigo que te saludó en Valparaíso, se llama Orrego. Llegó contando que estabas encantadora, muy *buenamoza*, simpática, cosas que desde luego yo sé, pero que me gustaron oír nuevamente.

Notarás que no te he contestado tu última carta. He dejado pasar unos días intencionalmente, en espera de una decisión que podía haberme llevado por unos días a Valparaíso. El viaje quedo en nada y quien sabe cuándo será.

Aquí en la capital está haciendo un calor desesperante. Da la impresión de que, entrando más el verano, será terrible. Motivo para asistir a la piscina.

—Me parece bien, pero lo único malo es que nunca vas solo, siempre con chiquillas. Mejor no pienso en eso, no deseo sacarme el anillo. Me encontré con Tommy y me contó que estaban muy mal, <él con la Amor>.

—Mejor así, que de una vez por todas se desligue de ella. Creo que nunca lo ha tratado como él se merece.

—Lo dices como pensando que yo tampoco te he tratado muy bien a ti.

—¡Exactamente!, no, no es por eso. Pero en alguna oportunidad él, como amigo, me ha confesado su pesar.

—¿Eres su paño de lágrimas?

—No, pero sí. Fue solo un momento en que él lo estaba pasando muy mal.

—Todos comentan que tú eres muy buen amigo de los amigos. ¿Qué hay de ello?

—Si lo dicen, supongo que será cierto, pero ¿quién, exactamente te ha dicho algo?

—Un pajarito. Y me ha dicho lo buen amigo y divertido que puedes ser. Por ejemplo. En algún paseo el domingo a La Florida.

—¡Ah era eso! Te contaré para que no te vayas a ahogar de curiosidad.

—¿De qué?

—De nada. El domingo estuve en La Florida, Planta Eléctrica de los alrededores al sur de Santiago. Ahí hay cosas muy interesantes que ver, pero francamente lo que más me gustó, fue una chiquilla rubia, que fue mi pareja durante todo el día. Íbamos diez. Alguien llevó una máquina filmadora. En pocas palabras: *asado al palo*, *cazuela de ave*, turbinas, cascadas de agua, *pololeos*, cinco horas de caminata, chistes y canciones con guitarras.

—Ya veo lo bien que lo pasaste.

—Pero te eché de menos.

—No te lo creo.

—Es verdad.

—Bueno, te creo. Y también te echo de menos. No soy la única en mi familia, también mi tía Katie, me ha preguntado por ti y te envía saludos.

—Hazme el favor de agradecer a la tía Katie sus saludos y retribúyeselos al mismo tiempo.

Por estos aires se está hablando que, en Buenos Aires, se efectuará en marzo próximo, un campeonato de natación, con la asistencia de los quince mejores de Chile, entre los que, de seguro, estarán mis hermanos.

De exámenes todavía no sabemos nada en cuanto a la fecha. Cuéntame, aunque no te crea, ¿cómo te has portado este siglo que hace desde que te vi? Besos. William

§

Santiago, jueves 16 de noviembre de 1933
Querida viejita:

Recibí tu carta. Más corta y lacónica no podía resultar. ¿Qué te ocurre?, sin embargo, había una frase que me hizo feliz: "haré lo posible por darte el placer de verme, en dos semanas más". ¿Por qué esperas dos semanas?

Mis hermanos Enrique y Alfredo, estuvieron felices en Valparaíso. Vieron a nuestro hermano Carlos, marcar el record en los 200 metros. Ahí divisaron a la Amor, pero a ti no. ¿A qué te dedicas?

Acá en el pensionado todos estamos de lo más beatos y observantes celebrando el mes de María, ¿Te lo imaginas?

Excepcionalmente hoy no hace calor. Han inaugurado la temporada de piscinas en: carabineros, estadio militar y Llano Subercaseaux. ¿No te tientas?

Anteanoche nos tocó ver un enorme incendio. Un bombero murió aplastado, otro quedó muy mal herido y parece que va a quedar inválido ya que existe la posibilidad de perder sus piernas. El diario de mañana vendrá con todos los detalles. Fue en un incendio el 14, en calle Libertad con la Alameda (murió Antonio Secchi Dachenna, de la bomba italiana).

Bueno mi viejita, espero que el anuncio de tu viaje, esta vez, no quede como esas promesas que sueles hacer y quedan en nada. Ahora estamos más libres de estudios, intenta venir antes de la fecha que me dices. William

§

Santiago, jueves 16 de noviembre de 1933
Mi querida Eileen:

Te mando estas piezas de música que recibí de la Lucha, para que las puedas interpretar al piano y darme tu opinión. Sé que, para conocer su contenido musical, te basta leerlas y mentalmente conocer sus secretos rítmicos, etc., pero toda vez con la ayuda del oído, existen más elementos de juicio para emitir un veredicto. Luego, como siempre—si quieres—se las puedes prestar a Davagnino.

¿Cuándo vienes? Estoy esperando tu aviso.

Anteayer te escribí, supongo que tendrás la carta en tu poder, y luego recibiré tu contestación. *Heaps of K.* William

§

Santiago, lunes 20 de noviembre de 1933
Mi querida Eileen:

Te esperaré el viernes, dime algo más de tu viaje, el tiempo que te quedarás aquí, etc. Para el próximo domingo, he pensado que podríamos hacer un paseo por el día, al campo. Podría ser Tiltil, me dijeron que es muy bonito. ¿Qué te parece? Me han propuesto este paseo, pero aún no me decido a contestar nada, esperando tu respuesta si te interesa. Irían más o menos cinco muchachos y tres niñas, contando con nosotros. La idea es salir a las siete de la madrugada desde la estación Mapocho y regresar en cualquier tren de la noche. Hay en perspectivas conciertos de guitarra, un cabrito asado, en fin, muchas sorpresas agradables para que mi viejita pueda entusiasmarse y venir. Contéstame luego sobre esto.

¿Cómo te resultaron tus compromisos a los bailes y otras hierbas? Seguro que no me contarás L.B.G.

Acá la fiesta de la primavera, como te dije en una carta anterior, no hubo nada fuera de una velada bufa falsificada, donde ni tomaban parte elementos estudiantiles o muy pocos de ellos. Creo que tengo un programa, te lo voy a mandar. Gracias por la fotografía de Maurice Chevalier, ¿estás volviendo a ser amigo de él? William

PS: Entendiste mal, yo no dije que fuera beato, hablaba en general. El 17 estuvo de cumpleaños mi hermano Alfredo, le envié un saludo.

§

Aparentemente no ocurría nada especial—pero, de hecho—estaban sucediendo un sinnúmero de acontecimientos de enorme importancia para la relación de William y Eileen en el futuro juntos.

El paseo hacia Tiltil resultó mucho mejor que lo planeado. Eileen había conseguido el tan inesperado permiso del que William siempre dudaba. El tren viajaba a su ritmo acostumbrado, con la velocidad que le permitían los diferentes animales que se cruzaban en su camino. Llegando a Polpaico, sabían que les quedaba menos que la mitad del viaje. El lugar pintado de gris por la extracción del cemento, materia prima indispensable para aumentar las casas, edificios y caminos de Santiago. Tiltil, cuyo origen, al parecer, era de la palabra—*thit*—que significaba: «muchos triles», <tordos pequeños>. Se encuentra este pueblo en la falda de un cerro, donde antiguamente se descubrió un mineral de oro. Llegaron a la estación con tan solo media hora de retraso. Los pajarillos les dieron la bienvenida junto a algunos vendedores de pastelitos chilenos que siempre se acercan al andén en la esperanza de incrementar sus ingresos. Una vieja iglesia del siglo XVIII que albergó al cuerpo del guerrillero Manuel Rodríguez, dolor de cabeza de los españoles cuando la independencia de Chile, unos cuantos trapiches, donde en un pasado esplendoroso, se lavaba el oro, unas cuantas calles alrededor de la plaza, y poco más. Dejando atrás la cuesta de la Dormida, en dirección norte, todos los paseantes caminaban con un entusiasmo de jolgorio juvenil. Fueron subiendo por un angosto pero decidido camino de tierra hacia la parte alta de un cerro, desde donde pudieron ver el pueblo a sus pies. Se sentaron. Estaban en el lugar preciso para pasar el día. Desde allí podían—si se asomaban un poco sobre unas rocas—ver el pueblo y el movimiento de coches y trenes de tanto en cuanto. Las mantas sobre los pastos silvestres, los termos con café, los bocadillos para matar los deseos de comer, los zumos para mojar las gargantas y poder cantar tonadas al ritmo de los diestros guitarristas, los encargados del vino y de preparar el asado. Pero por sobre todas las cosas, los besos disimulados de los pololos, que siempre eran vigilados por los gorriones, todo, todo, se estaba llevando a cabo como por verdaderos médicos en plena operación: con una habilidad asombrosa. Estaban en el corazón mismo de la cordillera de la Costa. Aquella cordillera, aunque mucho más antigua que la de los Andes, tiene sus picos gastados de tanto estar ahí. Es la de más edad, pero la apocada ante la otra. Tenían entre las pataguas, los mañiúes y los eucaliptos, el río Rungue. Por un lado, las zarzamoras y por el otro, un lugar arenoso bajo la sombra de un sauce llorón. A todos les parecía un paraíso—y lo era—en cierto modo. Estaban ahí para disfrutar y olvidar toda responsabilidad, como hicieron.

El regreso a la capital les resultó—sino triste—por lo menos nostálgico. Llegaron con la promesa de regresar y repetir la experiencia.

Los exámenes dados por William en la universidad no fueron lo exitoso que lo que su papá esperaba. Se le venía un temporal encima. Ya en Valparaíso, casi ni se podían ver con Eileen, la cosa iba por muy mal camino. Pasada navidad, tan solo pudo escribirle.

§

Valparaíso, martes 26 de diciembre de 1933
Mi querida viejita:

No he podido ir a verte durante estos días de fiesta. Tú comprenderás que mis deseos habrían sido estar a tu lado, pero ya que estamos con mala suerte, te ruego me perdones. La Amor me habló por teléfono, invitándome que fuera a verla. No lo hice, ya que no encontré una buena oportunidad para ello. Me estaba invitando a montar su árbol de navidad, ¡como si yo estuviera para montar árboles!

Sentimentalismos a un lado, pero te puedo asegurar, querida viejita, que esta ha sido para mí, la navidad más desabrida y «deshabitada» de la que tengo recuerdo. A pesar de que estuvimos reunidos en casa, mis pensamientos estaban muy lejos. Casi me voy a tu casa, pero no me atreví por la hora.

Supongo que te habrás divertido mucho y paseado bastante, pero siempre dentro de lo *prometido*. ¿Tu auto funciona bien?, ¿Cómo está tu perrita Candy?, la verdad es que nunca pregunto por ella.

Por mi parte, si no puedo hacer nada mejor, me tendré que conformar con hablarte por teléfono. William

Año 1934

Santiago, miércoles 3 de enero de 1934

No pudimos estar juntos para el *Año Nuevo* y darnos un gran beso y abrazo con los mejores deseos para el año que se inicia. Apenas un encuentro fugaz el primero. Ayer en la tarde, estuve en la piscina Recreo, con la esperanza de que tú estuvieras allá, como me lo habías anunciado, pero nada. Me tuve que contentar con venirme en el Expreso. Salí de El Puerto a las 4:30 p.m., pensando mucho en ti, y lamentando que no me hubieras podido acompañar. En fin, tú sabrás por qué no lo hiciste.

Santiago, latoso como «casi» siempre. Actualmente hay calor, tierra, viento tibio, y zancudos que de noche se sienten más que los aviones de Cerrillos. No dejan ni dormir. Expectativas de exámenes por el momento no hay. Me podría haber quedado una semana más en Valparaíso, y así poder estar más tiempo contigo.

Si me escribes, por favor hazlo, te recuerdo la dirección: Vivaceta 968.

Recordándote siempre mucho. William

PS: Me gustó ver tu fotografía de nuevo. Te manda saludos, es como que quisiera hablar.

§

Valparaíso, viernes 19 de enero de 1934
Mi querida Eileen:

Espero que hayas vuelto santa y seriamente a Villa Alemana, dispuesta a no continuar desesperándome con tus aventuras. Tendrás que contarme tus correrías, viejita, y en honor a la caridad, te pido que hagas funcionar tus sentimientos mejor que nunca. Como sabrás, ahora sin los compromisos de exámenes, de regreso a Valparaíso, a una rutina que no estoy acostumbrado, y ahora tú te vas a Villa Alemana, pareciera que el destino deseara darnos una mala jugada y quisiera separarnos.

Ayer divisé a la Amor en los *Catorce Asientos*, del cerro Concepción. Como estaba acompañada de otras chiquillas, no quise acercarme a saludarla.

Estoy yendo a Recreo todas las tardes y vuelvo a casa siempre a las cinco. Cada vez que paso en *góndola*, estoy tratando de bajarme en calle Uruguay a preguntar noticia tuya. Mañana hay un torneo en el parque. ¿Por qué no te vienes a pasar todo el verano a Valparaíso?, o eso significaría mucho sacrificio de tu parte. De seguro que dentro de tu mente algo va cambiando radicalmente.

Si te parece, escríbele a la Amor, para que ella me entregue tu carta en Recreo. Por el momento, es mejor así. La prudencia nunca está de más.

Tengo otra idea, podrías prestarme la llave de tu casilla para recibir tus cartas allí. Si llegan cartas para ti o el resto de tu familia, las recojo y las voy a dejar adonde se encuentren. ¿No te parece mejor? Más seguridad, más tranquilidad y mayor número de cartas tuyas que es lo que me interesa más que nada en el mundo, bueno, mejor sería estar contigo personalmente. Deberás evitar poner mi apellido, ya que, por el apellido, las personas del correo, automáticamente la pondrán en la nuestra: 1802, y eso sería peor. Si me prestas una llave, podría hacer una copia.

¿Ves cómo todo tiene arreglo? Besos. William

§

Valparaíso, martes 30 de enero de 1934
Eileen:
No sabes cuánto sentí tener que dejarte ayer en Chorrillos. Tu cumpleaños fue muy «difícil de definir», alegre, pero rápido y casi no se pudo saborear.

Supongo que tu viaje a Villa Alemana lo habrás terminado en ese mismo carro y con «nadie» a tu lado. Hice lo posible por ver si iba cierto tipo, pero no lo vi.

Como te dije ayer, hoy vamos a Limache, a las 5 p.m. en auto, para ascender a «Las Vizcachas», estar en la misma noche y dormir en la cumbre. Puede ser que nos toque luna llena para la subida. Tenemos que llegar arriba antes de la media noche. No me atrae nada el paseo y más me hubiera gustado haberme quedado montando guardia en Villa Alemana.

Por favor, escríbeme, repitiéndome lo que me has dicho que todo está bien y que te has librado de ciertas personas "disolventes".

Me imagino que nunca podré estar tranquilo cuando tú estás lejos y—sin embargo—insistes en permanecer en Villa Alemana. A la vuelta, es decir, pasado mañana jueves 1° de febrero, a las 12 iré a ver si has escrito al correo 3. Puedes colocar las iniciales: «William R» No me hagas ir allá y después no encontrar cartas tuyas, viejita, si no has escrito, puedo reclamar al jefe de correos, al Intendente. Finalmente, el reclamo llegaría a ti.

No quiero que vuelvas a salir a ninguna parte con ese fulano cadete o guardiamarina, o lo que sea, y como me prometiste no hacerlo, ni siquiera portarte amable con él. Te invito a que lo eches a puntapiés de tu casa, si es bastante desvergonzado y falto de delicadeza de ir a visitarte.

Por favor, Eileen, ahora puede presentarse la ocasión de hacerlo, y sería un bonito final, deportivo también, de practicar un poco de fútbol, que hace bien, también las mujeres pueden practicarlo. ¿Por qué no?

Esta mañana, a las 8 fui a nadar a Recreo, y como a las diez estuve en el centro, cumplí ciertos encargos de mi papá. Por ahí encontré a varias amigas tuyas y al tocayo, en calle Prat. Todos me preguntaron por ti y te mandaron saludos. No te los daré, me voy a adueñar de ellos.

Fui a un boliche en calle Condell, y le di tu nombre y dirección <correo de Villa Alemana>, para que te mandaran los guantes de «Box». Supongo que los tendrás ya en tu poder. Como yo entiendo poco de esa materia, les dije que los compraba en forma condicional, es decir, que puedes cambiarlos, devolverlos, examinarlos a ver si no tienen fallos. ¡Cómo se te ocurra! En la *Casa Traviesa*—creo que fue—. Pregunta por el paquete en el correo. No estuve presente cuando lo empaquetaron, pero por si hubiera trampa, te digo que lo que me mostraron, eran de gamuza café.

No alcanzo a seguir escribiéndote, porque ya nos vamos en camino a Limache. Trataré de sobornar al *chauffeur* para que se detengan un momento en Villa Alemana, pero el que maneja, como es mi hermano Alfredo; tiene mucha *cara de palo*.

Bueno Viejita, no dejes de escribirme. William

PS: Estoy sano del mordisco que recibí envuelto en un beso que me dio cierta viejita que me tiene loco. Saluda a la Grace, hoy la vi muy fea en el ascensor Esmeralda.

§

Valparaíso, viernes 2 de febrero de 1934

Querida Eileen:

Trata de venir el domingo al torneo de natación. Comienza a las 9:30 a.m. Intentaré irte a ver el sábado, entre 7 y 10 de la noche, si es que todo está bien.

—Claro que estará bien, ¿por qué dudas?

—Te creo que todo estará bien nuevamente. Ya que estoy muy seguro de que tú cumples plenamente tus promesas reiteradas.

Lamento que hayas perdido el tren de siete. Pero creo que te gustaba más el siguiente.

Estoy esperando tu carta. No dejes de escribirme contando lo que sucede. William

PS: ¿Cómo resultó tu viaje a Villa Alemana?, ¿te fuiste con tu mamá?

§

Valparaíso, lunes 5 de febrero de 1934

Eileen:

Como no he tenido noticias tuyas, quiero recordarte que mañana dijiste que vendrías a Valparaíso. Supongo que no te impedirá tu viaje, ningún compromiso con: Pepito, Luchito, Manito y no sé cuántos monigotes más. Te veré Mañana. William

§

Valparaíso, lunes 5 de febrero de 1934

Eileen:

Siento mucho que continúes en tus aventuras ridículas y estúpidas, y que no te preocupes de tu nombre ni de lo que te conviene a ti. Es sencillamente inoficioso que sigamos en esta farsa que has llevado adelante conmigo. Bastante te he dicho y he tratado hacerte entender que pienses un poco, pero veo que careces de toda delicadeza y que no has hecho sino auxiliarte de falsedades para justificar tus actos. Como todo tiene un límite, te exijo—de una vez por todas—que me digas claramente y sin tus acostumbradas mentiras e hipocresías, si vas o no a portarte como me quieres hacer creer que lo has hecho.

Si sucede lo primero, avísame, si no. Cuenta con tu amigo. William

§

Valparaíso, lunes 12 de febrero de 1934

Querida Eileen:

¿Quieres aviriguar—como tú dices—cómo se vino esa carta en mi bolsillo? Te la devuelvo y perdona. Ya la había leído, de modo que no tenía ningún interés especial en traerla. Yo escribo mucho mejor que ese fulano, pretendiente tuyo.

Mañana iré a verte, cobrándote tu palabra. Estoy—por tanto— autorizado para tocar tu puerta a las 6 a.m. Si no estás en pie, habrá revolución en toda la cuadra. Te llamaré por teléfono primero. Tienes que ser condescendiente y no irte a Villa Alemana, menos en un martes 13. Sé buena y quédate todo el tiempo ahí. William

§

Valparaíso, domingo 11 de marzo de 1934

Eileen:

Casi un mes después me fallas. Te fui a ver a tu casa en Valparaíso, el martes 13 del mes pasado. ¿Te acuerdas? Bien, ayer me dijiste que aún estarías allí, sin irte a Villa Alemana. Fui a la hora convenida, pero sentí mucho que no pudiera encontrarte. La puerta estaba más cerrada, que solo le faltaba un letrero de dijera: "Se vende o arrienda esta casa". ¿Te veré mañana? William

§

Santiago, lunes 19 de marzo de 1934

Mi viejita querida:

Al fin, en Limache se detuvo un tren *El Excursionista*, antes de las 10 a.m., en el que me vine a Santiago. No sé qué decirte a propósito de mi estada en Villa Alemana. Se pasó el día tan rápidamente. Lástima que no sea posible detener el tiempo cuando uno quiere y apurarlo también a voluntad. En fin, hay que conformarse, y guardo la esperanza de que muy luego vengas. Parece que nuestra relación mejora cuando estamos en Santiago. Nadie nos molesta. Nos pertenecemos el uno al otro, sin interferencia, ni tan siquiera de nuestros pensamientos—a veces—tan lejanos. ¿Qué te parecería venir antes de Semana Santa? Te echo demasiado de menos. Y muy a pesar mío, porque eran mis deseos no hacerlo más de lo conveniente, para que tú pusieras algo de tu lado, pero al igual que el tiempo, la voluntad no tiene aquí nada que hacer. Tengo que agradecer a tu mamá sus bondades y conversaciones confidentes que me hizo. Hazme el favor de decirle que me disculpe por no haberme despedido de ella. Me di cuenta cuando ya estaba en el tren.

Hoy esperaba tu carta, pero parece que no han traído nada a Vivaceta 968. Me olvidé decirte que ya no voy a la casilla, de modo que, si me escribiste una carta allá, avísame para pasar por el correo. Deberé cambiar la casilla a un correo que me quede más cerca, no tan retirado de mi radio de acción.

Aunque me dijiste que no lo hiciera, me entretuve anoche en el tren, contestándole a ese fulano fondeado en Talcahuano, y te mando copia de la carta que se fue esta mañana. Te aviso para que *te abstengas de ponerte más en comunicación con eso*, y así tratar de remediar lo que nunca debió haber sucedido y que tu misma me confesaste, era un borrón del que hoy te arrepientes y avergüenzas. Tuve que recurrir a todas mis fuerzas de voluntad para no portarme y escribirle a ese señor como se merece. No me obligues a faltar a la caridad. Devuélveme luego ese papel.

Podría escribirte y decirte tantas cosas, pero no quiero que me tomes como un sentimental y te pongas a preguntarme si son los zancudos, que hay muchos, los que me han picado y puesto mi claridad mental turbia.

Mis recuerdos a tu abuelita y tía, y acuérdate de lo que hemos conversado. William

§

Santiago, miércoles 21 de marzo de 1934
Mi querida Eileen:

No me conformo con que hayas dejado pasar tantos días sin escribirme ni darme ninguna clase de noticias tuyas. Dime a qué se debe tu silencio. Supongo que no estarás enferma a pesar de que en Villa Alemana creí notarte con mucho frío y quejarte de dolores de cabeza. A la casilla te mandé una carta, y por si no fueras a buscarla, te dirijo esta al 708. En este caso, sí que vale la carta de la casilla para nuestra contabilidad. No te olvides, me debes dos cartas.

Estoy nuevamente desesperado de deseos de verte, y no sé cómo voy a acostumbrarme a dejar pasar el tiempo. Ya sabes, no lo puedo hacer pasar a mayor velocidad. No puedo arrancarte de mi lado ni tampoco cómo puedo hacerlo para ir a tu lado, aunque eso nos cause muchos problemas con nuestros progenitores. Pienso que debería ser más sincero conmigo en el sentido de llevarme más seguido a verte, aunque las circunstancias me lo impidan. ¡Al diablo con las circunstancias adversas a lo nuestro!, debo acordarme de los poderes mágicos de Chulín, de sus «Arrecunquichi, malaca, guachapa, tai, tai», de los poderes de tu anillo de Mizpah, de nuestro pacto, de todo cuando esté de nuestro lado. Dime cuándo vienes., Te voy a esperar. Ven el domingo a para la Semana Santa, o todo el mes, o todo el año.

Creo que no te habrás enojado por la carta amable que escribí a Talcahuano. Tú me obligas a hacer cosas que nunca pensé que hiciera. Te pido por favor que cumplas tus promesas y no le escribas a ese caballero, ni le mandes recados, ni fotografías, ni nada. Déjalo que se *coma el buey solo*. Cada vez que me acuerdo de esas cuestiones, me dan deseos de *boxear* contigo.

Viejita ojalá que en un par de días más estés aquí, y escríbeme, no seas floja. En Villa Alemana me contaste que lo habías hecho el día anterior, pero hasta hoy no he recibido nada. ¿Otra carta fantasma? Explícame eso.

Ayer fui a ver a Chevalier en: «Soltero Inocente», muy buena. Te convido a verla conmigo este sábado. Si te vienes en el tren *Ordinario*, alcanzas bien. ¿Aceptas? Entonces es un compromiso y conseguiré las entradas con tiempo. William

§

Santiago, jueves 22 de marzo de 1934
Mi querida Eileen:

Aunque el asunto en esos tiempos me molestó bastante, no creas que en la actualidad es mucho lo que me preocupa, y si contesté esa carta fue más bien como entretención y prevención de males mayores, al mismo tiempo, eso es todo. Pero debo decirte que no me pesa el haberlo hecho, pues así he conocido tus sentimientos a ese respecto, que al fin eran lo que yo temía. Contéstame una pregunta formal: ¿no existe algún otro motivo para que tú te sientas *avergonzada y arrepentida* de lo que has hecho? Las consideraciones que me expones te las agradezco, aunque eso es más bien compasión que cariño, a mi entender. Y ya creo que hay diferencia. Ilústrame un poco más sobre esto.

Te ruego que me perdones si he hablado en plural, y no por mí solo. Es una ilusión que acaricio desde el fondo de mi corazón, y jamás dejo de pensar en ti, y hasta si fuese posible hablar como tú lo harías. No me parece muy grave mi falta, y tú que no eres severa, me la perdonarás, ya que tanto te ha molestado.

Gracias por tu sinceridad en las correcciones. Estoy de acuerdo contigo en eso de que no hay prueba de nada y que no le encuentras ninguna gracia. Desde el principio yo te lo dije. El tiempo se encargará de decir si estoy o no equivocado. Es curioso que aún me digas que no conoces mi modo de pensar.

Lo más importante siempre son los cimientos, es decir, la base. Y cuando ella ha sufrido accidentes, hay que recurrir a muchos medios para arreglarla. Suele suceder—a veces—que quede bien y firme para enfrentar un nuevo ventarrón. Tu carta anterior no la he recibido, es raro que se pierda, ¿fantasmada?

El examen lo di el día que te dije. No te he mentido. Siempre te digo la verdad aún en desmedro propio, ¡si quiere saber! Ojalá que todas tus cartas sean tan largas, pero menos belicosas. Las últimas frases desdicen con el resto de tu carta, y parecen palabras esculpidas a martillazos, que rompen el alma. Pero siempre tus cartas serán agradables.

Contéstame luego, desearía tener tu respuesta el sábado, para lograrlo, debes poner tu carta al buzón el viernes, antes de las cinco. Los domingos acá no reparten correspondencia.

Junto con la tuya, recibí otra carta de tu «amigo», en que se retrató de cuerpo entero, y no sé si mandártela o no. Tal vez sería mejor que tú la leyeras, para que conozcas mejor a tus «amigos», y sepas apreciarlos en sus groserías. Siento mucho no poder rebajarme a contestársela punto por punto, pero en alguna ocasión lo haré de viva voz. Los papeles son documentos, y es recomendable ser prudente al tratar con gente de esa calaña. Es imposible que ahora no me encuentres razón y mucha.

Los días se hacen largos sin tus cartas y no me canso de pedirte que me escribas. Estoy feliz con lo que me dices de tu próximo viaje, pero dime la fecha.

La abuelita no tiene nada que agradecer sino mucho que perdonar con las veces que iba a verte a su casa. Salúdale y también a la tía Katie.

Bueno, mi viejita, es inútil que traten de separarnos... Amor. William

§

Santiago, viernes 23 de marzo de 1934
Viejita:

Hoy recibí tu «segunda» carta, y no pierdo las esperanzas de recibir la tercera, ya que hasta el *San José* fue encontrado. Esa carta no puede perderse. Además de las cartas, me refería a las partes que me faltan de tu diario. Esperará tu visita, o si no, avísame para ir a buscarte. Si es la vuelta en el tren *Excursionista* la que te preocupa, nada sería para mí más agradable que acompañarte a cualquier parte que se te ocurra llegar. *Be a sport and come soon*, <haz deporte y ven pronto>.

Te exijo que me creas cuando digo que esta película de Chevalier es buena. Te convencerás tú misma. Me reí harto y siempre acordándome que tu podrías estar acompañándome, y no abandonándome por tanto tiempo. Tú me descompones cuando te muestras descontenta o rara por algún motivo. Si el «cielo» no está feliz, ¿quién podría estarlo? Answer me. *But please don't say again that I'm laughing up my sleeve*, <contéstame, pero por favor no digas nuevamente que me estoy riendo con disimulo>. Me sentí muy herido con tu última carta, y eso impidió que saboreara las finuras de la carta de Talcahuano que recibí junto con la tuya y leí después. Devuélvemela para guardarla como curiosidad. Lástima que te la mandé, ahora me pesa haberlo hecho.

Nunca me desesperaba, pero ahora me doy cuenta de lo que es querer a una persona en forma entrañable, y verse obligado a estar lejos de ella, por otras circunstancias odiosas. Si eso no es bastante para «desesperar»a una persona, estimo que debiera suprimirse ese vocablo, por innecesario, del diccionario de la lengua: «he dicho señores».

It is never too late to learn «good» things <nunca es tarde para aprender buenas cosas>, habría que agregar eso.

Veo que, por una vez, nuestros deseos coinciden. Me felicito.

Tal vez no estarías molesta conmigo, pero algo había que me hacía sentir nostalgia o no sé qué, la última vez que estuvimos juntos. Creo que me entiendes y habrás experimentado las mismas emociones. Voy a pensar alguna forma de despedirme por carta de «MI» Eileen. Por ahora recurriré al K. H. And S. William

§

Santiago, sábado 24 de marzo de 1934
Viejita:
Lástima que haya perdido tu carta. Aunque tengo muchas tuyas, las aprecio tanto que una que falte, se deja sentir. Es como una parte del todo. Siempre será necesaria.

Es inteligente tu resolución de pasar por alto mi carta, aquella que tú sabes <la del jueves 22/3/34>. Pero hay una pregunta por ahí, que aún espero su respuesta. No te he dirigido nada a Villa Alemana, de modo que pienso que ese sobre qué dicen que llegó allá, sea alguna graciosa atención del *marinerito* de vacaciones. Gracias por haberme devuelto la «papelería», y ahora—con más calma—cuando veo esos escritos, me imagino al hombre ordinario, vulgar, al paco con ínfulas de gente, cuyos méritos no rebalsan la altura de sus tacones. Sirve para quebrar la monotonía. No dejes de avisarme de qué se trata la correspondencia que te llegó a Villa Alemana. Sentiría haber dado en la diana.

Te mostraré todas las cartas que quieras, pero cuando vengas a Santiago <a ver si así te adelantas, por curiosidad>. No vale la pena <ni el gasto> ir hasta correo, empaquetarlas, certificarlas y otras gabelas. Sin embargo, si tú deseas verlas antes que vengas, puedo enviártelas antes. Dime tan solo una palabra. Me preguntas adonde estará Marta, creo que en La Cruz o Quillota. Con Orrego fui al biógrafo el otro día a ver *Bedtime Story*, <Historia de cama>, y pienso ir luego contigo (¿?)

No me preguntes: *Why do I love you?*, <¿por qué te amo?>, no sabría responderte: Te amo porque, te amo. ¿No es esa la mejor respuesta? No es que me preocupe si eres joven o vieja, o ninguna otra cualidad, lo que sí me interesa mucho, es que tú me correspondas y trates de quererme como yo a ti te quiero. Sé que no lo conseguirás, pero por favor, inténtalo.

«...*each morning*...»

«Cada mañana
Un besito, cada noche otro,
Quien cuidará de ti
Si la mala suerte...».

Me gustan tus cartas largas. Ojalá siempre lo hicieras. Acompañando a tu hermosa letra con una buena interpretación musical, más agradable es leer tus cartas. En algún sentido es estar contigo en la imaginación. Gozo también escribiéndote y no me olvido de que tu paciencia se pueda acabar. Besos. William

§

Santiago, martes 27 de marzo de 1934
Viejita

Hoy recibí esta carta que te envío, de La Baquedano. No sé cómo interpretarla y pienso que tú puedes ayudarme a resolver este enigma. ¿Te ha correspondido a ti algún papel en esto? Sé—y no por experiencia personal—más sí por observación, que la hipocresía es un arma que puede disimularse mucho, y no concibo cómo puede una persona—en unos cuantos días—cambiar tanto de opinión, y casi rayar en lo ridículo. Me envió un cadejo de pelos y una fotografía tuya, que tal vez pertenecía a tu carné de natación. Necesito saber si tú le diste estos objetos y si ese pelo perteneció a ti: ¿cómo lo obtuvo?

Cada día me convenzo de que te olvidas de contarme muchas cosas que para mí resultan interesantes.

Si te molesta, no necesitas contestarme estas preguntas. Pero devuélveme esos trofeos.

Ahora voy a preguntarte otras cosas que me tendrás que contestar:

—*Who is one girl I adore?* <¿Quién es la niña que adoro?>.

—*Is she faithful?* <¿Es ella fiel?> ¡Aquí te pillé!

No hallo las horas de verte y estoy ansioso que puedas resolver positivamente tu viaje.

Quisiera leer las partes que has encontrado de tu diario. ¿Por qué no me las mandas? Please.

Te besa con todo cariño. <¿Por qué no voy a poder besar a mi viejita?>. William

PS: ¿Crees que él pueda tener alguna otra fotografía tuya?

§

Santiago, martes 27 de marzo de 1934
Viejita:

Aprovecho que Orrego va a Valparaíso para encargarle te salude, y puedas acordarte de mí. Con él te envío esta fotografía para que la vuelvas a colocar en tu carné de natación, y esta vez con más goma para que no se despegue.

No te contesto todavía tu carta que recibí hoy, hasta no tener noticia tuya y respuesta a "cierta pregunta que te hice".

¿Recibiste los papeles de la Marta?

Feliz que puedas venir. Esperaré angustiado el domingo. ¿No puedes venir antes? No te escribo más porque este bandido de Orrego puede leer la carta. William

§

Santiago, jueves 29 de marzo de 1934
Viejita:

Felizmente hoy recibí carta tuya, que tanto se hizo esperar. Veo que lo que te ha herido, es que este fulanito—marinero de agua dulce—te haya llamado: «amiga de vacaciones». Estoy seguro de que ese «señor» estuvo «bajo tu dominio». Aunque él lo niegue ahora por despecho. No necesitas ponerme frases alusivas. Lo entiendo perfectamente. Anteayer te mandé su última carta, rompiendo con ello la palabra de reserva que le di. Creo que con el que tú sepas eso, él no se perjudica en nada; y por mi lado no me gusta tener secretos para ti, prefiero siempre la claridad y transparencia en ese tipo de cosas.

Aprovecho que siento que estás de humor, para repetir algunas preguntas y agregar otras:

—¿No hay algún motivo que te haga a ti rechazar—con convicción—aventuras como las que tuviste en vacaciones?, es decir, sin preocuparte ni con la más mínima sensación de preocupación. ¿No sentirás algún pesar por haber fallado?, ¿no?,

—¿Por qué?

—Si la memoria me sigue siendo fiel, recuerdo perfectamente haberte oído decir que: «No le habías dado tú a ese fulano, ninguna fotografía», y que no sabías tú si él por otro conducto se hubiera conseguido alguna. ¿Qué hay de cierto?, ¿tú la diste?, ¿cómo y cuándo?

Eileen, guardo tu fotografía para mí. Sería muy ridículo de mi parte que la rompiera debido a que él la tuvo, la vio, la miraría muchas veces. Si rompiera tu fotografía por un motivo así, ¿qué quieres que haga contigo? Cada día me convenzo más que las cosas no son como mi ingenua ilusión querría que fuesen. Yo me rebelaba contra una falta así, no lo habría aceptado en nadie. Para mí la infidelidad es algo que mis principios no pueden aceptar. Es una debilidad incorregible e imperdonable. Pero en mi caso, quiso la mala suerte que tú fueras la débil y debo cambiar mis ideales para poder perdonarte. Estoy formando dentro de mí un nuevo modo de pensar, amoldando mis sentimientos y aguzando los sentidos para que silben con la realidad.

Por ahí en el fondo, como en un gran cofre que esconde los tesoros más personales y significativos, como figuritas de porcelana, los Bonzos, de un anillo de Mizpah, cuando su poseedora vuela y revolotea sobre las debilidades humanas. Siempre guardo la esperanza que no lo vuelvas a hacer. Eso es todo.

Pasando al tema Marta. Las cartas de ella te las mandé con un amigo: «Rafael». Pregúntale a Orrego para que se las pida. No me gustaría perderlas antes de que tú las leas, sería fatal. Me parece que he cometido un desatino en enviarlas con alguien. Lo hice exclusivamente por la velocidad. Espero que te lleguen y verás que entre ella y yo no ha habido nada muy especial. Nada, ¡si quiere saber!

Me permití subrayar algunos párrafos para que fijes tu atención en ellos y puedas comentarme algo. Deseo—de una vez por todas—tener tu confesión escrita, y que no me puedan seguir mandando nada que no esté en esa línea.

A propósito, me gustaría que «recuperaras» el anillo de Mizpah que te tiene Horacio Rodríguez. Comprendo que le hayas entregado ese anillo de plata en un momento de enojo conmigo, pero que él se lo quede, me perturba demasiado. El anillo de Mizpah, no es importante por su valor de plata, lo es en cuanto es nuestro símbolo de buen amor. Nuestro pacto, nuestra promesa de amor eterno, que se está viendo perturbada. Debes usarlo: ambos estamos cumpliendo nuestra promesa, ¿o no?, ¿sería mucho exigir? Si tú me autorizas y me mandas su dirección postal, puedo encargarme de ello. Eso puede hacerse con toda suavidad para que no se sienta ofendido. Iré a poner esta carta al correo y aprovecharé de oír los gorjeos de los pajaritos en la plaza de Armas.

Pórtate bien, recuerda que estamos en Semana Santa. De mis exámenes, aún nada. Un compañero, que no conoces: Valenzuela, se fue muy triste, lo partieron y deberá dejar la facultad. ¡Qué lástima por él!

Bueno, no te enojes con lo que he escrito. Mis saludos a la abuelita y a la tía Katie. ¿Cuándo vendrás?

Te besa, aunque todos estén mirando, la persona que te quiere más y a quien tú tratas peor. Saludos. William

§

Santiago, sábado 31 de marzo de 1934
Viejita:

Para decirte lo que pienso de tu amigo, tendría que extenderme demasiado, pero abreviando: le doy mucha importancia a su primera carta, y en ella se ha retratado tal como es. Ahí fue sincero, después quiso arreglarla, pero es tarde. Lo que una persona hace, dice, o piensa cuando está enojada, siempre es el reflejo de su propio "yo", de su «ego». <¡Qué tal!>. Siento mucho que hayas permitido que te «tomen el pelo». No creo que tú le hayas regalado esa fotografía, porque me dijiste que no lo habías hecho, y para mi tranquilidad, voy a hacer valer tus primeras promesas. No vas a poder convencerme de lo contrario.

Tu tercera contestación es curiosa: *Of course she is, and what's more you know if?*, <desde luego ella es, y ¿qué más sabes tú acerca de eso?>, *I wish & I knew it*, <deseo y sabía eso>. ¡Eres muy fresca!

¿Qué estabas haciendo tan seguido en el cerro Alegre?, ¿con quién has ido al biógrafo? Me gustaría que fueras más comunicativa, y no te detuvieras tan poco en algunos puntos. ¿Era de tu amigo «Lucho» esa carta que te esperaba en Villa Alemana? No te enojes por estas preguntas, ya te explicaré porqué las hago. Espero que me contestes todo el cuestionario. Desde luego espero tu respuesta a la carta que te envié ayer.

Darling if you only knew how I miss you. <Querida, si tan solo supieras cuanto te echo de menos>. Besos. William

§

Santiago, sábado 31 de marzo de 1934
Viejita querida:

Prepárate para la lata, no importa que te aburras con esta carta, pero léela. Me parece que puede interesarte. En la carta que te mandé hoy, no quise tratar este tema, pero en esta tengo deseos de escribir.

—Me asustas William, pero continúa.

—Continúo. Yo sostengo que las acciones de una persona, o sus palabras, bajo el estímulo de algo como: licor, rencor, rabia, son el reflejo fiel de lo que esa persona en realidad es, sin el barniz débil de la educación, la socialización misma:

»El inconsciente no es en modo alguno un residuo de la vida síquica—sino por el contrario—su materia prima, de la que tan solo una pequeña parte alcanza la superficie iluminada de la conciencia. Pero la parte principal que yace en segundo término y que llamamos inconsciente, no está en modo alguno muerto o privado de dinamismo. En realidad, viviente y activa, actúa sobre nuestro pensamiento y nuestra sensibilidad, y acaso constituye la parte más plásticamente vital de nuestra existencia anímica. Quien en toda decisión, deja de considerar la voluntad inconsciente, comete un error, porque excluye del cálculo el elemento principal de nuestras tensiones internas; del mismo modo que nos equivocamos al evaluar la fuerza de un *iceberg* juzgando por la porción que emerge del agua <su verdadero volumen yace oculto bajo la superficie del agua>, así se engañaría también quien supusiera que nuestras ideas claras y nuestras energías conscientes determinan por sí solas nuestros sentimientos y acciones. Nuestra vida no se desenvuelve libremente en la esfera de lo racional, sino que cede a la incesante presión de lo inconsciente: cada instante de nuestra activa jornada se halla sumergido por las olas de un pasado aparentemente olvidado. Nuestro mundo superior no pertenece íntegramente a la voluntad consciente y a la razón lógica en la medida que orgullosamente suponemos: de las tinieblas del inconsciente parten—a modo de relámpagos—las decisiones esenciales, y en los abismos de aquel mundo de los instintos, es donde se preparan los cataclismos que de repente trastornan nuestro destino, <Freud>.

—Los deseos nuestros están influenciados por la presión que sobre nuestra conciencia efectúan los deseos reprimidos de nuestra inconsciencia. Lo que hemos sepultado por algún motivo.

§

—¿Qué me quieres decir?, ¿qué actué el verano con ese «fulano»—como le llamas—presionada por mi inconsciencia reprimida?

—Pues, ahora que lo dices, creo que fue algo así.

—Y que también, ya que fue un actuar mío, sometida por alguna presión: ¿rabia? ¿Ya que mi pololo tuvo flirteos con una tal Marta?, es parte de mi personalidad y lo haré ante cualquier oportunidad.

—No exactamente. No se logran conocer los sentimientos de un ser humano, de un hombre o de una mujer, sino cuando podamos incursionar dentro de su mundo inconsciente, cuando aparecen en forma, aunque sea difusa, los límites de su inconsciencia. Conocemos esas regiones subterráneas, examinando a la persona en sus momentos más sinceros, es decir, cuando tomado por sorpresa, se le somete a una presión sorpresiva; el individuo actúa violentamente, defendiéndose de lo que le acosa o hiere su "yo", personal, interno, subterráneo.

—William, cada vez te entiendo mejor. Me quieres decir—en adornadas palabras—que pusiste bajo tu inteligente presión, al "guardiamarina, cadete, fulano, yo prefiero llamarle *measles*, <sarampión>, enviándole una carta que lo hizo enojar, y contestó rápidamente bajo la influencia del enojo. Ello lo hizo dejarse en «evidencia», al responder con groserías. ¿Sabes?, creo que has sido bastante hábil al sacarle una carta así; tú pareces conocer al ser humano desde su interior y eso te da ventajas sobre los demás, incluyéndome a mí.

—Voy a detenerme en este punto para no continuar con el tema.

—De seguro, es lo que debes hacer—de lo contrario—algo adverso a ti pudiera ocurrir.

—Sí—que te disgustaras conmigo—cosa que no deseo por nada en este mundo.

—De acuerdo, es tarde.

—Si lo es, no sé si ya te habrás dormido, pero yo tengo mucho sueño. Si hay otra cosa que quisieras aclarar, avísame. Besos. William

PS: Tengo una idea. Necesito que me mandes un poco de tu cabello. Aquí tenía yo guardado pelo tuyo, que he comparado con ese otro y creo que los colores no coinciden. Eso fue lo que me hizo preguntar si era tuyo. Hazme el favor de mandarme otra muestra. Ya habíamos conversado en otra oportunidad que el color de pelo es algo que las chiquillas pueden cambiar con facilidad gracias a la química. Pero debiera haber—y de seguro lo habrá en el futuro—forma de probar que los componentes celulares de cualquier parte del cuerpo humano—incluyendo el cabello—se puedan identificar de forma infalible. De todas formas—si es tuyo—cuida tu cabello y no eches a perder tu rubio natural <*que a mí me gusta*>, con artilugios químicos.

§

Santiago, lunes 2 de abril de 1934

Querida Eileen:

Recibí tus dos cartas en una, ahora estamos empatados. Sé que es difícil contestar a esas preguntas y justamente ese es el motivo por el cual las hago. Me gusta hacerte pensar. Menos mal que llamas a «eso», *Measle*s, ya que «eso significa sarampión», y el sarampión es una enfermedad que viene, y conforme viene, se va. ¡Felicitaciones por el bautizo!, ya que tampoco existe la posibilidad de una recaída. Tú sabes lo mucho que te quiero y lo duro que sería para mí tener que pasar por todo esto otra vez. Tan solo pensarlo me desespera.

Me da gusto saber de tus grandes conocimientos mitológicos. Sin embargo, no quiero que te compares con *Pandora,* ni por broma. Ella nunca se preocupó de *Epimeteo*, sino que de su hermano *Prometeo*, de quien los dioses querían vengarse, dándole por esposa a esa *Pandora*, la primera mujer mortal. A quien la dotaron con toda clase de armas de seducción: elegancia, don de la palabra, belleza, perfidia, mentira. Agregándole, como tú sabes, esa «Caja de Pandora», un mundo de malas sorpresas, la que debía regalar a su esposo. Este vio la cosa mala y su hermano fue quien cayó en la trampa. Epimeteo abrió la caja y volvió a cerrarla rápidamente a tiempo para que no escapara*, Hope.* <Esperanza>, fue lo único que quedó. Y todos los males se esparcieron por la naturaleza. ¿Ves que eres diferente? Si mi memoria no me falla, al pobre Prometeo se lo comieron unos buitres, ya que estaba encadenado en unas rocas.

A Horacio Rodríguez ya le escribí, gracias por tu confianza y la dirección. Tu anillo de Mizpah tiene más importancia de la que crees.

Ahora, para contestar tu otra carta. No creo que hayas tomado en serio esas tonteras de la Marta. Creo más bien que es un intento tuyo para desviar la atención y cambiar de tema. Si hubiera sabido que sus cartas te causarían tanto alboroto emocional, no te las habría mandado.

§

—William, seguramente serás un hombre infalible.

—Tienes razón en creer que soy infalible, y te puedo asegurar que— aunque Santiago estuviera plagado de Martas—nunca dejaría de querer a mi viejita, cada día más.

—Creo entender otras cosas en las cartas. Las interpreto de forma diferente.

—Está de más que trates de leer, como se dice: "entre líneas", porque siempre se cae—irremediablemente—en el error, como lo has hecho. Das sentidos a las palabras que no los tienen.

Viejita, ¿cuándo será el día que te vea? Te echo tanto de menos.
PS: Mañana, creo, daré el examen.

§

Santiago, martes 3 de abril de 1934
Viejita querida:

Ya ni me acuerdo de todo lo que te escribí anteriormente, tenía mucho sueño. De todas maneras, si te pareció bien, debe haberlo estado. Gracias por haberme enviado la muestra de tu cabello: lo tengo en estudio.

La noticia más agradable que he recibido—sin lugar a equívoco—es la de tu próximo viaje a visitar a tu tío a Santiago, ¿será verdad?

Todos pasamos por períodos en que obedecemos al corazón y no a la razón. Son momentos felices, pero de difícil decisión. En la vida se debe hacer—en la medida de lo posible—lo que se quiera, pero se debe querer lo que se hace. En tal caso, suprimiría al cerebro, hábitat de la razón; molesta. Es el causante de los celos, de las sospechas. Por otro lado, el corazón no nos molesta con suposiciones: como dice el amigo Mauricio. Mi cerebro y mi corazón están plenamente de acuerdo en lo que se refiere a tu persona. *They both love you,* <ambos te aman>, and how! <¡y cómo!>.

Cuando vengas te seguiré diciendo confidencias. ¡Ven pronto! William

PS: Saludos de Orrego, que agradece los tuyos. Siente y deplora no haberte encontrado. Llevaba todas las intenciones de abrazarte en mi nombre, dice. <Ni en los amigos se puede confiar>.

§

Santiago, jueves 5 de abril de 1934
Viejita:

Cuando recibí tu carta con el sobre escrito a máquina, y sin remitente, me hiciste dudar. No sospeché que podría venir de tu parte. Tendré que averiguar los detalles que me dices acerca de *Pandora.* Iré a la Biblioteca Nacional, allí encontraré pormenores.

Cuéntame algo más del paseo que han hecho a *El Plateado.* Pero te confesaré que, aunque el panorama haya sido magnífico, por la descripción que me haces, no hay nada mejor que tú en este mundo. Ni la belleza de los árboles, del lago, de los riachuelos se puede comparar con tu hermosura: tu rostro angelical, tu cabello rubio, tu mirada celestial tu figura de diosa; la misma naturaleza queda empobrecida contigo, hasta tus ojos brillan más que cualquier rayo solar. Tu voz es más dulce, melodiosa y suave que el mejor trino de algún pajarito enviado desde el cielo para el disfrute de los seres humanos. Creerás que estoy sentimental—es verdad—lo estoy.

Creo que podría matarte a besos y abrazos ¡Uh!

PS: No intentes cortarte el pelo. Por ningún motivo. Ven luego. William

PS: En el examen me fue bien. Esta semana se editará una pieza musical dedicada a ti y luego otra, dedicada a cierto «Sarampión» que se comerá el buey.

§

Santiago, sábado 7 de abril de 1934
Viejita:

—Quiero pedirte un favor: «contéstame» esas preguntas del «formulario», «sin consultar a alguien». Tú sola con tu conciencia deberás resolver. Tampoco muestres a nadie esos papeles. No te demores mucho en terminarlas, no más de media hora.

§

William le había enviado a Eileen un formulario con espacios para las respuestas, que ella debía contestar. No debía extenderse más de lo estrictamente necesario ni borrar las respuestas una vez escritas. Parecía un examen psicológico. Quería conocer aún más—si cabe—la forma de ser de Eileen.

§

—Pasando a otra cosa, deseo que vengas luego a Santiago. No resisto una semana más sin tu presencia. El sol ya no alumbra ni los pajaritos enviados con la misión de alegrar a los hombres, cumplen su trabajo. ¡Faltas tú!

Muchos saludos a tu abuelita y tía y diles que no te dejen tocar «mi pelo». William

PS: La pieza de música saldrá el próximo sábado. Es un *blue* muy bonito. Se llamará…, <dime el nombre que te gustaría ponerle>.

§

Santiago, domingo 8 de abril de 1934
Viejita:

El que tú no me escribas, no es razón para que no lo haga yo. No pienso privarme del placer de hacerlo. Te pido disculpas por mi insistencia. Si no puedo verte, me conformo con escribirte, es como estar concentrado en ti, es como estar, en cierto modo contigo. Si estuvieras en mis pensamientos, me encontrarías razón. Lo único que podrá afectarte, es que se irá incrementando la contabilidad de cartas a mi favor. Ayer y anteayer estuve con mi prima y varias amigas de ellas muy agradables. Estuvimos en el café Vienés. Lecaros es quien más te envía saludos. Todas y todos me preguntan por ti y hasta acá han llegado en busca de conocer a más niñas. Como algunos son de Quilpué, las noticias de tus «vacaciones» fue un tema que—aunque con mucho tino—se comentó. Comí luego donde mi tía y durante toda la hora de comida me estuvieron martirizando con el famoso tema. Te imaginarás la rabia y asado que me comí. Hasta llegue a planear vengarme de ti. Menos mal que eso duró cinco minutos, después todo lo hice broma, y la conversación siguió otro derrotero.

Tu amiga, la Marta <mi amiga de invierno>, me parece que llega hoy del campo. Tengo que ir a esperar a mi hermano Enrique a las 6 ½, y no sería raro que nos topáramos. No pienso verla en su casa. Tengo otras intenciones este año, y tú eres la única persona que me puede ayudar a cumplirlas. Mis planes son dedicarme a estudiar fuerte y acordarme mucho de ti, pensando que te comportarás conmigo mejor que hasta ahora. Para el logro deberemos ser más sinceros mutuamente. Siempre tengo dudas, al recibir una carta tuya, muy cariñosa, sean tan solo palabras vertidas sobre un

papel, pero que en la realidad no provengan del fondo de un corazón enamorado. No debieras nunca dejarte influenciar por dudosas amigas que te llevan por senderos que no te convienen. Deseo—como comprenderás—preparar unas bases muy sólidas bajo nuestros pies. Ya hablamos en una oportunidad de la importancia de los cimientos. Ese es mi objetivo, debiera serlo el nuestro ahora. Debemos tener una mutua comprensión. Nunca existirá una persona que se arrepienta de refrenar—a veces—sus inclinaciones. Para eso se tiene una cabeza sobre los hombros, para discernir. Nada habría que agregar a este respecto. Es un pacto renovado que hará crecer nuestro amor hasta lo imposible. Ese lugar donde todo es perfecto, todo es bello, todo es estar contigo; a propósito: ¿cuándo vienes? Besos. William

PS: Entregaré tu carta a Mauricio, <te aseguro que no la he abierto>.

§

Santiago, lunes 9 de abril de 1934
Viejita:

Es una lástima que hayas atentado con tu hermoso cabello. ¿Por qué lo hiciste? Supongo que bastaría que yo te dijera que no lo hicieras—para, precisamente por ello—tú lo hagas. Debí haberte dicho todo lo contrario. No será por el calor, ya que viene el invierno. Tampoco es un remedio para evitar la caída de este. ¿Te gustaría que yo me afeitara la cabeza?, ¡no te lo perdono!

Si me dices que ahora no te gusta Villa Alemana, no puedo hacer nada para remediarlo. ¿A qué se debe ese desencanto tan repentino?

Deseo saber si Horacio Rodríguez te ha devuelto el anillo de Mizpah, si no lo ha hecho, le escribiré otra carta, de una forma tal que se vea obligado a hacerlo ya. Seré tu abogado—a no ser, claro—que te hayas equivocado en la dirección. De cualquier forma, le escribiré a la *Caja de Ahorros*, sección crédito, donde trabaja. ¡Ya veremos!

Si te acuerdas tanto de la Marta, la llamaré y le daré tus saludos. Sabía además que tu tan anunciado viaje a Santiago fallaría finalmente. Muchas gracias por el interés que has mostrado. Iré a verte cuando te crezca el pelo, como a mí me gusta.

No me explico por qué, pero estoy enojado contigo.

—Yo sé por qué, se debe a tus conversaciones con Mauricio Chevrolata. También estoy con un sentimiento parecido a tuyo, contigo. Besos. William

§

Santiago, miércoles 11 de abril de 1934
Mi querida viejita:

La carta a la que te refieres que fui muy injusto contigo, la escribí en un momento negativo, bajo la impresión de una mala noticia, y no pude juntar las ideas correctas. No debes enojarte conmigo por «tan poco». Cuando te hablo de las inclinaciones, buenas o malas, es algo tan relativo que nunca podríamos ponernos de acuerdo en temas así. Si no me gusta mucho hablar por teléfono, es sencillamente porque tampoco me gustan los pololeos a distancia. Los teléfonos me dan esa sensación de distancia, de lejanía. A diferencia de una carta, que incluso puede traer el perfume da la mujer amada, una flor, un trozo de cabello, un beso marcado con lápiz labial. Aunque para serte franco, ahora mismo desearía oír tu voz que para mí es como el suave murmullo del viento. ¡Yo mismo no me entiendo a veces!

§

—Eileencita, te he dicho—y te reitero—que lo relacionado con la Marta, no es nada. Ella nunca podrá ocupar el lugar tuyo en mi corazón.

—Supongo, pero me dirás que no me quieres en vez de ella, me quieres además de ella.

—Nada de eso. Eres la única. Mi viejita. Si te dije que podía continuar visitándola discretamente, en nada te perjudicaría eso a ti. Sin embargo, si prefieres que no lo haga, será para mí muy fácil de complacer, y así eches de lado toda duda fantasma.

—No, dejaré que continúes yendo a visitarla, veremos hasta donde llegan, llega o llegas.

—Lo haré *viejita*, y gracias por la confianza.

—Más que confianza, William, es una desconfianza. O bien una confianza sujeta a una prueba. A ver como sale la experiencia. Probablemente así no pasarás tan malos ratos donde tu tía, o bien serán menores, por un problema de conciencia personal.

—Confieso que pasé malos ratos donde mi tía, y sentí mucho tener que admitir que era la estricta verdad lo que decían. Creo que tus consejos están bien. Nada prueba que con Marta haya habido algo profundo.

—Y qué me dices de las cartas que tú escribías a Marta. Por lo que se deduce en las escritas por ella, y que me mostraste, eran más que «poca cosa», como sueles definir algo que no te conviene que se aclare.

—Las cartas de Marta. Si supieras cómo "escribíamos" las contestaciones entre todos acá. Si las leyeras, te reirías. No sé cómo la pobre Marta no se daba cuenta. No me mandes solamente las cartas de ellas que te envié, también otros papeles que me gustaría leer <diario de vida, cartas recibidas de...>.

—Vaya manera de mofarse de una niña. ¿Siempre haces lo mismo?, ¿no te has portado algo mal conmigo? Pareciera que nunca cumples nada

—Nunca he tenido intenciones con más deseos de cumplir. Siento que necesito estabilidad y tú eres la única persona que puedes ayudarme. No se requiere mucha franqueza para responder a tu pregunta: ¿no me porté algo mal contigo? Estoy convencido que jamás dejé de ser el mismo para ti, ¿tú puedes decir lo mismo?

—Sí que puedo decir lo mismo.

—Si es verdad lo que dices, nunca podrías tener un confesor más benevolente, <aunque en ciertas ocasiones no lo parezca>. Desde ya comenzaré a pensar en las penitencias, que serán terribles. Me atrevería a darte una idea en lo que respecta a las amigas. "Nunca seas muy comunicativa con ellas y siempre guarda cierta etiqueta".

Muchas gracias por haberme devuelto el cuestionario, lo estudiaré con calma y te haré llegar mi diagnóstico.

Viejita, trata de venir. Te envío 3456749596096868686 besos, ni uno más ni uno menos. Para *Eileen's William Chief,* <Eileen, la jefa de William>, parece una sociedad anónima. Tengo muchos dolores de cabeza, y la única forma de poder quitármelo, es con tus besos. Los echo mucho de menos.

—No creo que te ayude a aliviar tu dolor de cabeza, pero te envío la carta que recibí como respuesta a la mía por parte de Mauricio. Te la envío sin más.

—Bien, mi querida Eileen. Saludos. William

PS: ¿No podrías sugerirme un nombre para una pieza de música? Haríamos la letra de acuerdo con eso. Pon a trabajar el acelerador de tu máquina pensadora. William

§

Mauricio Chevrolata le envió una carta a Eileen, respuesta de una suya a él. Ella se la envió a William, para que la leyera:

«Santiago, lunes 9 de abril de 1934

Señorita

Eileen Coleman

<u>Valparaíso</u>

Respetada señorita:

Nuestro amigo William, me entregó su interesante carta, que voy a contestar sin que él se imponga de su contenido. Naturalmente trata usted de justificar su conducta, pero esa intención la ha llevado a errores profundos que me voy a tomar la libertad de señalarle, ya que no me impulsa otro interés que la estimación que siento por Uds. dos.

El primer párrafo de su carta admite sin lugar a duda, que Ud., sin consentimiento de William, alimentó una amistad especial con un personaje que nombraré con la letra «L». Dice Ud., como atenuante, que William se entendía demasiado bien con una niña Marta. Esto último no justifica en ningún caso su deslealtad. Debe saber Ud., señorita Eileen que, por razones de ambiente, sociales, etc., en un hombre caben muchas mujeres, pero en una mujer no cabe sino un solo hombre. El amor para un hombre no reviste los caracteres de trascendencia que adquiere en una mujer. Cuando una mujer realmente está enamorada, el recuerdo de la persona amada ahuyenta todas las nuevas ilusiones, y no hay margen para odiosas y estériles iniquidades. Por todo lo expuesto, yo pienso como un hombre—y con su perdón—que, si William le regaló con esos duros calificativos, Ud., no puede pagarle con la misma moneda.

Ud., no puede quejarse, porque en ciertas confidencias que me ha hecho William, he notado que él nunca llevó las cosas tan adelante, y hay una gran diferencia entre ambas ligerezas.

Si Ud. quiere tanto a William, me voy a permitir decirle que es necesario que lo predique con el ejemplo. Demuéstrelo conduciéndose como corresponde, y así ni él ni yo pondremos en duda sus palabras. Su conducta en Villa Alemana no es digna de una señorita como Ud. y como nunca es tarde para corregirse, podremos muy pronto ver a Eileen disfrutando de muchos privilegios.

Para aspirar a las cualidades que adornan a la señorita Marta, debe Ud. prescindir de torpes aventuras que además de proporcionarle malos ratos, acarrean para Ud., en cierto modo, un desprestigio.

En un último párrafo, dice Ud., que el amor es egoísta, y la palabra egoísta, excluye a los Luchos. De modo que, si existen estos personajes, es una prueba ostensible que falta el factor «Amor».

William—a pesar de todo—siempre la quiere y no se detendrá en obstáculos para evitar que «elementos disolventes», lo despojen de todo lo más apreciado que él anhela, como es el cariño y lealtad única de su parte. Conozco al muchacho y hablo con profunda convicción.

Disculpe si mis palabras la ofenden. Soy tan Quijote que hago míos los intereses ajenos.

Acepte el testimonio de mi invariable aprecio y cariñoso respeto.

Mauricio Chevrolata».

§

Santiago, jueves 12 de abril de 1934 <a las 2 a.m.>.

Mi querida Eileen:

No es posible que continúes escribiendo a ese tonto. No le entregaré más una carta tuya, y créeme que esta tarde lo reté duramente por estarse entrometiendo en asuntos ajenos. Lo único que va a ocurrir, es que este señor va a indisponernos «transitoriamente»; ya que si lo que persigue es apartarnos—por mi parte no lo conseguirá—ni él ni nadie. Sabes, viejita, que te quiero tanto y no me gusta que te enojes. Haces que me sienta incómodo y preocupado; no estaré tranquilo hasta que reciba otra carta «amigable» tuya, donde me asegures que sigues y seguirás siendo igual: tú misma. Te echo tanto de menos. Imposible que te formes una idea. Quiero pensar únicamente en la Eileen, y sinceramente, puedo decirte que siempre ha sido así. Las cosas desagradables que te escribió Mauricio son *rubbish*, <basura>, no le hagas caso. Ese es un tipo que tiene pura cabeza, es un buen estudiante de medicina, pero sin cerebro para ayudarle en la picardía, y le falta corazón, por lo que sus ideas resultan ridículas y arcaicas. Se parecen a esos cuadros antiguos que no tienen luz, pero mucha sombra, que no tienen relieve, pero mucho primer plano. Le falta el sentido humano, el sentido de la perspectiva, el sentido de la relatividad: Todo es importante y por eso mismo, nada lo es. De modo mi viejita, no te preocupes más por este asunto y sepultémoslo. Es desagradable y al mismo tiempo muy delicado. No lo desenterremos nunca más. Besos. William

§

Eileen no resistió la tentación de responder una carta a Mauricio, sin decírselo a William, lo hizo. La respuesta de él no se hizo esperar, pero esta vez la carta no se la envió a Santiago. Así dejaría las cosas como estaban: enterradas. Comprometió a Mauricio no hablar al respecto con él en el pensionado. A William tan solo le escribió una lacónica carta— más que de costumbre—donde le comentó fugazmente, los pensamientos de Mauricio; de manera sarcástica y dando a entender que ella estaba confusa con respecto a él, pero aconsejándole que lo «entierre».

§

«Santiago, jueves 12 de abril de 1934
Señorita
Eileen Coleman
<u>Valparaíso</u>

Estimada Eileen:

No era necesario que Ud. Reaccionara en esa forma ante una carta que no era sino una contestación a la que Ud. tuvo la amabilidad de enviarme primero.

Resultan simpáticas y curiosas sus formas de rebelarse contra opiniones, que buenas o malas, son mías. En realidad, no puede esperarse mucho de un simple hombre.

Si en mi carta me referí a las cualidades que adornan a la señorita Marta, fue porque Ud. me indujo a tratar ese tema. El desprestigio que pueda caer sobre Ud. redundará en muchas personas, y hasta yo debería participar del luto—en solidaridad con William—que, estoy seguro, lo sentirá más que nadie. Como ve, sus ruegos que no me preocupe de esto, no podrán ser complacidos.

No le diré a William nada de esto, como Ud., me ha pedido. Tampoco le daré su recado. Ud. podrá dirigirse a él para dilucidar este conflicto.

Y ahora me toca responder al último párrafo, el más interesante de su carta; a aquel que dice: "Creo que en cuestión de corregir defectos nunca está de más empezar por casa", refiriéndose a William. Aquí parece, que mi amigo adolece de algunos defectos que es de necesidad corregir. Ud. le haría un marcado servicio indicándomelos, para yo poder influir ante él en ese sentido.
Cariñosamente se despide
Mauricio Chevrolata».

§

Santiago, domingo 15 de abril de 1934

Mi querida viejita:

Estuve muy contrariado el sábado cuando no recibí tu carta, por suerte llegó hoy y junto con ella, mi felicidad. Muy «dije», tu carta.

Hablando de Mauricio, te diré que muy seguido me hostiliza con sus consejos y frías deducciones, de modo que haré lo posible, o lo imposible por enterrarlo, ya que nos vemos a diario, tanto en el pensionado como en la universidad. Continuamente me dice que yo soy un tonto, que te quiero demasiado, que me dejo ilusionar muy fácilmente, que me olvido de que una vez me trataste mal, y que él tiene fundados motivos para creer—si actualmente no lo haces—<cosa que duda>, que con el tiempo se repetirá la triste experiencia. Por sus palabras concluyo que: o bien sabe más de lo que dice saber, o que está enamorado de ti, y que busca indisponernos, como podrás ver, también me pongo tonto como él.

Por eso, y con mucho gusto voy a seguir tu consejo de "enterrarlo", si puedo y tú me ayudas.

El sábado estuve haciendo once en casa de Marta y vimos Chevalier en la vermouth. Deseo saber si la autorización tuya para mi relación con ella incluye o no la ida al biógrafo.

§

—No lo había pensado en principio, pero ahora que me lo dices, adelante. Buena conducta.

—Mejor será que me expliques bien la conducta que debo observar con las chiquillas. Me comprometo a cumplir tus deseos al pie de la letra; si tú también lo haces en lo que yo te diga. *Its a bargain*. <Es un trato>.

¿En qué te has entretenido últimamente? Procura ver Horacio Rodríguez. Yo no quiero que se enoje conmigo si le escribo más seco. Ese anillo tiene que volver a tu poder. No te olvides de eso.

Estoy seguro de que te gustará mucho la película *Bedtime Story*. Cuéntame luego de verla.

El brazo derecho ya me duele de tanto abrazarte, pero aquí va otro con mis últimas fuerzas.

No te demores tanto en escribirme. Me da miedo que lo estés haciendo por cumplir, viejita pelada. Besos. William

§

Santiago, domingo 22 de abril de 1934
Eileen viejita:

¿Qué te pasa, hace más de una semana que no sé nada de ti? Supongo que entrarán a funcionar esas cartas fantasmas, <no contabilizadas por lo tanto>, que tú escribes y que nunca recibo. Me tiene muy preocupado tu silencio, que jamás había sido tan largo. Dime con franqueza qué es lo que te pasa. No puedo evitar de tener muchas ideas trágicas, y si no me contestas, cualquier día voy a aparecer por allá. No me hago a la idea de que estás enferma

Toda la semana estuve esperando las noticias que nunca llegaron. Todos los demás compañeros recibían cartas, menos yo, que creo que ya no te acuerdas de mí como antes. Miro a Mauricio inquisidoramente, pero él se ríe y se encoge de hombros, significando con ello que no puede explicarse lo que sucede a la viejita. Se conforma con darme una palmada en el hombro para consolarme. En un momento quiso hablar algo, pero lo hice callar. Lo último que me falta es una visita tuya, o tus cartas que quiero tanto.

Contéstame viejita para que todas las ideas raras que tengo se vayan muy lejos, y que tampoco vuelvan.

Quisiera mostrarle tu carta a Mauricio, para que se convenza de que la viejita sigue siendo de William, y viceversa. Sé buena. Besos. William
PS: Me dejaré bigotes. Que les vaya bien mañana en el cementerio para dejar flores en la tumba de tu papá.

§

Santiago, martes 24 de abril de 1934

Eileen querida:

Contento estoy de haber recibido una carta tuya. Ahora soy otra persona. El que sufrió las consecuencias de tu silencio, fue el pobre mozo de aquí, porque por una pequeñez que no valía la pena, lo agarré a puñetes, y gran escándalo. Reclamaciones. Los curas intervinieron. El vidrio del reloj quebrado. La culpa la tienes tú. Si hubiera podido tenerte cerca, te habría muerto—por falta de respiración—a abrazos. Me parecía que alguien quería robarme a la Eileen. En fin, tú nunca podrás entenderme.

No puedo imaginarme la causa de tu enojo, pero mereces un castigo, y es que me confieses tus entretenciones. Te advierto que me interesa todo lo que haces y hayas hecho en estos diez días. Tu próxima carta tendrá que ser muy larga. No te olvides de nada.

Sería colosal que vinieras como pronosticas. Te podrías quedar unos cuantos días. Pero vente antes del sábado, falta aún mucho.

Trata de averiguar si Horacio Rodríguez recibió mi segunda carta. Si continúa con su silencio, nos arreglaremos de otra forma cuando se presente la oportunidad. Me gustaría que tú le pidieras formalmente lo que te pertenece, y me lo muestres aquí cuando vengas.

—¿Quién te escribió a Villa Alemana?, ¿Lucho?

—¿Cómo puede una persona pololear con otra sin estar enamorada? Yo jamás podría pololear con la Marta, si te quiero a ti. En más de mil ocasiones te lo he dicho, no me lo vuelvas a preguntar.

Con ella soy un amigo más y ella para mí otro tanto. Para que veas que ella no es indispensable para mí, la «borro» desde ya, lo que sucede es que ella me quiere a mí, y según Mauricio, más que tú.

Siempre seré feliz con tus lindas palabras. Nunca quisiera preocuparme de otra persona, porque para mí la Eileen lo es todo y sin ella no concibo la felicidad en ninguna parte. Por eso me siento tan amargado cuando tú comienzas a fallar, cuando sin razón, por mero capricho, no me escribes por semanas enteras. Eres muy injusta viejita, but I love you all the same, <pero te amo igual>. Sin exagerar, podría decirte que nunca dejo de pensar en mi viejita, y es malo, debido a que la imaginación me da ratos desagradables, donde te veo a ti con otros fulanos. Te digo, son pesadillas.

Discúlpame todas estas *Sentimental Nonsense*, <sentimentalismo>.

Verás qué dolor de cabeza. Y seguramente por haber dormitado, un poco torcido, un tortícolis que también tengo en estos momentos. Lástima que no pueda meterme adentro del sobre, y llegar allá junto con esta carta. Adiós. Besos. William

§

Santiago, lunes 7 de mayo de 1934
Viejita querida:

No sé interpretar perfectamente bien lo que te escribiré a continuación. Supongo que "balance", creo que técnicamente se llamará: descripción de hechos cronológicamente—pero para mí—es más que eso: Es una descripción de sentimientos sobre determinados hechos cronológicos. Es esta una herramienta muy utilizada por los escritores, periodistas o personas importantes, quienes al final de la carrera de sus vidas, desean dejar testimonio escrito de los hechos que les ha tocado vivir. Sus Memorias. Pero voy allá.

El sábado 28 y el domingo 29 de abril, se me pasó volando. Creo que no existió, a no ser que conservo el sabor de tus besos y el perfume que te envuelve toda. La película de Chevalier me pareció mucho más graciosa que la primera vez que la vi, obviamente es preferible verla estando tomado de tu mano. Cumpliste tu promesa al fin. Te lo agradezco. Pero nada comparado de haber estado en el cumpleaños de tu mamá. Ese primero de mayo estuvo a la altura de las circunstancias. Ella representa para mí un gran ser humano, es la persona que trajo al mundo al ser que más amo: Eileen.

Si continúo haciendo un balance de estos días, terminaré, obviamente con hablar del último fin de semana, o semana larga por haber estado en Valparaíso muchos más días contigo. Pero todo lo bueno llega a su fin: tuve que irme de Valparaíso.

Que distinto fue para mí la vuelta, cuando la ida había sido tan deliciosa. Traía un dolor de cabeza que casi no veía y un fuerte dolor en el cuello, una especie de tortícolis. Lo primero que hice a mi llegada al pensionado fue darle una buena colocación a tu fotografía que contemplo mientras escribo. Le coloqué un papel para que no puedan leer la dedicatoria. Los domingos—nada más—estarán expuestas tus palabras.

Estoy esperando tu carta y lo demás que me ofreciste. No te olvides viejita. Y «entre paréntesis», espero que no tengas pésimo gusto como para llevar encima esa instalación o ancla de marino que me mostraste. Es horrorosamente desabrida, ¡si quiere saber! Comprendo perfectamente que la moda «marinera» se esté imponiendo en Valparaíso, pero «el horno no está para bollos», mi espíritu y mi relación con la marinería están en el peor momento.

Santiago es otra cosa de como la dejé la semana que pasó. ¿Cuándo será el día que te vuelva a ver?

No te sigo escribiendo porque tengo el ánimo por los suelos. Estoy poco joven sin mi viejita. Besos. William

PS: Escríbeme luego. ¿Tú hiciste sonar el teléfono hoy a las 1:35 a.m.?

§

Santiago, jueves 10 de mayo de 1934

Dear Eileen:

Te agradezco y espero con ansias tu fotografía. Eso de «cómo es ahora la Eileen». Creo que estás tan dije como antes, como hoy, y ahora como después ¡si quiere saber!, a pesar de que cada día que pasa te encuentro más *charming*, <encantadora>. No estuvo tan mal—después de todo—tu corte de pelo.

Ya que te quedas en Valparaíso—porque crees hacer falta allá— podrías trasladarte a Santiago, aquí sí que en realidad es así. Viejita, yo no sé hasta cuando voy a aceptar la idea de separarme de ti y por períodos sumamente largos. Es un suplicio.

Me preguntaste por la dirección de mi tía Rosa, es Avenida Brasil 691. A propósito, de tías, no conoces a una de ellas que vive en Ñuñoa, te tendré al corriente para que vengas a conocerla.

§

—Iré, pero ¿para qué?

—¿Necesitas tener algún motivo?

—Si está de cumpleaños, tendría que llevarle un regalo, ¿no te parece?

—Sí, tienes razón al preguntar, pero en este caso se trata solo de que quieren conocerte, ¿Vendrás?

—Iré.

—Pero, por favor, no te coloques insignias de marineros encima. Tú sabes qué opino de eso: son puros alambres enrollados, sin ninguna estética, ¿me harás ese servicio mi querida viejita?

—Si no vienes a Santiago, iré a Valparaíso ya que estoy citado por la milicia republicana para desfilar el 21 de mayo, en honor a los héroes del combate naval. Avísame si vas a venir tú.

—Iré, pero ¿qué hay de la Marta?

—La Marta duerme el sueño de los justos, y se permitió mandarme a «Flandes», a la «punta del cerro», a «freír espárragos», o como prefieras. Le contesté por teléfono que no me moriría de pena y que tú valías más que cada una y todas las chiquillas juntas. De modo que podrás ver si me olvido de ese «alguien» que dejé en Valparaíso.

Es imposible, me dice Mauricio, que pueda dejar de recordarte, porque para eso tendría que olvidarme de mí mismo.

Los días se van presentando algo más fríos, al parecer el invierno será crudo. Es ahora cuando añoro aquella bufanda que di a Chulín, aquel indígena que acababa de conocer en el sur, y quien se acercó con tantos deseos tocando la lana chilota de aquella abrigadora bufanda. Son solo recuerdos ya que me prometiste tejerme una, esta será mejor. ¿Cómo va esa chalina?, no te extrañe el nombre, en Santiago les llaman así a las bufandas, en honor a aquellas antiguas corbatas gruesas, modas de hombres y mujeres de antaño. Si la bufanda es obra de tu mano, la acepto encantado, y la usaré, aunque sea verano, con pretexto de tener un fuerte dolor de muelas o algún resfrío en camino.

Anoche con algunos compañeros fuimos a ver *Moulin Rouge* <Molino Rojo>, de Chevalier. A todos les gustó, y a mí más que a nadie, aunque no pude evitar ponerme raro, por los motivos que tú entiendes: la falta de tu compañía.

A fines de esta semana saldrá la pieza de música que te prometí, en cuando esto suceda, te la haré llegar.

Estoy intentando arreglar todos los asuntos aquí para quedar libre en agosto y volverme a Valparaíso hasta marzo próximo. Sería colosal, así podría verte más seguido, y sin molestias de los caballeros, <mis papás>, que ya han capitulado, y al parecer, optarán por dejarnos tranquilos. Besos. William

PS: Mi prima, la Toya está de cumpleaños el sábado 12, el número 17º.

PD: Mi tía de Ñuñoa y todos te encontraron muy dije, amable, señorita cumplida, y otras cosas que no te repito para que no te enojes. Me felicitaron por mi buen gusto, y te confieso que me sentí orgulloso de oír todas esas cosas de ti.

§

Santiago, sábado 12 de mayo de 1934

Mi Eileen querida:

Quedé feliz con tu carta. Ojalá siempre trates de agradarme en esos detalles y así no podré tener el coraje de reclamarte nada. Me ocurre algo muy especial cuando leo tus cartas que resultan cariñosas, me da la impresión de oír tu voz amorosa, con ese acentillo anglófono, y esa tonalidad dulce y femenina que me vuelve loco. ¿Será posible que estemos tan bien en nuestra relación sin tu anillo de Mizpah? Siento que todo se va arreglando para nosotros, pero te prometo no pelear más por aquel anillo. Creí que tendría poderes mágicos, pero al parecer me he equivocado y era tan solo un barniz insignificante. Punto y fuera.

No te pareció cierto que mi «señora tía», como siempre las llamo a mis tías, haya dicho todo eso. ¿No te pareció una mujer sincera?

§

—Sí me pareció sincera, pero me parece, al mismo tiempo, exagerado decir tantas cosas de una persona que recién se conoce.

—Lo que ocurre es que tú te das a conocer inmediatamente, eres una chiquilla del todo transparente, se te ve en la mirada sincera. Por eso siempre temo que alguien te pueda engañar.

—¿Tú?

—No había pensado en mí, pero ahora que lo dices, no soy capaz de tirar la primera piedra.

—Da la impresión de que ella te dice esas cosas para «agradarte».

—Ella no acostumbra a decir cosas para «agradarme», y siempre que se habla de ti, en cualquier parte oigo alabanzas y frases cariñosas que, aunque muchas, siempre son escasas ante la realidad, por lo menos es lo que me parece. Aunque te enojes porque lo digo, eres mejor que lo que tú crees. Yo debo saberlo y no me discuta señorita.

—¿También oyes palabras cariñosas por parte de tus papás?

—Ejem, ejem., respecto a eso debo explicarte algo que siempre te explico y que tú siempre—también—pareces olvidar o deseas escuchar nuevamente. Parece que fuera una piedra de tropiezo. Pareciera que nos falta tu anillo de Mizpah. Lo que ocurre respecto a los *caballeros*, es que ellos piensan—equivocadamente—que tú eres la responsable de mis pocos deseos de estudiar medicina. Y ellos—o mejor dicho mi papá—la voz de la casa desea que su hijo mayor se transforme en un matasanos, cosa que a mí no me gusta, y en eso estamos. Es cierto que tendría un mejor rendimiento en mis estudios si la universidad estuviera en Valparaíso, pero no es así. De cualquier forma, no me gusta transformarme en un médico. Me gusta la literatura, la música, la tertulia.

—La Marta...

—No, la señorita Eileen. Aún estoy esperando tu fotografía. Quedaste de mandármela al día siguiente de mi venida y todavía no la recibo. No me hagas esperar, viejita.

Me alegré mucho de saber que quien te escribió esa carta a Villa Alemana era aquella amiga norteamericana que hiciste, debo confesarte que por unos instantes temí lo peor, <Fulano Lucho>. O—mejor dicho—tú con tu silencio me hiciste pensar en eso, ¿no lo harás más?

Hoy debía ir a saludar a mi prima Toya para su cumpleaños, pero no iré. Tiene una fiesta preparada y no me interesa en absoluto encontrarme allá con la Marta, que siempre va, son muy amigas entre ellas. Para mí, la única persona que puede hacer una verdadera fiesta es una chiquilla cuyas iniciales comienzan con: E.C., ¿Sabes quién es?

Tampoco me gusta ahora el biógrafo, y en adelante iré únicamente para ayudarte a ponerte el abrigo y cuidando que nadie esté a tu alrededor.

Todavía no estoy seguro de ir a Valparaíso el 21. Todo dependerá de cómo evoluciones las bolinas en mi casa. En todo caso te avisaré. Hasta muy pronto, cariños y besos. William

§

Santiago, miércoles 16 de mayo de 1934
Viejita querida:

Hace dos días le escribí una carta difícil a mi papá, en la que me permito exponerle con toda claridad cuáles son mis miras. Nada me contesta aún, por lo que supongo que estará furioso. En la carta le hablo mucho de ti, y de la necesidad que me deje tranquilo "en todo sentido". Era una especie de «declaración de los derechos del hombre», de la Revolución Francesa. Veremos qué pasa. Según cómo me conteste iré o no el fin de semana. Por eso sé buena y mándame una fotografía mañana mismo, ¿quieres?

Después de la comida, estuve un rato donde mi tía, y saqué de su jardín unos *copihues* para mandártelos con un compañero que viajaba a Valparaíso mañana. Él intentó dejártelos en Villa Alemana, pero nadie le abrió la puerta. Vive en la calle Barros Arana 26, en Villa Alemana, en casa de una hermana. Allí los encontrarás. Se quedará con ella, tienen a su papá agonizando. A buen seguro, los *copihues* estarán marchitos cuando te juntes con ellos. Válgame la intención.

Tendré que ayudar en un beneficio el primer domingo de junio en Renca, a 60 cobres de Santiago en Góndola.

Mi hermano Enrique está ofendido porque le dices "cocodrilo", dice que te va a pedir explicaciones. ¿Cómo lo estás pasando? Cuéntame los detalles. Mauricio ha vuelto al ataque, intenta intranquilizarme de nuevo.

No vuelvas a ser tan lacónica en tus cartas nuevamente. ¿Has ido mucho al biógrafo?

Bien mi querida Eileen, espero tus noticias antes del sábado. William

§

Santiago, jueves 24 de mayo de 1934
Dear Eileen:

You letter dated on the 22nd. reached me only, which accounts for the delay in answering. *Not my fault. I think I can guess why you prefer to write in English...*

<Querida Eileen: Me llegó tu carta fechada el 22, contabilizando el retraso en responder. No es mi culpa. Pienso que puedo hacer conjeturas del porqué tu prefieres que escriba en inglés...>.

§

William había estado en Valparaíso, ante dos frentes: por una parte, la seria conversación con sus papás, que no esclareció nada. Todo quedó de igual forma, y por el otra, el desfile de la milicia republicana ante las autoridades. Eileen, prácticamente no lo vio, a no ser por el momento en que el tren paró en Villa Alemana.

El viaje hasta Santiago fue de lo más accidentado. El tren iba lleno de gente, por lo que los asientos estaban ocupados y los pasillos repletos.

Muchos ánimos encontrados y mentes encolerizadas por el alcohol. En un momento, uno saltó con un cortaplumas y agredió a otro. El tren entero estaba: o contra la milicia o a favor de ella. Tuvieron que parar en Llay-Llay para bajar al herido y detener al agresor. Llegaron a Santiago a las 1:30 de la madrugada.

§

Terminó diciendo:

—Intentaré ir a Valparaíso el sábado 2 de junio, saldría en el tren de 11:30, ya te daré detalles.

§

Santiago, lunes 28 de mayo de 1934
Querida Eileen:

Recibí tu bufanda. Fue una sorpresa que no me esperaba, ya que consideré que eran bromas tus promesas de «fabricar» una. ¿Es obra exclusivamente tuya? Creo que nadie ha estado jamás tan contento con una bufanda como yo. Vieras qué elegante se me ve. Todos me la envidian, sobre todo en las madrugadas frías. Intento hacer que me pregunten quién me la tejió, para decir: mi Eileen, <aunque debo confesarte que guardo mis pequeñas dudas al respecto>.

Tu carta la contestaré esta tarde o mañana, cuando pueda darte datos más precisos del proyectado viaje.

Por ahora, muchos saludos, besos y miles de gracias por tu «abrigador» recuerdo.

§

Santiago, miércoles 30 de mayo de 1934
Mi querida Eileen:

Discúlpame, querida viejita, que no haya contestado antes tu carta. Verdaderamente no sé qué decirte con respecto al viaje para ir a verte.

En estos momentos tengo una serie de inconvenientes ridículos. Uno de ellos es la famosa fiesta en Renca—de la que te hablé—en la que participaré en un beneficio, el primer domingo de junio (3), y de la cual me había olvidado por completo, me tiene amarrado. Estoy intentando librarme en forma diplomática, y si lloviera, sería una salvación porque entonces no se haría nada, y como eso se sabría el mismo día, quedamos igual.

Los planes serían: ir a Valparaíso en el primer tren, pero bajándome en Villa Alemana para ver a mi viejita. Aunque no hay una certeza.

En caso de que pueda ir este domingo, te llamaré por teléfono o pondré un telegrama el sábado. No te preocupes por este asunto. Es tan agradable Valparaíso como Villa Alemana, para mí, si estás tú dentro. La decisión está en tus manos. Por mí, la balanza no se inclina por ninguno de los dos lados.

Tu bufanda sigue prestando grandes servicios. Con ella me río del frío matinal. ¿La hiciste tú realmente? Todos los que la han visto dicen que es un trabajo de mucha paciencia, muy bonito, que yo no lo merezco.

§

—Será porque saben cómo te portas. Si eres infiel conmigo, se reirán de que además yo te hago algo para que te protejas del clima.

—No es eso, es solo un decir de la gente.

—¿Cuándo la recibiste?

—La recibí el domingo 27 de mayo, en la tarde, después de almuerzo. Veníamos llegando de una caminata que duró 10 horas. Desde las 5 ½ a.m. hasta las 4 de la tarde <todo el tiempo sin almorzar>. Fuimos al Manquehue, a ver la nieve. Había una capa bastante gruesa. La subida fue muy difícil.

§

Habían comenzado a subir sin ningún contratiempo. El sol a sus espaldas parecía no quemar demasiado. La tierra seca del sendero que los llevaba hasta la parte alta de la montaña iba cambiando de color. A una distancia cercana, se iba viendo más color marrón, con manchas de cuando en cuando de color blanco: presencia de nieve, se alegraban los ojos de todos. Algo más distante y al mismo tiempo más arriba, se había producido un cambio radical: el senderito se había confundido con su entorno, y se había pintado de un color *blanco-barroso,* con manchones en los contornos de marrón, más arriba, el blanco era el barniz dominante. Hacia allá iban todos.

Los que llevaban bototos no sufrieron mucho, pero los que accedieron a aquella aventura con mocasines, sabrían lo que es ponerse los pies imposibles. En un comienzo el barro producido permitía embetunar los zapatos hasta más no poder y más adelante, la nieve que les llegaba hasta la rodilla hizo que la travesía les hiciera congelarse los desprotegidos pies. La suerte ya estaba echada. William fue uno de los que mejor aguantó la odisea. Para llegar hasta la cumbre, se proveyó de un gran báculo de ayuda y gateando logró estar en la parte más alta. Ya sobre la cima, se acostó mirando hacia el cielo, un buen rato. Nada había entre él y el cielo, ni una nube. Se escuchaba el silbido suave y seguro del viento. Se puso boca abajo para mirar hacia el precipicio, hacia el vacío, muy sujeto de una saliente de roca. Sintió un escalofrío, pero se atrevió. Eso desconocido le atraía. Con medio cuerpo en el vacío, disfrutó de una sensación, superable exclusivamente por los paracaidistas. El vértigo lo envolvió, mientras las ráfagas de viento que luego de chocar con la montaña buscaban un punto de escape, ascendía con fuerza hacia lo alto, hacia la cara de William. Apenas sí podía respirar. A lo lejos divisó al resto del grupo quienes se sentaron exhaustos, y le gritaban algo que él no alcanzaba a comprender debido a los ecos de las voces en las montañas vecinas. Se volvió, mirando hacia el cielo, pero ahora se había interpuesto algo entre él y el cielo. Sintió pánico, bien sujeto de su bastón, se defendió de los ataques que había comenzado a dar un cóndor, pensando que era una de sus presas. Gracias a esto, el ave de rapiña se alejó despavorida, Comprendió entonces lo que sus amigos intentaron avisarle del peligro que se le aproximaba. En honor—y como la bajada sería menos dificultosa—decidió dejar enterrado en la nieve aquel trozo de madera, que, de alguna forma, le había salvado la vida, ya que si no podía el cóndor llevárselo entre sus garras volando por el peso—que podría discutirse—de seguro que lo hubiera intentado y de esta forma habría caído al fondo. Aquel monumento improvisado continúa a través del tiempo allí.

§

—La subida fue muy difícil, por el hecho de tener que gatear. A Jiménez se le rompió un zapato y tuvo que venirse 16 Km., a pies pelados. Lo compadecimos y tuvo que acostarse en cuanto llegó al pensionado, durmió hasta la tarde del día siguiente. De las chiquillas que nos acompañaron, ninguna llegó hasta ni cerca de la cima, el único que lo logró fui yo, pensando en Eileen. Sé que tú llegarías, nunca te das por vencida ni dejas que un mero obstáculo te venza.

No te extrañes si no te doy las gracias ni te comento nada acerca de la fotografía que me enviaste, ya que aún no la recibo. Sé que acostumbras a *bluffear*, <hacer un farol> con estas cosas. ¿Cuándo me la mandas? Igual me dirás que estabas esperando dármela allá cuando vaya. En castigo, no te volveré a escribir hasta que no me la mandes realmente. ¿De quién es la viejita?, ¿Cómo se está portando? William
PS: Volví a ir al cine, como me permitiste romper mi promesa, fui a ver «Desfile de Candilejas», la encontré muy insulsa, sosa, que no tiene enganche. Mala.

§

Santiago, domingo 3 de junio de 1934
Mi querida Eileen:

No sé cómo decirte todo lo que en estos momentos desearía. Me dejó anonadado, fascinado tu fotografía, que ya me llegó. La miro, y la admiro, y te veo a ti. Te envuelves en una especie de nube que rodea la fotografía, y al mirarte fijamente, me da la sensación de verte sonreír. Es como si la fotografía cobrara vida. Es mágica. Te encuentro en ella tan encantadora, que se aproxima mucho a la persona original, por ese poder magistral que tiene de cobrar vida. Muchas gracias, me has hecho muy feliz. El próximo lunes iré a primera hora a comprar un marquito de plata para que la pueda disfrutar siempre. Es la mejor fotografía tuya que tengo.

Tu bufanda tuvo hoy mucho trabajo, debió salir con su amo a presenciar—por primera vez—una gran lluvia. Vieras lo bien que trabajó, no sentí nada de frío. Es una obra de arte, es una revelación de la fabricación humana. ¡Te felicito! No sabía que tuvieras tiempo de hacer estos trabajos. Supongo que mientras no me escribías, estabas tejiendo algo para mí, y yo—el muy iluso—pensaba que estarías con alguna persona que me quería quitar a mi Eileen. Que tontos son los pensamientos—a veces—¿no crees? ¿Qué quieres que haga en retribución o bien como castigo o penitencia por ello?

Indudablemente—como me lo temía—no pude ir a verte. Me perdonarás mi viejita. Sabes que nada me causa más placer que ir junto a ti. De mil amores habría ido. Intentaré ir el próximo domingo, dime que me estarás esperando. Tengo que hablarte tantas cosas. Pero es inútil que intente decirte esas cosas por carta, terminaría mordiendo tu fotografía. ¡Uh!

You are worth much, much more than a million dollars. At least, I would never let you go for that price. <Tú tienes más valor, más, más que un millón de dólares, por menos de ese precio no te dejaría ir>. Besos. William

§

Santiago, miércoles 6 de junio de 1934
Querida Eileen:
Como no he hecho ningún elogio, no acepto tus agradecimientos. De modo viejita, que puedes retirar esas palabras.

Tengo que reclamar por una frase que colocaste entre paréntesis, dice: "Si tú lo deseas o, mientras así lo desees". Quedo así con la impresión que tú estás dispuesta a olvidarte de William, y basta para eso cuando pones: «desee». En lo que a mí se refiere, soy más revolucionario y aunque tú lo "desearas" no podría complacerte. Pero esto es mejor que tú no lo sepas, porque puedes abusar.

En lo demás tienes razón: *I would give a million dollar* <sin titubear>, to get «Reid» of you. <Daría un millón de dólares por transformarte en mi esposa>.

Se me confunden las ideas cuando estoy contigo. Para mí las ideas son confluencias mentales que llegan hasta las mentes privilegiadas para transformarse luego en algo concreto, que pueden ser objetos, o simplemente raciocinios lógicos basados en ciertas premisas posibles. Si deseas que te cuente el porqué de mis confusiones, llegaré a la conclusión—inequívoca—que se trata de ti. Interfieres en mi mente, de manera negativa. Nada de esto es tu responsabilidad—desde luego— solo es parte de mi juego mental con mis propios pensamientos. Algo así como haber pensado que estarías con otro mientras en realidad estabas tejiendo una bufanda para mí.

—Eso es inseguridad en ti mismo.

—No lo creo.

—Entonces son celos infundados.

—Lo acepto. Pero si piensas hacerme conferenciar, tendré que anotar los puntos en un papelito, para desarrollar el tema. Puedo reiterarte— desde luego—que se refiere a ti y a decirte lo mucho que me gusta verte, todo lo que te recuerdo desde acá. Los temores que me estés jugando *Monkey tricks*, <engaña monos>. De si me quieres como yo a ti. Podría llenar, no un *block*, sino docenas, preguntándote tantísimas cosas sin cansarme de escucharte. En dos palabras ya dichas antes: *Sentimental Nonsense,* <sentimentalismos>, como tú los llamas, pero que a veces tengo que decírtelos. A menudo sucede que todos esos deseos que tengo de hablarte en esta forma chocan con ese título de *Sentimental Nonsense*, y entonces prefiero callarme, para evitar que después te rías. Ahora podrás explicarte porqué ese después nunca llega.

Siempre estoy en guardia para no ponerme en ridículo ante tus ojos. No doy—entonces—riendas sueltas a todas mis ideas que te podrían envenenar al oírlas.

De repente llegaré allá a verte, y ojalá que no se repita lo que ha sucedido varias veces, que ni querías salir a recibirme, <eso me lo sopla Mauricio>.

¿No tienes nada especial para contarme?

Te besa muchas veces y hasta el domingo. ¿Dónde quieres estar? William

PS: ¿Has estado mucho en el biógrafo? Acá han dado muchos nuevos filmes, pero no he ido. Está anunciado Chevalier en: "El modo de amar". ¿Dieron allá «*Monsieur le maréchal*»? A principios de año lo vi anunciado en el Victoria, en Valparaíso.

Te envío la letra de la canción *Thanks*, <gracias>.

Thanks for all the lovely delight.

I found in your embrace...

(Gracias por toda la encantadora delicia

Que encontré en tu abrazo…).

§

Santiago, sábado 9 de junio de 1934

Mi querida Eileen:

Recibí hoy tu «filosófica» carta fechada el jueves 7 de junio. Deduzco al leerla, que tienes tú los mismos pequeños grandes problemas que yo. Sucede que a veces, ni yo me entiendo, y no me encuentro a gusto en ningún lado. Y—por ejemplo—cuando no me hablas, pienso que estás pensando en otro. Está visto que no podré estar tranquilo, mientras no te fabrique la jaulita que ya en otras ocasiones te he diseñado.

No sé porque tú puedes dudar de mí. Realmente nunca te he dado motivos ciertos para albergar la duda constante, y no espero dártelos, esto es mientras «así lo desees», y me lo des a entender con tu conducta. Sé que estarás pensando que esos motivos existen en mí, pero acuérdate de lo que varias veces te he dicho, y no lo repito: nadie podrá «desplazarte», pero tienes un «casi enemigo», y ese es Mauricio. Él se guarda lo que me pasa y después en el momento oportuno, lo recalca con odiosa precisión. Eso es todo.

El jueves estuve almorzando en Ñuñoa. Tu bufanda, más bien «mi» bufanda, fue muy celebrada y examinada con cuidado por todas. Te mandan saludos y felicitaciones por «tu» obra. Me dijeron que era muy difícil, mucho trabajo, punto «arroz», o «cuadro», lana «Cisne», y mucho más. Sus opiniones coincidían en que era muy bonita. ¡Yo lo había dicho antes!

Francamente no sé si ir mañana o no. No me parece que te entusiasme mucho la idea. Tal vez tendrás algún inconveniente. Bueno, hoy y mañana en la mañana lo pensaré. Veré qué resulta. Tengo deseos locos de verte.

En estos momentos me entregan una carta de la casa, en ella me dicen que mi hermano Wilson peleará en el Coliseo el sábado 16 de junio de 1934. El patrón <Mi papá>, cambió el viejo coche por un *Ford color caoba*, algo más moderno.

Tenía la letra de «Gracias», pero la melodía no, por lo que te ruego hagas trabajar a tus neuronas cerebrales y logres en el carrusel de tu memoria, con la ayuda de tu piano, darle vida a esa letra.

Por lo anterior, se deduce que nos necesitamos mutuamente. Nos complementamos. Somos un todo coherente. ¿No ves que hasta en los detalles se confirma lo que digo? Discúlpame viejita que sea tan latero. La verdad es que cuando se trata de ti, siento un placer siéndolo. Me imagino que de este modo te hago pensar, aunque sea un poquito, en mí; aunque sea tan solo lo que dure la lectura de la carta.

Ayer había estado esperando noticias tuyas. Estuve muy preocupado por la demora.

Creo que san Isidro está preparando una lluvia. Dejaré este papel hasta aquí, para echarla al correo, y así no demora en llegarte.

Si no es hasta mañana, depende en parte de los cocodrilos que saldrán por el aluvión anunciado, será pues, hasta pronto. Besos. William

PS: Saludos en tu casa. Me preguntabas de quién era la película *Monsieur le maréchal*: Es de Chevalier.

§

Santiago, jueves 14 de junio de 1934
Viejita:

Por favor, escríbeme otra carta más cariñosa. La que recibí hoy es para dejarle el ánimo por los suelos a cualquiera. Eres muy injusta, ¿o no me entiendes?, ¿Qué te pasa Eileen? Debes comprender que efectivamente tengo "
«deseos locos"
» de verte, ¿Qué de raro tiene que sea así? Espero tu carta. Besos. William

§

Santiago, lunes 18 de junio de 1934 (1:45 am.).
Mi querida viejita:

Acá me tienes recordando, con mucho placer, el momentito tan corto que estuve contigo. Estoy completamente desvelado. Entre las cosas que tuve que discutir en casa, no tuve ni ánimos ni tiempo de irte a ver.

Pienso que por eso mi conversación te resultó muy desagradable. Yo mismo no me explico cómo pude ser tan poco ocurrente—es más— cómo pude haber sido tan «torpe como avieso». Como siempre, tú tienes la culpa, por lo menos es lo que se me ocurre. Contigo—a veces—no me doy cuenta ni si estoy vivo, parezco como un autómata. Espero que me perdones si te aburro. Ojalá que pueda verte nuevamente. Nada deseo con más ansias.

Me pareció haber visto a tu mamá en la estación al venirme. No estoy muy seguro.

Viejita, el próximo domingo 24—a más tardar—quisiera pasarlo contigo. No puedo evitarlo, no sería amigo conmigo mismo si no me diera ese placer. Si supieras, cada vez que te dejo, me siento la persona más desesperada, aunque tú no me creas y te rías. A veces envidio tu indiferencia.

Eileen, me hablaste de otras cartas más que no te gustaron. Hazme el favor de devolvérmelas, para escribirlas nuevamente. No quiero que las conserves si no te parecen cariñosas.

Tengo un sueño que ya casi ni veo, de manera que me despido hasta la próxima.

Besos y abrazos de alguien que te quiere tanto. William

PS: Mi hermano Wilson boxeó en el coliseo como estaba programado, lo fui a ver, pero como si no hubiera ido. Su contrincante le aguantó solo dos minutos de primer asalto.

§

Santiago, jueves 21 de junio de 1934

Mi viejita:

Me tiene muy feliz tu carta. Debieras escribirme siempre de esta manera. Deberé contestártela personalmente, en cuanto a los detalles.

No te imaginas los deseos que tengo de verte nuevamente. No me explico el «palo» que me diste cuando me dices «a no ser que seas un regio actor», Aunque puedo presumir, por los aplausos, que mi talento en las «tablas» se me da bien, sabes al mismo tiempo que no podría fingir todo lo que siento hacia tu persona. No se puede simular por tanto tiempo estos sentimientos. Supongo que en ocasiones te resulte un poco aburrido, cuando no sé ni qué decir. Si en una nueva oportunidad buscas los momentos para hacerme desesperar, no seas tan cruel. Me diste una fea impresión, viejita, y no sé por qué se me antojó que era cierto, lo que con tanta naturalidad me decías. No puedo pensar qué sería de mí sin mi viejita. Pero hablemos de otra cosa antes que me ponga sentimental, más de lo conveniente. Debe ser una formación que está dentro de mi subconsciente y que viene de mi infancia.

—¿Freud?

—Si, a lo mejor.

—¿Necesitas un psicoanálisis?

—Si, a lo mejor.

—¿Quieres hacer uno conmigo?

—Si, a lo mejor.

—Bueno, señor "a lo mejor". ¿Qué le ocurre?

—No sé qué pensar de lo que sería de mí sin mi viejita. Pero hablemos de otra cosa, antes que me ponga sentimental <Sentimental Nonsense>, más de lo acostumbrado.

El domingo iré adonde tú me indiques, y a la hora que me digas. Espero tus órdenes que cumpliré con la más grande alegría. Si me escribes inmediatamente, alcanzo a recibir la tuya el sábado. En esa forma iría.

Perdona todas las cosas desagradables que te decía en esas cartas. Fueron escritas en momentos malos.

§

—Pero, como tú mismo decías, estabas sometido a una tensión, y son esos los momentos en que se puede conocer realmente a una persona.

—Cuando dije eso, no me refería a mí.

—¿A quién?

—Digamos que a un monigote cuyo nombre comienza con la letra «L».

—Las leyes, y las interpretaciones deben ser iguales para todos.

—Está bien, accedo. Si deseas destruirlas tú misma, hazlo. Por mi lado, tengo más de cien cartas tuyas, que de ninguna forma las destruiría. Sean para mí: tiernas o enfadadas. Son tuyas y me basta con eso para conservarlas. Besos. William

§

Santiago, domingo 24 de junio de 1934

Mi querida Eileen:

Desde esta mañana no sé qué es lo que pasa, pero me he puesto el termómetro y dice que tengo 38.8 grados. La cabeza me duele, de una forma diferente a las otras ocasiones.

Como no era prudente viajar y volver tan tarde en estas condiciones, le encargué a un compañero que te pusiera un telegrama. Ojalá que esto haya podido evitarte inútiles trajines. Siento mucho este contratiempo, más ahora que nunca, ya que en otras oportunidades te he fallado.

§

—¿Cuándo?

—La vez que tuve que actuar en Renca, por ejemplo.

—Bien.

—Y tú me escribiste muy seria y enfadada—a veces—disimulado por tu laconismo.

—Me haces parecer injusta, y no lo soy.

—No lo eres, pero ahora que sabes los motivos por los cuales te fallé, mi permanencia en cama, me perdonarás. Yo siento más que tú no haber ido. Pero en honor a mi *Juramente Hipocrático*, debo ser prudente y cuidarme a mí mismo. ¿Me perdonas?

Es un suplicio tener que quedarse. En cualquier punto en que fije la vista, dentro de mi cuarto, encuentro alguna fotografía tuya. Ellas me acompañan y parecen cuidarme, pero al mismo tiempo, me hacen pensar que podías estar cerca de verdad. La última que me diste la tengo en mi velador. Intento hacer que me miren tus ojos de frente, pero se niega, como si no quisieran estar conmigo, o por lo menos, no desearan verme <*se parecen al original*>. Reflexionando en las largas horas de mi agónica convalecencia, he llegado a pensar que este invento de las fotografías es estupendo. De no ser por tus retratos y tus cartas, ahora me encontraría sucumbido en un mar de tormentos. En fin, Eileen, échale la culpa a la fiebre o al nacimiento de mis *Sentimental Nonsense*. Quisiera ahora más que nunca tenerte cerca, y tan solo debo conformarme que no será hasta una fecha cercana. Si no estoy bien, aunque sea arrastrándome iré a buscarte. Espérame. Besos. William

PS: Cada vez que escribo una palabra, mi corazón se me acelera. Los estudiantes a matasanos del pensionado, en una junta médica improvisada, han decidido que tengo: Un «Shock anafiláctico» <Intoxicación por albúminas>, y en ese caso, no se trata de nada importante.

§

Lo cierto es que William, le estaba bajando el perfil por lo que sufría, para no preocupar a Eileen. Esa *hiperalbuminemia* que sufría, era una gran cantidad de albúmina en la sangre. La albúmina es una proteína producida por el hígado, detectada a través de un examen de orina. Se produce por una deshidratación, por no ingerir el agua suficiente, por demasiado ejercicio, por vómitos o diarreas. Un mayor consumo de proteínas por carnes, coco, conejo. Se soluciona con dieta de verduras, agua, zinc, legumbres y fibras. Tener sueños adecuados y descanso mayor. Reducir el estrés y hacer ejercicios. Todo aquello, esa junta de médicos, o futuros médicos, la practicaron con William. Él había tenido siempre muchos dolores de cabeza y muy fuertes *<10/09/33-24/04/34-07/05/34-02/07/34>*. Estaba bajo una gran tensión. Problemas sentimentales, los no deseos de estudiar medicina, que ya se veía por los malos resultados académicos, y enfrentar con su padre aquella situación. No era más que simples problemas de meningitis. Inflamación de las meninges, membranas que rodean al cerebro y la médula. Sus claros síntomas: dolores fuertes de cabeza, fiebre y rigidez del cuello.

§

Santiago, miércoles 27 de junio de 1934

Mi adorada viejita:

Ya estoy bueno, y tu carta terminó de mejorarme. Si la enfermara hubieras sido tú, estoy cierto que intentaría no mejorarme nunca, así estaría de regalón, de mimado.

Si en tus elucubraciones mentales albergas por unos instantes la duda que entre Marta y yo pasa algo más que una mistad, estás muy equivocada—es más—estamos muy distanciados. Ni ella ni ninguna otra podría impedir que yo fuera a verte.

Eileen, ¿por qué no vienes el sábado con tu mamá? Me gustaría tanto que vinieras, ¿Por qué no intentas venir? Creo que tu mamá no se negaría a traerte. Mira, ¿Sabes qué podríamos hacer? Te vienes con tu mamá el sábado 29, y el domingo 30 nos vamos a Villa Alemana juntos. Quiero estar contigo ese día y hacer un viaje en tu compañía. Sería mucho más agradable. Aprovecharíamos también el sábado, ¿Te parece posible?, una vez aquí yo hablaría con tu mamá para que pudieras quedarte en casa de tu tío Tito y tía Winnie. Sé que ellos están en Santiago. Contéstame sobre esto, viejita,

Tú siempre consigues lo que deseas, es cuestión de desear algo. ¿Desearías venir el sábado? Besos. William

PS: Gracias por tu saludo el lunes 25, día de san Guillermo (William), aunque en inglés, es mi santo. También acá me han saludado los curas y en el pensionado. René Fontaine me regaló un libro en inglés—no muy grande—para leerlo de una sentada, se llama: "Pasión Lejana" y su autora: Alice Hoffman. Sé que el buque de la armada *La Baquedano* está —acercándose a Valparaíso—¡Puede hundirse si quiere!

§

Santiago, lunes 2 de julio de 1934

El viernes pasó sin pena ni gloria, el sábado lo mismo. Eileen no daba señales de vida. ¿Qué habrá pasado?, se preguntaba William. Precisamente cuando el buque La Baquedano llegaba a Valparaíso, trayendo a bordo un personaje calificado por él <y Mauricio

Chevrolata>, como «elemento disolvente». La cosa no era como para cantar victoria, precisamente. Esperaría como estaba acostumbrado. Su dolor de cabeza aumentaba junto a las horas del reloj de su dormitorio, su rigidez de cuello. Se sentó por unos instantes sobre su mesa de estudio, teniendo entre sus manos el mejor retrato de Eileen. ¡Nada!, la fotografía estaba inmóvil, sin vida. No tuvo antiguas sensaciones en el sentido que veía su sonrisa o... Alguien lo sacó de sus *Sentimental Nonsense*. Era René Fontaine quien lo invitaba a tomar once. El domingo, tampoco tuvo ánimos de salir de la pieza, esta vez fue Mauricio quien lo obligó, apelando a su estado de convalecencia, a que fuera a almorzar. William no valía para nada. Llegado el lunes, sin afeitarse, le llegó una pequeña nota de Eileen, <contabilizada como carta para los efectos de ambos>. Se limitó a responderle:

§

Viejita:

Bien sabías que tu carta no alcanzaría a llegarme a tiempo para saber que no vendrías el sábado ya que tu hermano Harry está enfermo con un fuerte resfriado. La carta la recibí hoy lunes. Pensé—hasta recibir la misma—que vendrías, incluso tenía la esperanza de algún telegrama. ¿Cuándo será ese *cuando,* no ese baile folclórico chileno, me refiero a tu venida a Santiago?

No sé dónde encontrarás estas líneas, te las dirijo a Valparaíso, <ya que La Baquedano está allá>. Espero recibir una verdadera carta tuya, no una especie de telegrama lacónico. Etc. Besos. William

§

Santiago, jueves 5 de julio de 1934
Mi viejita:

Recibí tu «carta-telegrama», vamos progresando, la anterior había sido solo un «telegrama-carta». Pero espero más de ti.

Me encantaría ir a verte, pero para eso tienes que decirme si te servirá este domingo 8. Si me escribes una «carta», que yo reciba el sábado, intenta que sea: bien cariñosa, larga y convincente, voy a Villa Alemana el domingo, aunque llueva. Decide. William

PS: Ojalá que siga mejor tu hermano. Podríamos allá ir a visitar al caballero que vende chica y al fundo *Los Perales* para comprar una botella de vino, para traérselas a los curas, por el vidrio del reloj, que «por tu culpa», rompimos tiempo atrás peleando con el mozo.

§

Santiago, lunes 9 de julio de 1934

Eileen escribió a William una carta que se podría calificar de "estudios de situaciones presentes y futuras", de William. Un interrogatorio como el que él dio a ella para contestar, pero que nunca dio su veredicto.

§

Viejita querida:

Aunque tu carta traía fecha 6 en el matasellos de Villa Alemana, a mí se me entregó solo hoy 9. No es raro que este tipo de irregularidades ocurran por este barrio, ya me lo habían dicho en otras oportunidades cuando he ido a correos a reclamar alguna carta tuya. Todo esto lo dejo a modo de prólogo. Paso ahora a contestar tu interrogatorio, que me parece más excesivo que el mío. ¡Me estás superando!

1. No participo de tu opinión de que las cosas—o ciertas cosas— verlas escritas, se ven ridículas, cuando hago referencia a: *La Baquedano se acerca a Valparaíso, que se hunda.* Creo que tengo razón y si prefieres, puede hundirse y que el único que no se salve sea Mr. «L». No deseo que vuelvas a verlo, es diferente lo que ocurre con Marta <tengo la misma opinión que Mauricio>.

2. Mis estudios en la universidad van todo lo bien que se puede esperar de mí. Ya te he dicho que no me interesa ser médico. Pienso

por lo tanto que estoy perdiendo el tiempo en la universidad, por otro lado, estoy haciendo gastar dinero a mis papás. Debiera comenzar a trabajar en algo para ir haciéndome un futuro por mí mismo, para ver si así te entusiasmas más conmigo.

3. A la Marta la vi el miércoles 4 Nos vimos en una comida de un amigo en común que es notario. No fui «con ella», nos encontramos allá «con ella». Hubo baile como bien sabes en estas fiestas de etiqueta. Estuvo simpática y agradable, así como es ella cuando están los hombres cerca. Nada de Nada. ¡Si quiere saber!

4. Por lo que veo, sigue actuando «Lucho» por medio de su hermano. Te ruego que ni me nombres a esa plaga en tus cartas—o si lo haces— escribe con lápiz lo que a ellos se refiere, así podría borrar todo con una goma. Conservo todas tus cartas y no deseo tener nada que desentone.

5. Respecto a la temperatura ambiente de Santiago: 2° Celsius sobre cero en la noche, subiendo un poco la temperatura a medida que transcurre el día. Desapareciendo entonces la escarcha matinal, sobre todo en las partes altas de la ciudad. Esto parece más bien un informe meteorológico sacado de la prensa, pero es así, y de ahí lo saqué, pero supongo que tu pregunta va por otro lado. Siempre que se pregunta sobre el tiempo, es algo intrascendente ¿Te has fijado? Cuando dos personas se encuentran en un ascensor, ¿de qué hablan?, pues del tiempo. Voy a suponer que tu pregunta hace referencia a que, si he usado tu bufanda, pues más que nunca, ya creo que debería lavarse. Mejor aún, voy a pensar que deseas saber sobre el clima, para venir a visitarme.

6. Mi prima Toya ha estado en cama unos quince días. Todo comenzó con mucho frío, luego hemorragias nasales y—por último—sinusitis. El sábado 7 le hicieron una pequeña operación. Ahora está todo bajo control. Ayer estuve en la tarde allá. William

§

Santiago, jueves 12 de julio de 1934

Mi viejita:

Tu carta la tengo hoy. Estás bien lejos de lo que yo siento, si no, no me preguntarías esas cosas. Cada día que pasa, noto que aumenta el cariño para la «presidenta» de mi vida. Ahí está lo malo. Quisiera poder no recordarte tanto y así verme libre de dudas que desaparecen solo cuando recibo tus cartas. Si dejas pasar un día sin escribirme, ya comienzo otra vez a padecer y mi mente cavila pensando en lo peor: que tú solo me escribes cartas cortas y lo haces por diplomacia, que los «Luchos» abundan, que, si tuviste afecto para mí, pero ahora va decayendo, mil y una cosas más.

No puedo decirte el motivo por el cual no he terminado mis conversaciones con Mauricio. ¡Y así tú me dices que te olvido! Te repito viejita, estás lejos, muy lejos de entenderme. Pero dejemos estos *Sentimental Nonsense*, les tengo miedo, pánico, terror de que sean o se transformen en realidad. Y así nunca se puedan borrar.

La Toya sigue bien, ¿no podrías venir a verme?, ¡hazlo por el pueblo!

En todo caso será hasta muy luego. El domingo 15, ¿vas a estar en Villa Alemana?

Muchos, pero que muchísimos abrazos. ELL. (Escribe, Largo y Luego). William

§

Quillota, domingo 15 de julio de 1934

Mi viejita:

Ojalá te hayas vuelto a tu casa sin ningún contratiempo. Acá estoy en el quiosco de la estación de Quillota, esperando el tren *El Excursionista*. Ya quiero verte nuevamente o por lo menos que me escribas pronto. Parece que este fin de semana que hemos pasado juntos ha sido rápido. Lo mejor—pienso—ha sido la caminata que nos dimos hasta el fundo Los Perales. Los tordos y gorriones nos acompañaban con sus cantos, dándonos ánimos y acompañándonos en nuestra caminata voluntaria. Salimos con el sol y regresamos con la luna. Tus manos suaves y tus besos me dejaron un sabor a poco: siempre quiero más. Buenas noches. William

§

Santiago, miércoles 18 de julio de 1934

Eileen Querida:

Estoy orgulloso y te felicito por tu carta, que me deja entrever que piensas muy bien. Pero—sin embargo—y a pesar de ella, quiero saber categóricamente si estás dispuesta a acompañarme en mi cruzada, nuestra cruzada. ¿Sí o no?

Tus consideraciones no me hacen cambiar de idea, y si me quieres lo suficiente, no sería pedirte imposibles.

Por favor, escríbeme para saber si me acompañas y si quieres arriesgarte conmigo

Espero tu carta

William

PS: ¿Cuándo quieres que te vea?, ¿vendrás a Santiago luego?, ¿estarás el domingo 22 en Villa Alemana?

Tengo tantas cosas que decirte, que sería imposible escribirlas, sin pecar de latero. No poseo tampoco un orden mental en estos momentos, pero siempre son los que te dije en la estación.

§

Eileen había comenzado a pensar en el futuro. A ayudar a William a pensar en el mismo. Por eso le hizo unas cuantas preguntas que tenían el interés de obtener información suficiente para indagar, con una precisión femenina, más rápida y certera que la masculina, la de William, en este caso. Ese cuestionario hecho el lunes 9 de julio iba por esos derroteros. William estaba más que decidido, con sus estudios no llegaría a ninguna parte y Eileen eso lo sabía por lo que no deseaba continuar esa pérdida de tiempo. Serían novios formales con William, no ya solo pololos. Eso le había planteado a él en su última carta. Estaban—al parecer—de acuerdo.

Pero, en ese camino, William equivocó su estrategia, deseaba profundizar más en su relación con ella. Era algo muy peligroso para los principios sociales y de educación de Eileen. Si se amaban, se debía dar tiempo al tiempo, esperar. William, decidido, no estaba dispuesto a ello, quería precipitar los acontecimientos. Ahí estuvo su error.

§

Santiago, domingo 22 de julio de 1934
Viejita:

No sé cómo contestarte tu última carta. No esperaba una respuesta así. Daba por descontado que no solo el corazón, sino también el cerebro, estarían de mi lado. Ahora creo que no cuento con ninguno de los dos, ¿es así? Si piensas un poco amablemente, me encontrarás razón en lo que te digo. Estoy seguro de que nunca alguien puede arrepentirse de ser alguna vez franco, y no refrenar esos instintos, que, a fuerza de ser reprimidos, se transforman y acumulan, hasta llegar un momento en que tienen que soltarse. Esa misma tensión nerviosa de esperar, es un escollo que quien sabe si no es bueno eliminar. Pensamos distinto, Eileen, y de esto infiero que tu no tienes ninguna seguridad de quererme, y que te dejas gobernar, no por tu cabeza, sino por actitudes morales añejas, vetustas, que mal nos pese, existe en nuestro espíritu.

Sabía que te pedía lo más que puede ofrecer una mujer, todo lo que puede ofrecer, lo mejor que puede ofrecer a un hombre. A cambio de ello, yo pensaba quererte—si es posible—más intensamente. Esta era la promesa que iba a hacer, no a ti, sino a mí mismo. Para que veas que pensamos distinto, Eileen. Mi mayor felicidad sería sentirme amarrado a ti, por lazos más íntimos, más humanos. No sé. Pensé que el cariño que tú decías sentir por mí me autorizaba para hablarte con franqueza, y racionalmente. Hacerte llegar—por deducciones frías—y así distanciadas, a lo que podría llevarnos a la ofuscación de un momento.

Todos conocemos las excusas secretas de las debilidades. Hoy me encuentro con que—en nombre de ese mismo cariño—tú me dices que cambie mis ideas porque ellas no concuerdan con tu modo de pensar. No insistiré, Eileen. No quiero tampoco que te sacrifiques. Perdona si te he ofendido. Creí que ante este problema debía recurrir a ti. Era lo lógico, antes que andar persiguiendo sombras perdido en la oscuridad. Discúlpame. No he dicho nada.

Ayer te coloqué un telegrama. Quería verte. Tuve intenciones de ir, pero al fin recapacité y desistí del viaje. Muchas peleas así tendré que sostener conmigo.

Te ruego saludar a toda tu gente. ¿Tu mamá volvió?, ¿cuándo piensas venir?

Escríbeme harto, siempre encuentro cortas tus cartas. Besos. William

§

Santiago, jueves 26 de julio de 1934
Mi querida Eileen:

Luego de una gran espera, recibí noticias tuyas. ¡Más vale tarde que nunca! La leí, pero francamente no me convencen tus argumentos sobre el cariño que me dices sentir. Poseo muy bien guardadas, una gran cantidad de cartas tuyas, <una más que tú de las mías>, he leído tu diario de vida, he hablado mucho contigo, te he preguntado muchas cosas y aún no encuentro «algo», un «algo» que me convenza de que lo expresado por ti, es una fiel imagen de tus pensamientos íntimos. Me estrello siempre con una especie de *muralla china*, si se puede llamar así. No estoy contento de tu modo de ser, pero tampoco quiero indicarte lo que creo, te falta. Supongo que, si me animara a contártelo, fingirías, y no sería «fiel imagen de tus pensamientos íntimos». Eso debe emerger a la superficie de tus actos de un modo natural, por sí mismo, sin ninguna fuerza adicional, y así dejarse ver y entrever por ti misma, sorprendiéndote. Ese poquito de piedra preciosa, de oro, de belleza natural, es lo que estoy buscando. Cuando logre asirlo, seré la persona más feliz que pisa la tierra. Mi mirada está sobre tu persona, intento—

como Mauricio—, sacar consecuencias lógicas de todo lo que dices y haces, pero voy más allá, procuro en mi desvarío, escudriñar hasta el último de tus pensamientos. Es en ese momento en que me encuentro con sorpresas, sorpresas y más sorpresas.

¿No puedes, mi querida Eileen, escribir algo más medular, más sincero o que pueda indicar, de alguna forma, aunque sea subliminal, tu modo de ser? Tus cartas son todas iguales, en sentido figurado, quiero decir.

Con las ideas, aquello que yo he definido como confluencias mentales que llegan a mentes privilegiadas para transformarse luego en algo concreto, parecen sufrir una metamorfosis. Esas ideas, a veces trágicas, en otras raras pero que siempre no concuerdan con las tuyas, envenenan a tus oídos. Por eso las confundo cuando estoy contigo. Muchos creen que soy un *captador de ideas*, pero como Freud decía "Se engañaría quien supiera que nuestras ideas claras y energía conscientes, determinan, por sí mismas, nuestros sentimientos y nuestro modo de pensar". Es por todo eso que pienso que las ideas—como las tuyas— siempre resultarán ridículas y arcaicas. Pasa con las ideas lo mismo que con las chiquillas, sabemos que nos traicionan, pero las adoramos, nos hacen sufrir, pero nos gustan sus cadenas.

Me preguntas qué me parecen tus palabras y tu modo de pensar, en parte ya te he contestado. Me parecen muy «frías y cuerdas», y no de una persona realmente enamorada. Es todo lo que conviene, pero, un momento, ¿necesita alguien conveniencia en estas cosas?, ¿eres temerosa? ¿No crees que nos queremos de verdad?, ¿te asalta aún la duda de lo nuestro? En fin, Eileen, hay cosas que tú no traes a la palestra para concluir. ¿Sabes qué me gustaría?, que tú fueses yo y yo tú. En ese momento me entenderías. ¿Será cuestión de temperamento? Esos sentimientos no hay que reprimirlos, sino encauzarlos. Oriéntalos en una dirección determinada, es la única solución. Después te convencerás de que tengo razón. Otra cosa sería ser hipócrita y engañarse uno mismo, y al final, cuando mires atrás, quien sabe qué le dirá tu corazón a tu razón. De seguro tendrá muchas cosas que echarle en cara. Y será no por cosas hechas, sino por haberlas dejado de hacer, y vendrá un arrepentimiento sin marcha atrás, hasta siempre jamás. Eileen te invito a pensarlo nuevamente.

Como este fin de semana debo ir a Valparaíso en el tren de 11:30 a.m. que para en Villa Alemana a las 15:00 de la tarde. Seguiré en el tren *Ordinario*. Así tendré algunos instantes para estar contigo. ¿Por qué no te vienes adonde tu tío a Santiago, y así viajamos juntos? Sería muy simpático que pudieras arreglarlo. Si quisieras, seguro que lo consigues. ¿Sí?

Hartos besos, pero muchos más te daré cuanto te vea.

William

PS: Es preciso dejar en el más absoluto silencio lo que te he escrito aquí. Es para nosotros dos, nadie debe saber de qué se trata esta carta. A propósito de carta, he recibido una—con muchos quebrantos—de parte de Alicia. Me cuenta que está enferma y muy grave. ¡Pobre Reina!, ojalá que se mejore pronto y se le quite el pesimismo que la envuelve. Es algo normal dentro de un cuadro clínico de enfermedad, real o imaginaria, ¡si lo sabré yo! A buen seguro que se le quitará lo neurasténica. Mis saludos a tu hermano Harry en su cumpleaños.

§

Santiago, miércoles 1° de agosto de 1934

Viejita:

Lo que me temía, ha llovido a *chuzos*, a *cántaros* o a *Cats and Dogs* <gatos y perros>, como dicen los ingleses.

El haber estado en Valparaíso, en el cumpleaños 54 del papá el 30, fue un motivo más que interesante para irte a ver. Si quise ir contigo, no creas que era para hacerte pasar momentos desagradables. Al contrario, fue impedir que el papá pensara cosas desagradables de ti, de nosotros. Como pudiste comprobar, y no fue por el efecto del güisqui escocés que siempre degusta en esas ocasiones, fue por lo encantadora que estabas tú comparadas con las otras «nueras» o candidatas a nueras: Catherine, Leonor, Kunnie, Diela, ... Mi papá es un hombre que quiere mucho a su familia, es su tesoro particular. ¡Que nadie ose hacerle daño!

Pensé, que por lo bien que lo habíamos pasado juntos, me pedirías quedarme en Valparaíso, pero no lo hiciste. Seguramente, «no era prudente», «no era conveniente», o la etiqueta «no lo permitía». Es inútil, no sé cómo hacerte cambiar de pensamiento, por otro lado, siempre te echo de menos. Mi vuelta a Santiago fue desastrosa. En Mapocho tuvieron que corretear a un monito que se había escapado de su jaula. Cuando lo apresaron. Chillaba como un condenado a muerte, con una bolina del siglo.

Eileen, por favor, dime si vienes, o piensas venir, o si deseas venir...
William
PS: Te envío una memoria del club de Regatas. Estúdiala, y luego la discutimos cuando haya reunión. <Ahí podremos averiguar cómo un guardiamarina cualquiera [o *Lucho*], puede obtener una fotografía de una socia>.

§

Santiago, jueves 2 de agosto de 1934
Eileen querida:

Se me había descompuesto el ánimo debido a que no me escribías. Al recibir tu carta, me encuentro «momentáneamente» bien.

No debes preocuparte de que me enamore de Marta. Eso sería imposible. Ya sé que piensas que, entre ella y yo, «existe esa relación entre hombre y mujer», que tú traduces como que ella me da lo que tú no te atreves. Mira, deberé explicarte algo. ¡Prepárate! Soy un estudiante de medicina, lo que supones que debo entender muchas cosas respecto al cuerpo humano, tanto del hombre como de la mujer. Sus necesidades, tanto síquicas como materiales. Y en ese orden de cosas, tendríamos que considerar las biológicas: comer, defecar, y las relaciones íntimas, pero, debo asegurarte de que, y no por estar de acuerdo con los curas del pensionado, sino que por entender al ser humano. Es imposible que eso suceda mientras...

Me has insinuado alguna vez, que desearías preparar una comida para dárselas a todas las mujeres que tengan algún interés por mí o que yo tenga algún interés por ellas. ¡No hace falta que recurras a eso! No existe ninguna mujer en mis pensamientos. Basta una palabra tuya, un detalle, la gran flor que me diste en el tren, cualquier cosa tuya, es mucho más eficaz que un «medio homicida». No tengo tiempo en pensar en otra persona que no seas tú. Estoy seguro de una cosa, que no es bueno escribir lo que uno siente por una persona, ya que— muchas veces—con el tiempo, serán palabras que pueden ir en su contra.

Tengo una impresión, es esta: que somos personas diferentes. Por un lado, los que estamos frente a frente. Con el calor de nuestros besos, el jadear de nuestro respirar, el latir de nuestros corazones, la reunión de nuestros pensamientos silenciosos y cobardes de expresar lo que sienten. Luego, nosotros dos escribiendo sobre papeles. Cómplices de nuestras lágrimas, de nuestros delirios más íntimos. Recuerda, siempre seremos tú y yo.

¿Por qué eres tan enemiga mía?, ¿no crees que el único daño que te hago es escribir con sinceridad?, ¿deseas que no lo siga haciendo? Por favor dímelo claramente.

Por lo visto te quedas definitivamente en Valparaíso, y ya que es así, no me cansaré de pedirte que te juntes lo menos posible con la «Amor y Cía.» Si es posible, nunca, ¿me lo prometes? Esa niña no es leal ni buena amiga.

En fin, mi viejita, si me hicieras caso, te enojarías, te haría tantas recomendaciones por el estilo.

¿Fuiste a ver la película de Chevalier? Yo la encontré muy buena. Quien sabe qué piensas tú. ¿Por qué no vienes el sábado 4 y la vemos aquí juntos? Daría cualquier cosa, hasta me cortaría un brazo por verte. Intenta venir luego, ahora te corresponde a ti viajar, aunque si prefieres, te iría a buscar, no a la estación Mapocho, tampoco a Llay-Llay, sino que al mismísimo Puerto. Otra cosa, intenta en lo posible, escribir más largo, ya que cuando comienzo a leer tus cartas, ya se han acabado. Lo haces con letras muy grandes, son muchas hojas, pero eso es una trampa. ¿Lo harás?

Tú carta la he recibido tan solo hace unos veinte minutos y ya te estoy contestando. ¿Qué te parece?

El clavelito que me diste, aún se mantiene firme y orgulloso. Acabo de escuchar en la radio el disco *Without gale*, <sin ventarrón> y me trajo recuerdos cuando lo oímos en tu casa, ¿se te rompió ese disco?, ¿aún se puede oír?, cuando estemos en tu casa, recuérdamelo y házmelo escuchar, ¿te parece? Por eso me he puesto muy melancólico, <*Sentimental Nonsense*>.

¿Te imaginas si me cortara un brazo por tu venida a verme?, no sé cómo me vería abrazándote, tú parecieses que tampoco lo deseas hacer, ¿qué diría la Marta si nos viera?, ¿me aceptarías, si no vienes, que te fuera a ver el domingo entero? William

§

Santiago, sábado 4 de agosto de 1934
Mi querida Eileen:

Me llegó tu carta y entiendo que, por el cumpleaños de tu abuelita, no podrás venir a Santiago, por el mismo motivo, tampoco iré yo, así están más en familia. Dale mis saludos en su aniversario. Me guardaré los deseos de verte, y conservaré mi brazo hasta el ¿miércoles 15 de agosto?

Por tu carta me doy cuenta de que estás siendo más cariñosa. Supongo que será por todo lo que te he dicho. También estás escribiendo con letras más chicas. Tu enojo, creo que mereció la pena. Pienso que, aunque no sientas todas las palabras que me dices, me hace bien escucharlas o leerlas decir o escribir. ¡Muchas gracias! Ten paciencia conmigo.

La Alicia me escribió una carta y me cuenta que está asustada porque la operan de apendicitis, el lunes próximo. Lo harán en el hospital alemán. Le contesté inmediatamente para tranquilizarla, <si la carta le llega antes, cosa que dudo> o para animarla, <si es que ya la han

operado, lo más probable>. Se supone que estará ocho días, así si puedes, pasa a saludarla. ¡Pobre Reina!

Lo que te dije de la Marta, tienes razón, probablemente haya sido un desatino. En realidad, no sé por qué lo hice.

§

—Será porque estás constantemente pensando en ella.

—No, pero sigo sin comprender por qué.

—Te traicionó tu subconsciente, y estabas sometido a una tensión, real o imaginaria.

—Tampoco.

—¿Para causarme celos?

—Igual si, aunque en forma inconsciente.

—Te traicionó tu subconsciente.

—Pues sí, ¡si quiere saber!

—Déjala tranquila y no pienses más en ella.

—¿La defiendes?

—No, no la defiendo, tan solo deseo que vivas tranquilo y no pienses en ella más.

—Lo intentaré.

—¿Lo harás?

—Lo haré. Veo que estás más pacífica para quejarte de ciertas cosas o para dar recomendaciones, ¿estarás madurando?

—No, no creo que pueda madurar más, ahora creo estar en edad de reflexionar acerca de la madurez. Es mi propio Sentimental Nonsense.

—En estos momentos ha comenzado a llover en toda la capital. Hay un fuerte ventarrón que hiela los huesos cuando se sale a la calle. Tu bufanda la he hecho lavar a una señora que se encarga de la lavandería aquí en el pensionado. Me dijo que para lavar las cosas de lana se debía hacer con mucho cuidado. ¡Y lo hizo bien! Al agua templada le agregó un poco de sal para que no se destiñera, luego de restregarla suavemente, se debe dejar estilar envuelta en un paño blanco, para que no se estire demasiado y ande arrastrando por los suelos. Como ves, estoy enterado de todo cuanto suceda con «mi bufanda». ¡Si quiere saber!

Me dices que tu tío está ahora en Valparaíso, y que se viene en dos días más, intenta pedirle que me traiga el disco «Without gale», con mucho cuidado, yo lo iría a buscar a la estación para hacerme cargo de él e intentar hacerle alguna reparación, <pegamento especial por el otro lado, que está liso>, ¿quieres?

Cuando te dije que tus besos me hacían viajar hasta el séptimo cielo, no es mentira. Lo que ocurre es que—al parecer—mis besos no te permiten ni llegar hasta el segundo cielo. No sé si decir: pobre de mí o pobre de ti. Pobre de mí por no tener la capacidad de hacerte llegar hasta el mismísimo séptimo cielo o pobre de ti, que tan solo conoces hasta el segundo cielo, y te estás perdiendo los que te faltan hasta la cumbre. O, ahora que lo pienso mejor, pobre de ambos por las razones expuestas anteriormente.

§

—Estoy dispuesta a hacerte viajar más allá del séptimo cielo.

—Si es así, te cobraré la palabra. Sé que podrías, pero en eso estamos topando: los instintos reprimidos. ¿Te acuerdas?

—Comprendo a lo que te refieres, pero para este viaje que te propongo, basta un beso, que es el acceso a ese largo viaje.

—¿Cómo se llega?

—A su debido tiempo lo sabrás. Por ahora te daré muchos besos, y si no te gustan, deberás devolvérmelos.

—¿Cómo?

—Dándome tantos a mí como yo te he dado a ti.

—Esta conversación me parece que la hemos tenido tiempo atrás. ¡Cómo me aprendes!

—Ya te dije. Soy madura, me dedico a utilizar lo aprendido.

—Estoy dispuesto, cuando te vea, a pagar toda mi deuda de besos, con los intereses que desees, aunque sean usura.

§

El clavel de William se estaba marchitando en aquel improvisado florero. Sus pétalos iban cayendo sobre la mesa de estudio, a los pies del retrato de Eileen. ¿Por tristeza?, ¿por capricho?, ¿o por simple ley de vida? Al día siguiente, William se apresuró a dejar la carta al correo.

§

Santiago, viernes 10 de agosto de 1934
Mi querida Eileen:

Te estoy escribiendo luego de haber saludado a mi hermano Enrique por su cumpleaños. No sé si él y Alfredo y yo vayamos a Valparaíso mañana, ya que el domingo es el cumpleaños de la mamá. ¿Te imaginas a mi mamá de cumpleaños sin la presencia de: William <su hijo mayor y «futuro» médico>, ¿Alfredo <futuro dentista> y Enrique <campeón chileno de ajedrez y futuro médico>?, se muere. De ser así, lo más seguro, es que te veré luego allá. Gracias por el disco lo he escuchado luego de repararlo. Alfredo me pasó un pegamento que utilizan para pegar los dientes de las dentaduras postizas, es infalible, me dice que el disco se puede romper nuevamente, pero por allí mismo, no. Es como cuando los huesos de las personas se sueldan. La callosidad que se produce entre ellos hace imposible su rotura en el mismo sitio. ¡Basta de clases de anatomía!

Como novedad te contaré—pero los detalles vendrán otro día—que haremos un viaje al sur de Chile, entre el miércoles 12 al lunes 24 de septiembre. El grupo de teatro de la escuela de medicina participará en un: «Viaje de Teatro Itinerante», del cual formo parte. ¿Te imaginas? Resultará muy gratificante. Pero pensándolo mejor, en las vacaciones de fiestas patrias, mejor podría estar en Valparaíso con mi viejita. ¿No te parece? Aún no estoy decidido a ir.

La fotografía nueva tuya que me mandaste está muy buena, acompañarán a tus otras dos que tengo en la cartera. Constantemente la saco para verlas. El otro día, en la estación Mapocho, estaba mirándote, cuando desde una esquina me fijé que me estaban mirando dos andrajosos. Seguro que deseaban robarme la cartera. Me la guardé rápidamente y me acerqué a ellos decidido a pedirles explicaciones por sus impertinentes miradas. En cuanto me vieron acercarme, cada uno se alejó por lados diferentes. ¡Qué se creen!, intentar robarme la cartera con las fotos de mi viejita. ¡Nunca lo permitiría!

Estoy debiéndote una fotografía para «tu cartera», pero en realidad aún no me saco una que sea digna para que la lleves. No me gusta nada ir a retratarme, pero iré a sentarme frente a un fotógrafo, le pondré caritas, ya que se trata de algo para ti. Besos. William

§

Santiago, lunes 13 de agosto de 1934
Mi querida Eileen:

Como te dije por el alambre, no pude escaparme ni un solo minuto el domingo para ir a verte. Te contaré detalles del cumpleaños cuando nos veamos. Lo sentí mucho, más que lo que te pude decir por teléfono, créeme.

Nos veremos el miércoles 15, si no tienes inconveniente. Podremos estar todo el día juntos. Llegaré en el tren Excursionista de la mañana, para regresar a Santiago en el de 8:15.

Si por algún motivo no estuvieras disponible, por algún compromiso <solo familiar>, avísame en un telegrama y así no haría el viaje de balde. Si no recibiera telegrama alguno, sería señal que estarás en Valparaíso en la casa de tu abuelita. Allí, entonces, podremos regar las plantas juntos como siempre lo hacíamos, ¿te acuerdas?, y luego tomar once para terminar la velada con una serenata al piano interpretada por mi viejita, ¿Te parece bien? Cariños y besos. Te escribo desde el correo. William

§

Santiago, martes 14 de agosto de 1934

Eileen:

—El martes 28 de este mes nos han colocado un examen, y este voy a tratar de darlo. Comprenderás que, faltando tan poco tiempo, no sería prudente que fuera a verte.

—Tú mismo sabrás lo que debes hacer.

—Si voy, pierdo como cinco días.

—¿Pierdo?

—No, ocuparía cinco días: uno en tren y los demás recordando tus palabras y el viaje que significa bajar del séptimo cielo. ¿Lo comprenderás? Esto me echa a perder la voluntad que tengo hoy. Intentaré no salir del pensionado, reivindicaré así la imagen ante los caballeros. Tendrás que perdonarme

—No tengo nada que perdonar. Solo te digo que tú sabrás lo que debes hacer. Creo que las cosas que haces debieras hacerla por ti mismo, no para los demás. Es todo.

—Como siempre tienes razón.

—¿Qué hay del libro que me comentaste que te habían regalado por tu santo?, Nunca me lo has prestado ni siquiera me lo has comentado. ¿De qué va?

—No te lo he prestado ni tan siquiera comentado porque va de un tema que pudiera ofender a tus oídos. Dos jóvenes se conocen en un Pub de Londres. Él algo bebido y ella está con dos amigas celebrando el cumpleaños de una de ellas. El protagonista las invita a su casa para continuar la celebración allí. Abren botellas, preparan algo para comer, asisten dos amigos de él y terminan bailando. El joven está flechado por la belleza de aquella niña, una chiquilla proveniente de Italia: Valentina. Pasan los días y comienzan a besarse, a besarse, y a besarse. Un buen día, Valentina celebró su cumpleaños en la casa de su abuelita donde se reunió el mismo grupo. Al irse todos, Él quedó solo sentado en una silla junto a la mesa del comedor, ella se le acercó sentándose en sus rodillas. El deseo de abrazarla, besarla y amarla sobre la alfombra no pudo ser, por el respeto y la etiqueta que debía guardar en esa casa a la que iba por primera vez donde una anciana dormía plácidamente en el segundo piso. La relación entre ambos—por ese motivo se enfrió—y Valentina comenzó a salir con otros chiquillos, uno, luego otro, luego otro, nunca encontraba lo que buscaba. Él—por su lado—continuaba amándola secretamente. En silencio y sufriendo mucho en su corazón. Los años se sucedieron velozmente. Él se trasladó a vivir a Italia, para olvidar o bien para buscar en ese país otro amor como el que perdió en Londres: otra Valentina. Se casó sin hallarla. Llega el año 20 desde que no se ven, cuando él regresa a Londres, para ver la presentación de un libro de un amigo en común. Allí se vuelven a ver. Ella continuaba siendo muy hermosa—más que antes—la misma sonrisa cautivadora, la misma mirada apasionada y él, más envejecido por la vida vivida lejos de su Valentina, por la vida buscando a su Valentina. Ella, al verlo le dijo que estaba igual, que era el mismo. Él la continuaba amando, pero no sabía si ella en realidad lo había amado antes, o lo continuaba amando en ese nuevo encuentro. Siempre había sido una niña callada. La sorpresa grande fue el saber que tenían en común el gusto por la literatura. Luego de la presentación de aquel libro de poesías, se les acercó una vividora, bebedora y sabia mujer solterona amiga de Valentina. Al verlos juntos mirándose y conversando como en secreto, esta mujer que sabía que Valentina estaba separada, los invitó a su casa de campo a pasar ese fin de semana juntos. Un fin de semana de amor y entrega mutua. No pudo ser. El muchacho debía regresar a sus responsabilidades a Italia y la etiqueta le impedía hacer lo que su corazón y su cuerpo deseaban, pero Valentina ni siquiera dijo nada, solo enrojeció y le brillaron sus ojos, pero guardó silencio. Él continúa en Italia buscando en silencio a Valentina, pero sabe perfectamente que no la hallará.

—Curioso libro, pero me gustaría leerlo.

—Te lo prestaré, pero bajo tú responsabilidad. ¿De acuerdo? Me gustaría un comentario femenino, tuyo. Sé buena. William

§

Santiago, sábado 18 de agosto de 1934

Viejita querida:

¿Por qué no me escribes? Supongo que no estarás enojada conmigo porque no estuve a verte el miércoles. Sé razonable y entiende el sacrificio que es para mí quedarme en Santiago, sabiendo que mis pensamientos siempre están allá, donde tú estés, ¿no entiendes eso? Es la primera vez que estoy estudiando fuerte, créeme. No hay otra cosa ni Marta ni nadie.

¿Me harías un favor? Se va a publicar un nuevo método para tocar el *Ukelele*, y se precisa la traducción de un prólogo y las características de este en inglés, habría que traducirlo. ¿Podrías traducirlo?, para ti será cosa de un momento, tu inglés es más fluido que el mío, estoy seguro. ¿Quieres? El problema radica en que es ««ara ayer», lo necesitan ahora mismo, el miércoles estaría en la imprenta. Si tienes algún inconveniente: ánimo de hacerlo, oportunidad, interés, me lo haces saber y me lo devuelves por correo lo antes posible para arreglármelas yo aquí de alguna manera y robarle tiempo al sueño. Discúlpame viejita linda que te moleste con esto, y con confianza devuélvemelo si no deseas hacerlo.

Escríbeme, sé buena. Te añoro. Besos. William

§

Santiago, miércoles 22 de agosto de 1934

Querida Eileen:

Recibí la traducción que te encargué. Un montón de gracias. Sabía que lo harías bien. Nadie mejor que tú para eso. Sabes llevar cualquier texto, por muy técnico que sea, narrativa, y lo que es más difícil, la poesía, que es como crear otra, de inglés al castellano y viceversa. ¡Eres la viejita que más sabe en este mundo! ¿De quién es la viejita que más sabe en este mundo?

—Son solo adulaciones de agradecimiento.

—No lo son.

—Sí, tú también puedes hacer lo mismo, y en francés, incluso.

—Tú también sabes francés.

—Pero no tan bien como tú.

—Yo me limito a traducir las canciones y películas de Chevalier.

—Pero ¡vaya como lo haces!, escuchas una canción en el biógrafo, y llegas a casa, la recuerdas, la escribes en francés y luego la traduces, ¡qué memoria!

—¿De elefante?

—Más que eso diría yo. Una memoria privilegiada.

—Por eso siempre me acuerdo de mi viejita, y ella no se acuerda nunca de mí, salvo—claro—cuando la hago leer mis latosas cartas.

—¿Cuál es el motivo que tienes para decir eso?

—Que me has escrito una carta muy corta.

—Ha sido una carta corta, debido a que ha ido acompañada de una traducción larga.

—¿Te ha parecido muy larga la traducción?

—Dejémoslo hasta aquí y anda a estudiar, que es lo que tienes que hacer ahora.

—Te agradezco tus buenos deseos de que estudie. Al respecto debo hacerte una confesión: la mitad de mí quiere salir bien <mi mitad razonable>, y la otra quiere salir mal para terminar de una vez por todas estas continuas separaciones nuestras, ¿por qué no habría una escuela de medicina en Valparaíso?, esta otra mitad es la mitad donde está el corazón.

—Más parece una división de: mitad racional y mitad irracional del entero razonable o cerebral.

—¿Y la mitad del corazón?

—No diría que es una mitad, sino, un todo que constantemente influye sobre tu raciocinio y no te deja actuar conforme a lo que te conviene. Como vez, tú también tienes un conflicto con tus principios. Porque es cosa de principios. Un hijo, el mayor, de un gran médico de Chile, como médico, tendría las mejores opciones para triunfar. Ya que tiene inteligencia, buena memoria, buen ejemplo profesional a seguir y poder, incluso—si cabe—superar. Con un hermano médico <Enrique>... ¡Tendrías que ser médico!

—¿Y los deseos del corazón?

—Esos deseos te acompañarán toda tu vida.

—La razón y el corazón están en eterna lucha.

—Como se define el ajedrez: «la eterna lucha entre las negras y las blancas».

—Parece una definición racista.

—Nada de eso.

—También—entonces—se podría comparar a la lucha entre el bien y el mal. Entre Dios y el diablo.

—Tú eres un poco diablo, mi querido William.

—Si lo de diablo proviene de las cosas irracionales que desea mi corazón: estar siempre contigo, me gusta ser diablo.

—Es que lo de diablo tiene relación con las cosas malas.

—Querer estar siempre contigo, no creo que sea una cosa mala.

—No lo es, pero dejar de lado las cosas que se deben hacer—razonablemente—sí que lo es.

—Entiendo mi viejita. Las cosas malas son por acción u omisión.

—Exactamente.

—No te he dicho que pareces una abogada.

—Sí que me lo has dicho. Pero como vez, todos tus argumentos en cartas anteriores, donde me has pedido una entrega mayor, se te han vuelto hacia ti mismo.

—¿Un bumerán?

—Un bumerán, bumerang o un tiro por la culata, como prefieras.

—¿Es malo, entonces pedir a una mujer que se entregue?

—No, además ya me he entregado a ti.

—¡Qué me dices!

—Así es mi querido William. Me he entregado en alma.

—Y la entrega corporal viejita.

—Se le pide a la mujer.

—¿Y no eres mujer acaso?

—Sí, pero no «tú mujer», tu esposa.

—Entonces casémonos.

—En eso estamos William.

—¿Cómo?

—Que estudies para llegar—cuando sea razonable—al matrimonio.

—Eileen, te digo con toda sinceridad que me consideraría más feliz estando, aunque fuera de barredor de calles, en Valparaíso, con tal de tener el sector donde esta mi viejita, en la calle Uruguay. Creerás que son tonterías mías. Es mi modo de pensar, pero no se lo cuentes a nadie. Los otros no me entenderían y me juzgarían como loco, o tonto, o las dos cosas juntas.

—No podrás negar, como mínimo, que te dejas influenciar por el corazón, y es lo que manda en tu vida, y debiera haber cierto equilibrio, cierta balanza.

—De la forma como lo planteas, la vida sería una línea recta. Y todo está, en la vida, en movimiento. Se nace, se vive, se muere, pero con vaivenes, con altos y bajos.

—No te niego que sea así. A veces domina uno, a veces el otro.

—Viejita, quedo esperando tu carta que tendrá que ser enormemente larga, y como nunca de rápida. Por favor. William

§

Santiago, sábado 25 de agosto de 1934

Mi querida Eileen:

Termino de leer tu carta y quedo con la impresión que estás siendo diplomática. Aunque hablas mucho, no me cuentas nada medular, importante. Qué raro, a veces tenemos conversaciones bastante profundas y en otras, nuestros diálogos parecen ser formalismos. Te quiero amable, cariñosa, pero no «extramosa», <extraña + amorosa>. Esas cartas tan equilibradas o «raciocinadas», son como para «casi», no darles valor.

Quedé con las ganas de saber algo más de tu viaje a Villa Alemana y alrededores, ya que apenas lo mencionas. Deseo saber, dame detalles, mira que me pongo a sacar conclusiones y comienzan mis dolores de cabeza. Dime cosas de tus paseos, de tus pensamientos, de tus visitas, de todo lo tuyo. Estoy seguro, podrás contarme cosas muy interesantes.

Eres muy reservada para ciertos asuntos, a lo menos conmigo, debo utilizar un tirabuzón para sacarte palabras. Me dices que me echas mucho de menos, que vas tres veces al día a correos para ver si hay cartas mías, me conforma, pero, aunque me gustan tus cartas, encuentro que debes rodearlas de mística, de amor, de pacto de «Mizpah». ¿Dónde estará?, ¿cómo estará?, ¿estará echando de menos a su dueña como yo?, ¿más que yo?, ¿menos que yo? No te enojes querida Eileen, te digo todo esto con la mejor de las intenciones y con total confianza, porque sé que eres buena conmigo e intentarás complacerme. ¿No es verdad? No te enoje, te repito, Pero háblame más de ti.

¿Por qué no vienes a Santiago el sábado 1° de septiembre? Me regalaron un timbre de goma y yo le hice agregar la palabra «Mizpah», que es muy significativa para nosotros. Es dueña de muchas cosas poderosas e importantes. Sería muy feliz que pudieras recuperar aquel anillo de Mizpah y lo usaras para siempre jamás. William

§

Santiago, sábado 25 de agosto de 1934
Querida Eileen:

Hace un par de horas te mandé una carta un poco tonta. No le hagas caso, ni la tomes en serio, *Sentimental Nonsense*.

Tengo tantas ganas de verte, ¿sería posible una arrancadita a Santiago? Aquí está todo latoso y muerto. Gente que camina para un lado y para el otro. Palomas que bajan a comer migajas en la plaza de Armas. Niños que revolotean detrás de un perrito, otros que se sacan una fotografía, pero todos, todos, estando sin ánimos siquiera de vislumbrar un horizonte en sus vidas. Al menos eso es lo que a mí me parece captar. La capital cobra vida y forma exclusivamente cuando tú la visitas. Y ya se me está olvidando tu cara, tu sonrisa, tu voz. No estoy contento con nada y temo ponerme cascarrabias y golpearme con el primero que pille. Te echo la culpa a ti por no querer venir. Siempre tienes a unos tíos <Tito y Winnie>, que están aquí y allá, combina con ellos—o si prefieres—tengo a mis tías, que, seguramente, no tendrán ningún inconveniente para alojarte. Tu mamá, por otro lado, siempre viene a Santiago a visitar a Mr. Brown, ¿en qué topas? Tus fotografías son más fieles que tú, ellas nunca me abandonan. Esta carta te la estoy escribiendo sentado en un banco de la plaza, frente a correos, mirando tu fotografía y ahora mismo envidiando a una pareja de enamorados que se acaba de sentar a mi izquierda. Cuando dejo de escribir, miro a tus fotografías de mi cartera y les hablo en silencio. ¡Si supieras las cosas que le digo! <privadas>.

Si tú pudieras venir a vivir a Santiago, no me quedaría solo los fines de semana. ¡Cómo envidio al ver a las parejas de enamorados por la calle! <Y los que están a mi lado, que, entre beso y beso, pegan disimuladas miraditas, saben que estoy escribiendo a mi viejita y que ella es mi amor>. Las parejas aquí pueden salir juntas, ir al biógrafo. Los mismos muchachos del pensionado, se levantan temprano los domingos, se afeitan y salen con sus chiquillas, en cambio yo, por querer demasiado a una, no puedo <ni quiero, ni trato>, de salir con otra.

§

—¿Demasiado mi querido William?

—Quise decir mucho.

—¿Otra, incluye a Marta?

—Otra, excluye a todas, precisamente por incluirlas. Tú me acompañas siempre. Es inútil tratar de recordarte menos. Este es el motivo por el cual me permití hacerte esos comentarios de tus cartas. Desearía que tú entera estuvieras dentro de ellas. No sé cómo explicarlo. Cuando no pienso así, me parece que tú ya no me quieres y me entra un pánico de muerte y un fuerte dolor de cabeza con una rigidez de mi cuello. Así, cuando recibo una carta tuya—la leo entre líneas—me fijo en los borrones, en el olor de la carta, sabiendo así el perfume que estarías usando. Sería un perfume para salir a la calle a encontrarse con algún muchacho, todo lo pienso así, ¿te imaginas lo que es eso? No creas que me estoy volviendo loco, estoy tan loco como antes.

—Si no te conociera, diría que estas con tu mente confusa, pero como te conozco, me atrevo a decirte—con la misma confianza tuya— que es una terrible inseguridad en ti mismo, producida por una gran autoridad paterna desde tu infancia.

—¿Freud?

—Pues Freud. Algo que salta a la vista, pero que se soluciona muy fácilmente.

—¿Cómo?

—Quedándote tranquilo y haciéndome caso a mí.

—Me imagino que esta es una enfermedad grave, y que en mí cada día aumenta su gravedad. Estas dudas, este temor vago, indefinible, en varias oportunidades te lo he dado a conocer. Llegas tú y me das un beso, y adiós preocupaciones. Pero ahora que me encuentro tan distante y aislado de mi viejita, es terrible tener que soportarlo solo. Si en estos instantes en que estoy escribiendo, pudiera dejar al lado la pluma, mirar hacia mi derecha, verte ahí y poder abrazarte, ¡Qué feliz sería! Perdóname viejita que te diga estas cosas, que tú consideras raras o «Sentimental Nonsense». Siento un gran alivio cada vez que te escribo, una especie de desahogo. Cruzaré la calle inmediatamente y pondré la carta al buzón, y así puedas recibirla mañana, junto a la anterior que hubiera deseado no haber escrito. ¡Destrúyela!

Recibe junto con esta, todo mi cariño y miles y miles de besos. William

§

Santiago, martes 28 de agosto de 1934
Mi viejita querida:

Te agradezco mucho tus lindas cartas <me llegaron las dos, estamos empatados>. Sé que te podrás imaginar lo feliz que me han hecho. Leo—no entre líneas—sino linealmente, que tienes un potencial mucho mayor del que yo creía: ternura, comprensión, feminidad. Y lo más importante, es saber que tú también—a veces—deseas quedarte en casa y no salir. Que también sientes cierta envidia por tus amigos cuando salen con sus parejas. Mis deseos serian convertirme en tu sombra y estar siempre a tu lado <aunque no haya ni sol ni luz, la luz la proporcionas tú con tu mirada>. Impedir que alguien «no deseado» o «elementos disolventes», se acerquen a ti. «Sacarte de circulación»» para entendernos. Temo que llegue el día en que ese «aburrimiento tuyo», se transforme en algo terrible para mí. No veo parejas en la calle, ni escenas de Romeo y Julieta en el cine que puedan superar al amor envolvente que tú eres capaz de irradiar, con tan solo un beso. ¡No necesitas más!

—William, nunca te he hablado de esto. Pero, en casa, con mi mamá, hago las veces de mamá de ella. Su pololo, Mr. Brown, la pretende más en serio, y yo, de alguna forma, le pongo ciertos escollos, como ella a mí con lo nuestro. Nos cuidamos mutuamente y nos entendemos perfectamente. Ella es una mujer aún de buen ver, y necesita, como yo, de alguien que la ame, alguien con quien compartir sus secretos, un compañero. Ese es también un gran motivo, que muchas veces me ha impedido ir a Santiago, por hacer un papel de mamá.

—¿Te gustaría ser mamá realmente?

—Cuando me case, es mi principal sueño. Mi realización como mujer amada y amante.

—Supongo que eso llevaría a tu casa una especie de normalización que permitiría al mismo tiempo la transformación en un verdadero hogar. Muchos pensamientos me acompañan y desearían viajar junto a esta carta, pero no puede ser por prudencia o discreción: <la razón sobre el corazón>. Los dejaré en el tintero. Pero una cosa sí deseo decirte. No creas Eileen que de tus contrariedades o contratiempos en tu casa no me preocupo. Es más, los hago míos, pero como no soy Mauricio Chevrolata, me detengo: <la razón sobre el corazón. Nuevamente>. Tus asuntos me interesan más que los míos propios. No te hablo porque no me he sentido autorizado para ello. Me alegra íntimamente lo que me anuncias, porque eso sería para ti una especie de triunfo, el mismo triunfo que le deseo a tu mamá, cuando nosotros dos nos casemos. ¿Es cierto que con eso volverías a vivir con tu abuelita?

—Sí, ya que no sería prudente—a mi edad—tener un padrastro. Soy una muchacha de 19 años y sería preferible y recomendable hacerlo. Estaríamos mejor así.

—Y yo te tendría de vuelta al cerro Alegre. Las fiestas en el cerro.

—Pero también traería dificultades con los comentarios en tu casa.

—No te preocupes, como yo lo hago, de lo que digan en mi casa. En el fondo te puedo asegurar que te quieren, aunque no me lo hayan dicho. En fin, no hablemos de detalles, que no influyen en mí. Si tú no me dejas Eileen, podemos salir «avanti». Debemos de tener un poquito más de paciencia.

Iré a saludar a tu tío, dejarle tu encargo y darle las noticias del compromiso de tu mamá.

—¿Cómo estás para enfrentar tu examen?

—Todavía no tengo ni esperanza de darlo. A propósito de eso. Quiero exponerte mi situación y espero que me contestes con total sinceridad, la que necesito de ti. Ya en otra oportunidad te he dicho, y te había dado a entender, que los estudios que estoy cursando no me «emocionan» y te pregunté si querías que en mí se fabricara a un médico.

—Si que me acuerdo, y te contesté que no me importaba que oficio tuvieras. Que mi cariño hacia ti no cambiaría.

—Exactamente, y deseo formularte la misma pregunta otra vez, pero esta vez respóndemela con calma, pensando un poquito la respuesta, que para mí será crucial. Pienso seriamente en dedicarme a cualquier otra cosa para labrarme un futuro rápidamente y entonces. ¿Me entiendes? Si continúo en medicina sospecho que siempre tendré que estar alejado de ti. ¡Ninguna profesión vale lo que tú!

Por favor dime algo y ayúdame a resolver este crucial punto en mi vida < ¿*nuestras vidas*?>. Uno de mis defectos, es tener demasiada confianza en mis propias fuerzas, pero tratándose de estar a tu vera. Podría hacer milagros de eficiencia. ¡No se me quita lo optimista! Besos. William

§

Santiago, sábado 1º de septiembre de 1934

Viejita:

Nada hay para responder a tu carta. Solo le falta adherirle una etiqueta con «Incompleta». En realidad, no me ayudas a pensar en esto. Te preguntaba, ya que me parece, debe ser un problema de ambos a resolver. ¿Nuestras vidas?, me interrogué, Parece que se trata solo de un asunto personal mío. Deseo insistir, necesito noticia tuya. Por favor, escríbeme.

§

Las situaciones se fueron sucediendo de una manera muy natural, casi por inercia. El destino parecía sucumbir a los sueños de ambos. Pero nada se aclaraba de manera rápida, tan solo se vislumbraba un horizonte de claridad. William había pasado su cumpleaños número 23 sin mayores celebraciones. La lluvia copiosa, el constante pensamiento en su futuro, la duda, la indecisión, todo, le era a su modo de pensar, adverso. Y dejos tenía, de ser así. La presentación teatral que hicieron en el sur de Chile había resultado de un éxito no presupuestado. William obtuvo un premio como el mejor actor. Votado por un jurado y el público. El futuro, de esta forma parecía mostrarle un camino claro a seguir. Ya lo decía Eileen, «William era un gran comediante». La suerte parecía estar echada, pero...

§

Santiago, martes 2 de octubre de 1934

Mi querida viejita:

De la estación fui directamente a saludar a tu tío, y dejarle este otro paquete que le enviaste. Agradeció mucho los cigarrillos. Le conté, a grandes rasgos los motivos de la celebración: «el noviazgo formal entre Mr Brown y tu mamá». Se mostró extrañado de no haber sido avisado para estar presente. Le hice ver que fue algo muy íntimo, pero que además como él había anunciado visita y como si esto fuera poco, contaban con que siempre él viajaba los fines de semana a quedarse en casa de tu abuelita, lamentablemente este fin de semana no lo hizo. Le conté también que cada vez que sonaba la campanilla de la puerta, Candy salía corriendo y ladrando y que tú hacías otro tanto diciendo: «es el tío Tito». Me dijo—finalmente—que se alegraba mucho con la noticia de la boda. Debí venirme debido a la lluvia y quedé en regresar mañana a las 7 p.m., para continuar la charla.

Encontré mi pieza hecha un gran desorden. No he tenido ánimo para arreglar nada, esta noche dormiré en cualquier forma. Estaba muy triste, más que otras veces, con un viaje muy agotador, la nostalgia, el día lluvioso, el haber dejado solita a mi viejita regalona por allá. ¡No sé cómo es que no me disparo un tiro!

No comprenderías los deseos que tengo de verte, y apenas te dejé esta mañana. Por unos momentos dudé en quedarme en el tren y casi me bajo para esperar el expreso. ¿Cómo se puede vivir sin ti? Pensando en eso, me dormí, y ni supe cuando estuve en Santiago. Muchos más besos que ayer, pero menos que mañana. William

§

Santiago, jueves 4 de octubre de 1934
Eileen querida:

En estos precisos momentos he recibido tu carta. Procuraré una respuesta lo mejor que pueda. Veamos. Nunca te he dicho que te «mando» que me contestes, lo que hago es pedirte que lo hagas, te lo "pido", en la desesperación de venirme lejos de ti. ¿No te parece bastante distinto?

Cada sonido de las ruedas del tren en su avanzar hacia Santiago, iba sintiendo un compás de tristeza acompañando a los diástoles y sístoles de mi atormentado corazón. Mis pensamientos estaban en la calle Uruguay número 708. Así, cerca de la estación Mapocho, *my other self* <mi otro yo>, se juntó con el viajero, y chocaron mutuamente, los típicos encontrones. Son las dualidades controvertidas del quehacer humano que interactúan entre el yo, el alter, el ego el superyó, y el ¡qué se yo!

Muchas veces he pensado—viejita mía—que soy bastante injusto, por lo bien que tú me tratas cuando te cuento mis recuerdos, y ni siquiera te molestan, pareces una sicóloga.

¿Por qué no intentas venir a Santiago antes del jueves 11?, acuérdate que un día entero será invertido con las milicias.

No deseo que me nombres a Marta, o Martas. Parece que desearas llenar páginas en tu carta, hasta la tercera página. ¿Es cierta mi apreciación?, tontita, <utilizo el diminutivo para que no te enojes>, lo cierto es que te quiero solo a ti y cada día más. Diciendo estas cosas, me analizo, y llego a desconocerme a mí mismo. ¿Será verdad lo que digo, mi realidad, yo mismo? Nunca me consideré capaz de decir cosas tan delicadas, tan hermosas, tan sentidas, tan cariñosas, tan muy, muy, pero que muy...no sé qué, ¡tú me entiendes! —sino ahora—lo harás con el tiempo, cuando estemos juntos viviendo, y seamos la envidia de todas nuestras amistades. Lo nuestro es perfecto.

Los besos que me das son buenos, pero estoy seguro de que tienes besos mejores que entregar. ¡No me muerdas el labio ¡Uh!, me duele. ¡Te quiero!, ¡qué rico!, aunque me pintes con tu lápiz labial, tus besos me enloquecen, queman, arden, los amo. Hasta bien pronto. William

§

Santiago, viernes 5 de octubre de 1934
Viejita querida:

Tu carta en mi poder. ¡Qué felicidad!, una semana que se va y la otra ya comenzará, y te traerá a ti. Necesito que me indiques el horario del tren en que llegas para irte a buscar.

Me comentas de aquel incendio de Valparaíso, fue terrible, he leído los pormenores en la prensa. Creo que no se debía sospechar de aquel buen español. Este antiguo comerciante gallego, llegó a nuestras costas sin dinero y con su propio esfuerzo logró uno de los almacenes más prósperos de la ciudad. Se relacionó siempre con las autoridades y personalidades locales. Nada de eso dice el periódico, tampoco dice que ha aportado con su dinero para diversas actividades benéficas. Nada se habla que es el verdadero fundador del centro español, y los méritos se los ha llevado otro. Es el que ha organizado las mejores comidas del *Siervo en EL Plateado*, nada, de nada. Solo lo culpan de haber sido el responsable del incendio, porque tenía grandes sumas comprometidas en el seguro. Piensan que—con el dinero fresco—se volvería a su Galicia natal. El tiempo le dará la razón. Tendrán que demostrar su culpabilidad, no podrán detenerle.

De tus amigas, la *Iris* me parece una de las mejores. Creo que es injusta la *Picha* al sentir aquella antipatía. Con el tiempo se dará cuenta de su error. Será más tolerable. Iris me parece una niña buena, un tanto pueril, pero nada más. Es inteligente y entusiasta cada vez que se le pide algún favor para algo. Su cualidad de inteligencia me parece, es lo que no soporta la Picha. Esa cualidad entre las mujeres es bastante escasa y por lo tanto desconocida y por lo desconocida no aceptada.

—¿Cómo que es escasa la inteligencia entre las mujeres?

—Lo es, aunque te parezca extraño, pero no en tu caso, a ti te sobra.

—No te discutiré ese punto

—¿Y cómo sabes que ella es entusiasta y cooperadora?

—Porque me está ayudando a preparar una comedia, con un cariz bochinchero que le viene de película.

Viejita, *please*, haz el viaje lo antes que puedas. Sé buena conmigo, te necesito como el día a la noche, como el sol a la luna, como... Ven, deseo verte con los oídos, escucharte con mis labios y saborearte con mis ojos.

Aquí te incluyo un gran abrazo con un beso de muchos minutos, hasta que aguantes la respiración. William

§

Santiago, lunes 8 de octubre de 1934

Estuve almorzando ayer domingo con mi prima Toya. Me comentó, que tenemos una prima en Curicó, que es reina de la primavera allá.

Harán una gran fiesta a la que la Toya está invitada. Estamos todos muy orgullosos de pertenecer a la «Real Familia». Le hablé de ti y le comenté que vendrías a Santiago, se contentó mucho y nos dejó invitados a Curicó el domingo 28 para un picnic y asistir a la coronación y también a un paseo que hará el próximo viernes 12. Si puedes venir y traer tu traje de baño.

Si tu amiga Amor, opina que Iris no es ninguna niña muy agradable. Conversaré con ella para que enmiende alguna de sus conductas para mejorar su imagen que de ella tienen las chiquillas. Pero como contrapartida, dile a la Amor que Iris piensa que la *Green-lady eyes,* <dama de los ojos verdes> es muy dije.

Mi viejita con anteojos. Si no llegas aquí el viernes, te fusilo al verte. Intenta tener una estada más prolongada. Dime a qué hora llegas. Besos. William

§

Santiago, miércoles 10 de octubre de 1934
Mi querida Eileen:

Preferiría no recibir una carta tuya cuando tengas visitas, por dos motivos: las cartas son cortas y por obligación <problema para mí> y las visitas merecen toda tu atención <problema para las visitas>. Cuando estés con tu amiga Picha, dedícale el tiempo justo y despáchala <retribúyele sus saludos>.

Esta carta casi se hace innecesaria, ¡si quiere saber!, ya que vienes mañana <conforme a lo presupuestado>.

Si me dices que vendrás el viernes y que en tu maleta no cabe ni el pijama, se debe a una de las dos cosas <o a ambas>, que la maleta es muy chica o el pijama es muy grande. Podrías—si quisieras—dormir en traje de baño, claro que se hace mucho más difícil bañarse en camisa de dormir. Decide, me inclinaría que trajeras el traje de baño.

—¿No será William que tienes muy pensado ir a ver la coronación de tu prima a Curicó?

—¿Por qué me dices eso?

—Por tu entusiasmo en contarme de la *real familia*.

—No, yo no iré si tú no vas, quienes irán serán mis hermanos Carlos, Alfredo y Enrique. Yo nunca he tenido el interés de ir allá sin ti. Si viajo, es exclusivamente para verte a ti.

Iré a colocar esta al correo. ¿Vendrás el viernes 12? No me he afeitado. Sin besos. Hasta pronto. William

§

¡El día llegó! Viernes 12, y con él, Eileen. Venía más radiante que nunca. Con su maletín de cuero con cierre en su parte superior. Lo pasaron estupendamente bien. Se pusieron al día en todas las problemáticas que no sabían nadar. El tiempo se escapó de entre las manos. Como llegó, se fue. Eileen se quedó en casa de sus tíos hasta el sábado. El tío Tito estaba con serios problemas dentales, candidato a ponerse dentadura postiza. El viernes el paseo se hizo a Macul. Les tocó un día caluroso y se bañaron en el río. Nada hacía sospechar que el día terminaría con un temporal tropical: con lluvia y truenos.

§

Santiago, martes 16 de octubre de 1934
Querida viejita mía:

Hablé por teléfono con el tío Tito, y me comentó que ya tiene la boca limpia, en espera de una placa para poder comer. Tu maletín lo llevé para que le arreglaran el cierre y quedaron de tenérmelo esta semana, no te preocupes lo estoy cuidando mucho. Lo llevé debajo de mi abrigo a arreglar, para que no se fuera a mojar, ya que estaba lloviendo.

El otro día cuando fui a tomar once al *Instituto Británico*, vi a la Marta con dos amigas en una mesa contigua. Nos saludamos, y entre ellas comenzaron a reírse mucho.

Tu carta—como ves—la estoy contestando enseguida. Desearía tenerte cerca para comerte a besos. Me animo así a decirte muchas cosas, pero por prudencia me detengo. Los *Sentimental Nonsense,* son así. Igual cuando te llegue esta carta a tu poder, la encuentres sin mucho sentido, ¿quién sabe? Es la diferencia entre la comunicación por carta y la personal. Cuando te enfrentas a un interlocutor—cara a cara— puedes observar la forma cómo capta tu mensaje, si le interesa o no. Es el *body language,* <lenguaje del cuerpo>, ¡si quiere saber!

Me cuentas que te han invitado a un paseo. Cada vez que te invitan tus amigas a los paseos, aunque lo pases bien, es preferible que tengas cuidado. Todas tus amigas, ganan cuando tú estás con ellas, pero tú pierdes cuando lo haces. También existe la posibilidad que ellas te contagien sus malos ejemplos. Yo no quiero eso. No me hagas caso, si te seducen esos paseos, anda, pero con cuidado y no te olvides ni un momento de mí.

Discúlpame si mis consejos te molestan, lo hago para impedir que haya algo que pueda interferir en nuestra relación. Sería capaz de escribir un torrente de cosas, pero en el mismo instante en que mi pluma se posa sobre el papel, desaparece toda luz de mi imaginación. Son verdaderos pajarillos asustados desbandados y que hay que esperar para que se vuelvan a posar sobre la ramita de la imaginación, que es tan grande a fuerza de ser pequeña o tan pequeña a fuerza de ser tan grande.

Eileen, te quiero mucho. Siempre te digo lo mismo, pero con perspectiva nueva. Besos. William

§

Santiago, jueves 18 de octubre de 1934
Eileen querida:

¡Qué alegría que te cambies de casa! Estarás feliz en casa de tu abuelita. Me dejas el corazón extremadamente renovado. Has tenido que romper muchos papeles, cartas y recuerdos de mucho tiempo. ¿Habrás tirados mis cartas?

—De ninguna manera, cuando vengas te las mostraré. Ellas están en un cofre muy bien guardadas, mis figuritas de porcelana, los Bonzos y el lugar donde guardaba mi anillo de Mizpah, que espero que muy luego se juntará conmigo, pero no me digas nada.

—No te lo diré. ¿Y tu paseo?

—No iré.

—Más me alegro entonces. Y mejor que no te juntes con ese grupo de chiquillas.

—Irán solas.

—Mucho peor, quién sabe quiénes se le acercarán en el camino. Muy madura al haber desistido del paseo.

—Ven a Santiago el domingo 28, creo que haremos un picnic hasta Curicó, ahí te podrás desquitar.

—Bueno, iré si puedo el domingo 28, para ir a aquel picnic.

—Cuando lo hagas, no te preocupes de nada, serás mi invitada de honor. Y tendrás que obedecerme en todo. Besos y abrazos. William

§

Santiago, jueves 18 de octubre de 1934

Mi querida Eileen:

<Repito carta, son dos para la contabilidad>. Tal como te lo había adelantado el lunes 8, el domingo 28 se hará el picnic a Curicó, que organizan varias amigas, entre las que se encuentran mis primas, para cerrar la fiesta con la coronación de la reina de la primavera de Curicó. Se eligió ese día para eludir las fiestas de la primavera de Santiago. Carromatos, comparsas, bullicio, disfraces. Allá, además de ser más sencillas, tenemos una reina en la familia.

Me encargaré de conseguirte alcachofa, ya que tanto te gustan acompañadas de limón, aceite y sal. Procura plantearle el tema a tu mamá lo más inteligentemente posible, para lograr que te dé permiso para venir. Elige el momento más oportuno del día, cuando esté de mejor humor. Si pudieras venirte el sábado 27 a casa de tu tío Tito, <lo llamé ayer, está recién aprendiendo a masticar con la placa>, estaríamos más tiempo juntos. ¿Crees que te dejarán? Sería el hombre más feliz del mundo de verte llegar. Tendremos que ir en una góndola hasta Curicó, y pararemos en «El Bosque Santiago», cerca de Curicó, un lugar lleno de vegetación, agua y lugares para pasear caminando, luego la coronación y de allí a Santiago. Ya en la capital, te irías a Valparaíso en el tren *El Excursionista* de la noche, pero no sola, conmigo, te iría a dejar. Aunque en mi casa ignoran que voy, se alegrarían mucho de verme por la sorpresa.

Respóndeme a la vuelta de esta, así incluiría o no tu nombre a la lista, y tampoco incluiría el mío, por supuesto. Intenta lograr el permiso. Besos. William

§

Santiago, viernes 19 de octubre de 1934
Viejita:

El cartero vino más temprano que nunca, pero no trajo ninguna carta tuya, <*me debes una*>. ¡Qué floja para escribir te estás poniendo!

En el descampado vecino, <el que está detrás del sauce llorón>, se va a instalar un circo. Se están montando para debutar mañana: carpas, carretas, caballos, monos, banderitas y de un cuanto hay. Es la sensación del barrio y está lleno de palomillas curioseando por derredor, intentando adivinar cuál será el *toni* o payaso, si lo prefieres, entre los que están trabajando. Es el «Gran Circo Australiano».

Uno de los curitas ha comprado una radio *General Electric*. Capaz de captar onda larga y onda corta sin antena. ¡Hasta donde ha llegado y llegará la inventiva del hombre! Tiene una claridad y nitidez envidiable. ¿Qué nos deparará el futuro?

Mañana tendremos una comida de milicianos aquí en el pensionado, y hemos pensado traer a la banda del circo para amenizar la velada.

¿Qué hay de tu viaje? Cada veinticuatro horas sin saber de ti, me pongo enojado y no me soporto. Escribe, aunque sean tan solo cuatro letras. Haré una cosa: si la carta es breve, la leeré varias veces y ya está. Chao mi viejita con anteojos.

PS: Convence a tu mamá. Ella es buena y tú la podrás convencer. <Pero no le muestres la carta, ni tampoco la anterior>. William

§

Santiago, martes 23 de octubre de 1934
Mi querida viejita:

Tu carta fechada el sábado 20, la recibí hoy. No te creo que hayas mostrado las últimas dos cartas a tu mamá, ¿para qué me haces hacer esos papelones? Yo te escribí en esa forma, un poco porque fue una idea tuya. Pienso que son solo bromas de tu parte y habrás guardado reserva de las cartas.

Te pido encarecidamente que me avises, para contestar a mis primas en Curicó que nos invitan. No tengo ningún interés en ir, pero antes de quedarme solo, iría con mis hermanos acompañándolos. Decídete.

No me interesa que le des mis saludos a la Iris. ¡Déjala tranquila! No quiero que vayas al club alemán, no te doy permiso <como si a ti te importara>. Pero si me quieres como señalas, deberás comenzar a hacerme caso en lo que te diga ¿Te parece? Demostrarás tu amor a través de la obediencia <¡Hum!, ¡Hum!>.

Anoche llovió mucho y esta mañana hubo nieve. <Los del circo se empaparon>.

Viejita, muchos cariños William

§

Santiago, miércoles 24 de octubre de 1934
Viejita querida:

Mucho te agradezco que me hayas escrito una carta tan larga comparada a lo que acostumbras, y también con muchas noticias y copuchas. Me alegro de que lo hayan pasado tan bien en la comida del club alemán. Todo lo que me cuentas y describes, es como si hubiera estado yo ahí. Eres fantástica para describir hechos y situaciones. Pareces una verdadera escritora. Una narradora omnisciente. Me hubiera gustado acompañarlas. Supongo que se acabaron las «fiestas de estudiantes» y ya volverás a ser una niña buena, ocupándose únicamente de mí. En tu carta no vi en ninguna parte alguna frase como «te echo de menos».

Si Iris organizó esa fiesta de disfraces para sus amigas en el club alemán, es porque su papá es socio del club <Ralph Appel>. Estoy seguro de que también entre las niñas disfrazadas, tú serías la más dije.

—Respecto a mí. ¿Qué deseas saber?, ¿qué opinas de mí?

—Que eres la princesita de mi corazón, no, mejor la reina, o la dueña. Que te he añorado mucho, que te echo de menos. Y que estoy muy orgulloso de ti.

—¿Qué hiciste el sábado 20?

—Pasé unos momentos muy agradables con unos amigos que vinieron a tomar once. Hablaron flores de ti, te conocieron conmigo en una de las fiestas de beneficencia del cerro Alegre. Dicen que todas las chiquillas te encuentran «encantadoramente dije», ¿sabes? a veces me parece que eres así como un premio divino para mí. Me sentía ancho cuando me lo contaban. Como ves, todos te quieren. Desde las 12 del mediodía del sábado, hasta las 8 de la mañana del lunes, no salí del pensionado. Me acordé mucho de ti e intentaba adivinar qué estarías haciendo en cada minuto. Cada día estoy más enamorado de ti, pero no me gusta que lo sepas.

Bajemos de las alturas del séptimo cielo. De tu amiga Iris no he sabido nada. Se acabó la correspondencia luego de mi última carta. Se dio el lujo de llamarme la atención por no haberle escrito más largo y en forma más cariñosa. Ocurre que me permití señalarle algunas cosas que las niñas encontraban que en ella debían rectificarse. ¿Te acuerdas, lo de la Picha, la Amor...?). Y además me limité a escribir acerca de la velada. Le pareció muy mal. Ahora tengo temor que no quiera cooperar con la velada. Mira por dónde a lo mejor tus amigas tenían razón. Intenta hablar con ella para que no me vaya a fallar. En cuyo caso, tengo preparado el plan B, que consiste en una comedia de tres personajes hombres para reemplazo. La hemos ensayado aquí en un colegio y ha salido bien. Ponte a las "órdenes" de Iris <solo en este caso>, para que ella resuelva lo de las comparsas, trajes, etc. Desde Santiago estoy amarrado para hacer algo.

De Curicó me piden que participe en la *velada bufa* de allá, les contesté que no, ya que vendría mi dueña y señora. No creo que aún no sepas si vendrás o no.

Mi prima que es reina de la primavera de Curicó, se llama Inés, pero le decimos Inesita. En principio no quería presentarse a su reinado ya que el chiquillo con quien pololea se está muriendo de tuberculosis pulmonar, no le dan diez días más de vida. La pobre llora a cada rato y se seca las lágrimas para empolvarse la cara y salir a las fiestas que se dan en su honor: Una larga semana de fiestas para ella. ¿No encuentras que es una ironía del destino? Dice mi tía Rosa, que sufre y que ha sufrido mucho, y que, una vez terminadas las fiestas, se la traerán a Santiago, para que no esté allá cuando muera el muchacho. Debe ser terrible una cosa así. ¡Yo me muero solo de pensarlo! Nunca podría imaginarme perder a mi viejita. No podría verte muerta, sería horrible. Me da escalofríos de solo pensarlo.

Cambio mejor de tema.

Mi prima Toya ya partió a Curicó, para aprovecha la semana de fiesta y estar en los preparativos de la coronación. Mi mamá me contó en una carta, que ella y el papá, en un viaje que hicieron a San Felipe, vieron a la Alicia muy flaquita y acabada. En fin, viejita, con tal que tú estés bien, el resto que esté como pueda.

Iré a colocar esta carta al expreso para que te llegue mañana temprano. Espero que me contestes sobre tu permiso. *Kisses*. William

§

Santiago, viernes 26 de octubre de 1934
Querida Eileen:

Espérame el sábado 27 en tu casa. Me han prestado un auto para ir a buscarte el sábado a Valparaíso. No sé exactamente a qué hora iré, pero será más o menos a las cinco. Vendremos a Santiago, alojarías en casa de tu tío Tito y partiríamos de madrugada a Curicó, en auto con otra pareja, <dueño del auto y su polola, no los conoces, pero son muy

dijes>, es mejor que viajar en góndola. A Valparaíso nos iríamos juntos en tren, y luego me devuelvo a Santiago.

Me han llegado tus dos cartas, <estamos en paz, pero sus lecturas me sugieren algunas observaciones que comentaremos en el viaje de vuelta>. William

§

Santiago, martes 30 de octubre de 1934.
Mi adorada viejita:

Con una tristeza grande en el alma volví a Santiago. Me vine finalmente en el tren Expreso cuando comenzó a llover de una manera que parecía un diluvio. Hube de correr mucho para alcanzar el tren, ya estaba partiendo y me colgué, como en las películas, del último vagón. Ya a bordo me fui al carro restaurante a comer. Me serví un bistec con arroz y huevo frito: el arroz crudo, el huevo frío y el bistec duro. ¡Cómo me acordé de tu invitación!, pero por la hora ya no la podía aceptar. ¿A qué hora comiste tú?

Supe en Santiago por mi prima, que Carlos, Alfredo y Enrique se quedaron en Curicó hasta el lunes. Me dijo que lo pasaron bien, siguieron bailando y aún venían con serpentinas y papelitos de colores al llegar a Santiago.

Yo cada vez me encuentro más feliz contigo y contento por haber viajado juntos. Fue un ir y volver, pero valió la pena.

Hay—como de costumbre—algunas palabras que me dijiste que me dolieron mucho, pero que por ahora las olvidaré para no ser majadero.

Cuando llegué el sábado 27—antes de lo pensado—me dio mucho gusto encontrarte en tu casa terminando de leer el libro que te presté: «Pasión Lejana» de Alice Hoffman. No sé qué daría para que siempre fuera lo mismo. Volveré a llegar inesperadamente, ¿siempre te encontraré en casa?, ¿leyendo?, ¿bordando?, ¿tocando el piano? A propósito del libro, ¿cómo te pareció?

—Interesante.

—¿Interesante y nada más?

—Si, un libro de amor y desamor.

—Buena forma de describirlo: amor y desamor.

—Habría otra forma más adecuada.

—Pues: pasión lejana.

—Tienes razón. Se trata de una pasión no realizada, pero que está siempre presente, por lo que se puede definir como lejana.

—Si la pasión entre un hombre y una mujer existe, ¿por qué debe estar presente y ausente al mismo tiempo?, mi querida Eileen.

—Por ser lejana.

—¿Y cuándo se acercan los dos, no puede estar «cercana»?

—Si la pasión entre el protagonista y Valentina no se lleva a cabo, no se realiza, siempre continuará presente, ahí, pero estará lejana, no realizada.

—¿Y eso es bueno para la personalidad, la tranquilidad espiritual?, ¿reprimirse?

—Seguramente en términos absolutos, no, pero para que esa pasión nunca muera, es bueno que continúe lejana.

— ¿Si una pasión se consume, morirá como tal?

—No, no morirá.

— ¿Y entonces?

—Toda pasión, es como el amor, se debe alimentar día a día. Es también retroalimentativa.

—¿Se come a sí misma?

—No, se autoalimenta.

—El amor y la pasión, ¿no es lo mismo?

—Creo que tú también tienes una idea, pero no es lo mismo. Creo que el amor cuando nace de verdad es capaz de dar nacimiento a una pasión más allá de los límites imaginables. El amor es la antesala de la pasión.

—Más allá del séptimo cielo.

—Mucho más allá.

—¿Se encontrarán otra vez el protagonista y Valentina?

—Sería bueno que sí.

—¿Y darán rienda suelta a su pasión?

—Espero que sí.

§

¿Te acuerdas de los *wee kisses*, <pequeños besos> que me diste allá en Curicó? Ahora su sabor ha crecido enormemente y aún los siento gigantes en mi boca. Nunca podré acostumbrarme a estar alejado de ti. Cada oportunidad que debo dejarte ya sea en tu casa o en el andén de una fría estación de ferrocarril, mi corazón y mi espíritu se revelan conmigo. *My other self,* <mi otro yo>, contra mí mismo.

Supongo que mañana recibiré una carta tuya. Me tendría fascinado que todo el tiempo lo utilizaras en escribirme, o para mí. Te pondría en la jaulita que te diseñé. ¡Si quiere saber!

Coloqué un cablegrama a la Iris, <gracias por tu gestión con ella>, para que reúna a la gente a las 6:30 p.m. en el teatro San Luis. Irá un director de teatro amigo mío, Correa, oriundo de San Felipe, donde viven sus papás, pero que estudia odontología con Alfredo. Todo estará en orden.

Eileen ¿por qué no vienes a Santiago entre el lunes 12 y el jueves 15 de noviembre? Habrá una comilona <con potitos de alcachofa incluidos>. Será en una quinta a los pies de la montaña, en casa de los papás de un amigo que te conoce mucho de tanto que le he hablado de ti. Es un cura joven, pero muy gente y entretenido, <cura de nueva generación>. Comienza desde este momento a conseguir permiso, incluiría también al Harry, así la invitación será más probable. ¿Lo harás?

Te abraza bien fuerte tu. Saludos y buena visita a los cementerios. William

§

Santiago, miércoles 1° de noviembre de 1934

Mi querida viejita:

Hoy sé que es un día de visitas a los cementerios, para dejar flores en memoria de los seres queridos fallecidos. Como acá en Santiago no conozco a nadie, no iré a ningún cementerio.

Estoy seguro de que esta soledad de un día festivo será pasajera, ya que te estoy escribiendo a ti—mi viejita—y eso, como te he dicho en otras oportunidades, es como estar contigo. No me olvido de nuestros convenios o pactos de amor y respeto mutuo por nuestras amistades. Pero en miras superiores que dicen relación con personas que pudieran separarnos te haré una observación: lamento—en cierto sentido—que te encuentres viviendo en el cerro Alegre nuevamente. Allí te rodeas de esas amiguitas desgraciadas que tan solo deseo, para ganarte más a ti y combatirlas a ellas, hacer no sé qué cosa. ¡Déjalas, Eileen!, que se busquen compañías a su altura. No te rebajes tú en sus correrías. Tú eres mía y no es bueno que seas cómplice de niñas fumadoras, alocadas, pintarrajeadas y torpes. Tú crees pasarlo bien—pero en realidad—no es así. Es un placer efímero e insignificante, nada gratificante comparado con el hecho de irme perdiendo a mí paulatinamente. ¿Podré hacer algo para evitarlo? Eso pone de mal humor a cualquiera, imagínate a mí. No necesitas ni tan siquiera saludar a esas amistades. Sácales la lengua y ponlos de vuelta y media cuando quieran sacarte de tu casa. Tú que acostumbras a estar tranquila leyendo. Que callejeen ellas, y se mosqueen ellas, no tú. Tú eres mía y solo para mí.

No te enojes por lo que te pongo. Son cosas para hacerte reflexionar, <en solitario, sin ayuda de nadie>.

Supongo que podré estar en Valparaíso el sábado 3, temprano, iría a verte a la hora de once. Así el domingo sería completamente mío. Escríbeme, a ver qué te parece de mi viaje a Valparaíso. *Kisses.* William

§

Santiago, lunes 5 de noviembre de 1934

Mi querida Eileen:

¿No quieres dar señales de vida? La última correspondencia tuya que obra en mi poder es la fechada el martes 30 de octubre, <me debes una carta, y eso es parte de nuestro pacto sagrado: no dejar de escribirnos una carta si es que debemos una>.

Desconozco 100% el motivo de tu silencio. Aunque tengo una leve sospecha que se trata de los comentarios que hice acerca de tus amigas, o bien que ya no me quieres. No lo tomes tan a la tremenda, pero medita en ello, nada más. Son explosiones, que como siempre tú me perdonarás, debido a mis deseos frenados de ponerte "fuera de circulación".

No me arriesgué finalmente a ir al Puerto. Al no tener una respuesta tuya, imaginé que te molestaría. ¿Qué te pasa?, si se puede saber. La única que me ha escrito ha sido la Iris, contándome que ha conversado contigo, bla, bla, bla. ¿Cómo van los ensayos del baile? Tú me dijiste que me escribirías a diario. ¡Vaya modo de cumplir con lo prometido! Hasta luego y besos. William

§

Santiago, miércoles 7 de noviembre de 1934

Querida Eileen:

Recibí un papelito tuyo con pretensiones de carta. Por favor, estoy cansado de pedirte lo mismo: «Escríbeme más largo», aunque por mi parte lea y relea tus cartas:

—Hago lo que puedo.

—Puedes hacer más. ¿Por qué me dijiste que era un bandido? No creo que debas darte la libertad de tratarme así. Te equivocas al juzgarme así, como dices en tu carta. ¿Y a título de qué me dices eso?

—Ja, ja, ja.

—No es para reírse más encima.

—Nunca te he dicho bandido.

—¿Cómo que no, textualmente dices: «por tus afirmaciones conjeturadas, creo que eres un bandido»?

—No mi querido William, lo que dije fue: «por tus afirmaciones conjeturadas, creo que eres un cándido», que no es lo mismo.

—¡Vaya, vaya!, ahora sí que caigo. Has escrito una «C» de tal forma que con la pluma ha parecido una «B». Ahí está mi confusión. Pero además debo corregirte un error que constantemente cometes. La palabra «cándido», es una palabra esdrújula y lleva acento prosódico en la antepenúltima sílaba.

—Está bien, lo que ocurre es que en inglés no existen los acentos. De allí mi error.

—Bien, te perdono. No he dicho nada por esto, pero hay otras cosas.

—¿Cuales?

—Que me da la impresión de que estás cambiando en el cerro Alegre, y pienso que debido a tus amiguitas.

—¿Por qué lo dices?

—Por ejemplo, que duele mucho que me digas "que no te importa que no haya podido ir el sábado 3 y el domingo 4".

—Lo dije así ya que no interpreté perfectamente que «estaría condicionado tu viaje a mi respuesta». Imaginé que no habías hecho el viaje, «por no haber podido».

—Bien, también te perdono eso.

Escríbeme pronto. Escribo desde la escuela dental. Besos. William

§

Santiago, miércoles 7 de noviembre de 1934
Mi querida Eileen:

Desde la escuela dental te escribí un papel, que deseo darle un aspecto de carta ampliándolo, <pero para nuestra contabilidad van dos cartas>.

Siempre que me dices que deseas discutir cosas conmigo, pienso que debemos hacerlo por carta. Ya que si nos ponemos a discutir cuando estamos juntos, son tan cortos los momentos, que me parece que no debiéramos perderlo en esas cosas.

Eileen querida, me parece que le estás dando una importancia que no se merece a las opiniones vertidas sobre tus amigas y mis deseos de «sacarte de circulación». Lo que ocurre—y me conoces—son mis eternos deseos de tenerte solo para mí y no compartirte con persona alguna. Te puede sonar egoísmo, y de alguna forma lo es, pero tampoco creo que te tienes que poner en un plan «seriote», que no te va y ni siquiera alcanzo a comprender. Tú sabes que te quiero, te quiero mucho, como nunca he querido a nadie ni querré. Esto lo sabes y me parece que precisamente es ese el motivo por el cual me martirizas con tus originalidades. Eileen, necesito estar tranquilo, saber que me quieres y que estás conmigo. Que me recuerdas, que me echas de menos y en esa línea no deseas hacer nada que me contraríe u ofenda. Esta carta no es una carta amable, más bien debes considerarla una expresión de sinceridad. Pienso que me consideras tu amigo, nada más.

De cualquier forma y ya que no deseas tratarme de otra manera, te ruego contarle a tu amigo, ¿qué es lo que te pasa en Valparaíso?, ¿por qué has cambiado?

Si quieres recibirlos o tirarlos a la basura. Besos y abrazos. William

§

Santiago, viernes 9 de noviembre de 1934

Querida Eileen:

Muy feliz de haber recibido otra vez carta tuya, <estamos empatados>. Todo el mundo a mi alrededor: Amigos, amigas, familiares, etc., <incluido Mauricio>, se dan perfecta cuenta que eres la única persona que quiero y adoro, menos tú.

Dejo esta carta hasta aquí, ya que tengo que ir a una fiesta a hacer chistes. Hasta antes de recibir tus cartas no tenía ánimo, pero ahora me río yo mismo de los chistes que voy a contar. Te envío el programa de la fiesta para que sepas los detalles, <es de beneficencia>.

Todas las chiquillas—con doña Iris a la cabeza—pueden «irse a Flandes». Dile eso, se lo confirmaré en la primera oportunidad que tenga. Iré a Valparaíso el 10. William

§

Santiago, martes 13 de noviembre de 1934

Mi querida Eileen:

Por primera vez, casi estoy contento de haberme venido, luego de la bolina que se armó en tu casa a la hora de almuerzo. ¡Me quería morir! Espero que luego de haberme venido, las discusiones tuyas con tu mamá se hayan acabado.

Estoy sumamente preocupado por todo lo ocurrido. Y unas palabras vertidas por tu mamá, aún me están dando vueltas en la cabeza. No deseo ser el causante de la discordia en tu casa, y hacerlos así pasar malos ratos.

Tu mamá me dijo muy claramente que nosotros debíamos romper el pololeo, ya que tú estabas perdiendo el tiempo conmigo. Lo dijo de un modo muy sutil, pero claro. Por eso, me encuentro desarmado, y siendo franco, debo decir que le encuentro toda la razón. Pero visto el problema desde el lado mío, todo me parece una cosa terrible. Te quiero tanto, y sería inútil que te dijera que me dejes, ya que sabrías que te estaría mintiendo. Dejo, por tanto, que toda iniciativa parte de tu lado. Soy incapaz de romper contigo, pero si tus ideas son similares a las mías, nada ni nadie podrá separarnos.

He cavilado tremendamente sobre esto, y lo peor es que sumado a todos estos inconvenientes, debo agregar tu conducta, algo vaga e indecisa. Es como si estuviera nadando contra la corriente. Te dejas influenciar por todas esas amigas que te llevan para allá y para acá, en momentos en que debiéramos tener sumamente claro todo para hacer un frente común contra la adversidad y los temporales que se nos avecinan.

Aunque estés sujeta a una promesa o pacto conmigo, <sin tu anillo de Mizpah, ya me parece tan solo un sueño>, creo que siempre te las arreglas para faltar a ella.

Viejita querida, si fueras como yo te deseo, <y que eres en el fondo, cuando estás aislada>, sería mucho más fácil sobrellevar las contrariedades. Me bastaría exclusivamente contar con tu ayuda y podría luchar contra todo y todos

En fin, veamos qué milagros hace el tiempo. ¿Olvidé mi pluma en tu casa? William

§

Santiago, jueves 15 de noviembre de 1934
Mi querida Eileen:

Tus cartas las releeremos cuando nos veamos. Siento que sería lo mejor, lo más atinado. Lo haremos con mucha calma.

De cualquier forma, está de más que te diga lo mucho que te echo de menos desde acá. Me haces mucha falta. Siempre he creído que en Santiago estamos mucho más unidos, sin interferencias, el uno para el otro—pero eso—al mismo tiempo, siempre dura muy poco. Es agradable para mí saber que cuento con todo tu cariño y con tu entera «obediencia». Todo será más fácil así.

No iré el fin de semana a Valparaíso, ya que, en casos como este, es siempre muy recomendable un poco de distancia para que las cosas puedan—si es posible—llegar a sus cauces. Se evitan así disensiones.

Pero te propongo algo: si saliera de Santiago el sábado 17, en un tren a las 11:30 a.m., podría bajarme en Quilpué. ¿Por qué no me esperas en la estación de Quilpué? Luego podríamos estar juntos toda la tarde y tomar once en *El Retiro*, alojaría en casa de un amigo y me regresaría en el tren El Excursionista, el domingo 18. Si tienes deseos de ir, avísame por carta o mejor por cablegrama.

Si esta carta te llegara en viernes 16, respóndeme por carta, si te llega el sábado 17, envíame un cablegrama dando tus órdenes. Intenta conseguirte permiso, podría—si quisieras—arriesgarme un poco y acercarme hasta la casa de tu abuelita.

Mis hermanos Alfredo y Enrique participarán en un torneo de natación el domingo 18 en la *Escuela Naval*.

No hallo las horas de verte y que resulten todos los planes. Besos. William

§

Santiago, viernes 16 de noviembre de 1934
Mi querida Eileen:

Es la primera oportunidad que me resulta muy complicado dar respuesta a tus cartas. No es por no saber qué decir, es por decir algo que no complique más las cosas en tu casa y que tú tengas en ella, «la fiesta en paz».

No te daré ninguna solución. Supongo que—como conocedor del mundo—te puedo asegurar, que, con matices diferentes, en épocas distintas, estos problemas los llevarán las parejas siempre. Ha sido así desde antes de nuestros papás y lo será en el futuro. Tan solo creo que debes permanecer lo más tranquila posible y pensar que mi cariño hacia ti nunca disminuirá—muy por el contrario—no podrá crecer, estoy al máximo de amor que entregar, pero te aseguro que se fortalecerá y será una coraza para que tú puedas enfrentar cualquier problema. Espero que esto pueda ayudar a tranquilizarte.

Tampoco iré a mi casa, por mucho tiempo no me verán, así creerá todo el mundo que estamos peleados y nos dejarán tranquilos. Pero deberás saber que en mí tienes a una persona que te pertenece y que nunca te olvidará. Se cansarán de combatirnos, les haremos frente a todos, en tu casa y en la mía. *If you love me, the world is mine,* <si me amas, el mundo es mío>. Me resulta bastante jocoso el hecho que deseen apartarnos como quien se compra un sombrero de plumas y desea cambiarlo por otro. ¡Es ridículo! Deja que todos hablen Eileen, y no te acalores la cabeza intentando resolver el entuerto. El tiempo— acuérdate—se encargará de solucionar todo, sin que nos cueste nada a nosotros. Hasta las grandes tristezas se van o aminoran con el tiempo. Se endulzan volviéndose en melancolía. Es una obra de arte del tiempo y también su magia, que con su pátina y bálsamo llena de opios, penumbras y olvidos deja las cosas en su lugar. Confía y confiemos que todo saldrá bien. Paciencia. Calma y tiza. Besos. William

§

Santiago, viernes 16 de noviembre de 1934
Mi viejita:

Contrapropuesta. Pienso que será mejor ir a verte al domingo 18. Ojalá que no sea inconveniente para ti. Como no le parece bien a tu mamá que vaya a verte a la casa de tu abuelita, podríamos encontrarnos en la calle Uruguay 708. Allí solo están tus tíos Tito y Winnie y ellos no nos combaten. Al parecer salgo en el tren de 11:30 y llego a la estación Barón alrededor de las tres. Una góndola Colón me dejaría en la puerta. No es muy probable que me vea alguno de mi casa. En todo caso no van a matarme si lo llegan a saber. Necesito verte y estrecharte entre mis brazos.

Espero que coloques un telegrama mañana mismo, para saber a qué atenerme. Deseo verte mi viejita y mientras más luego, mejor.

No usaré el primer tren El Excursionista ya que en ese van mis hermanos a nadar, <por lo del torneo de la escuela naval>.

Por favor, intenta dejar cualquier otro compromiso y recíbeme. Pórtate bien y quiéreme más. Preferiría que no fueras al malón, pero si lo haces deseo saber: con quién bailas, a qué hora llegas, a qué hora te vas. ¡Viva Mussolini! William

§

Santiago, domingo 18 de noviembre de 1934
Mi querida viejita:

No logro comprender cómo pudo atrasarse tanto la carta, ¿estuviste ayer en el correo?, ¿a qué hora? Yo calculo que debió de haber estado puesta en la casilla a la hora de almuerzo el sábado 17. Ya no hay caso llevar a efecto el viaje. Ayer y hoy deseé tu cablegrama y hacía mil conjeturas respecto a tu silencio. Es un tormento. Escríbeme para saber si tienes algún inconveniente. Intenta venir en El Excursionista el domingo y nos volvemos juntos. Como te he dicho siempre, Santiago tiene una magia hacia nosotros. Consíguete permiso como una solución pacífica a los problemas. Creo que sabrás manejarlo.

Quedo a la espera de una larga carta tuya en donde me digas qué ha sucedido contigo todos estos días de tu silencio, <y tormento para mí>. Espero del mismo modo que has cumplido lo que me has prometido y que no has salido con tus «amigas» buenas para nada. Cuéntame todos los detalles.

Estas cosas me molestan más que los problemas que surjan en tu casa o en la mía, ya que se refieren directamente con tu conducta. Estoy deteniéndome para evitar enviar una carta a cada una de esas amigas tuyas para que te dejen tranquila de una vez. El otro día, otra vez te vieron callejeando con una de ellas, Eliana, y me dijiste que había sido por acompañarla a misa ya que te habías aburrido de esperarme. ¡Eso es absurdo!

En fin, viejita. Estoy molesto por eso del cablegrama, pero no deseo por ningún motivo ahondar en problemas. Millones de besos. William
PS: Junto a esta le estoy escribiendo a Eliana y Cía.

§

Santiago, martes 20 de noviembre de 1934
Mi querida viejita:

¿Por qué no me escribes?

Por lo que más quieras, <que no será a mí>, intenta escribirme, no me atormentes más con tu silencio, por favor. No puedo vivir así. No como, no duermo, estoy adelgazando, creo que me estoy suicidando poco a poco. Cariños. William

§

Santiago, martes 20 de noviembre de 1934

Eileen querida:

Otra carta, para ponerte más en deuda. ¿Qué te pasa que no escribes? Me da la impresión de que tu silencio siempre oculta algo que no quieres contarme, pero que está ahí. ¿De qué se trata esta vez? Podría adivinarlo, pero prefiero que tú me lo digas y quedamos en paz. ¿No te parece?

Leí en el diario que había vuelto La Baquedano, me tiene sumamente preocupado, es lo que me faltaba. Permanezco atento a ver qué actitud vas a tomar. No quiero ni que lo saludes y que ni tan siquiera un minuto te encuentres con él en ninguna parte Incluye el paseo Yugoslavo, ¡maldito Paseo! ¡No sé qué le haría! No, no debo tratarlo mal, ya que es ahí donde hemos disfrutado juntos como verdaderos enamorados mirando la luna, las estrellas y las luces de los barcos en la bahía. Sé también que a ti te gusta su vista. Que ganas de tener una fotografía con los hermosos colores de la noche brillante de este paseo. <En los Estados Unidos existen ya estas máquinas fotográficas que captan las imágenes en colores. Debemos conformarnos con pintar las fotografías con los pinceles de nuestra alma>.

Como podrás darte cuenta mi viejita, estoy muy contento aquí en Santiago. Estoy llegando a odiar esta ciudad. ¡Jamás viviría aquí! Tú allá y con todos mis enemigos. ¡Qué vida!

Espero con anhelo tus cartas con todos los detalles. Prefiero pasar todos los malos ratos cuanto antes. Escribe ahora mismo.

Me has dicho en tu última carta que te preocupas por mí, al parecer no es tanto, ya que ni tan siquiera me escribes. ¿O es que no quieres seguir haciéndolo? Tirito de solo pensarlo. Presiento que hay algo que me quieres decir y que no te animas, ¿Qué es?

Muchísimos besos. William...

¿Se calmaron los ánimos o ha habido más bolinas en tu casa? De la mía he sabido solo pequeñas noticias a través de mis hermanos que estuvieron allá. Finalmente, a Eliana y Cía. no le escribí ninguna carta, es a ti a quien debiera retar.

Santiago, miércoles 21 de noviembre de 1934
Eileen:

Primero que nada, no sé si voy a ir el fin de semana. Estoy disgustado de la forma en cómo te has comportado. No escribes más que una carta corta y tonta. No me contestas mis preguntas: ¿a qué hora fuiste a correos el sábado 10?, si fuiste al malón, ¿con quién bailaste?, ¿a qué hora llegaste?, ¿a qué hora volviste?...

Mira el modo que tienes de responder a mis preguntas. ¿Qué hiciste el domingo 11?

Gracias. William

§

Santiago, jueves 22 de noviembre de 1934
Mi querida Eileen:

No comprendo tu actitud, que luego de reírte mucho de mí, intentes contentarme con zalameras palabras que encierran un egoísmo tremendo. Te doy las gracias, eres muy dócil, suave, amable. A pesar de todo es un detalle que para mí guarda una gran importancia. ¡Es el principio del fin! No es mi ánimo darte sermones que desaprovechas siempre, únicamente limitarme a reconocer tu gran fuerza de voluntad, <consciente y subconsciente, razón y corazón, ¿te acuerdas>, para respetar los compromisos. Supongo que mi mismo cariño me ha hecho ponerte en un gran pedestal, y me doy cuenta de que la caída así es más violenta. Te había puesto en un lugar muy cercano a los dioses, pero me he equivocado, y seguramente tú presumirás desde tus alturas. Así son los desengaños. Suponía que podías dar más, pero han sido mis cálculos los equivocados, no tú. Imagino que sabrás lo que haces, deberé aceptar tus cartas tal como me lleguen. Tendré también que aceptar que continúes riéndote de mí. Pero no sé hasta cuándo podrá ser. La paciencia tiene su límite. Me siento un mendigo de amor. Y por amor también se puede morir, ahora lo voy viendo claro. De un modo paulatino, me estoy dejando llevar por el desánimo. No sé a dónde llegaré al final. Cada vez me cuesta más trabajo serenarme, y las palabras y actitudes violentas, las tengo a flor de piel. Ya te dije una vez, que soy tan loco como antes, ahora puedo agregar: o más. Siempre será tu culpa. Te quiero mucho Eileen, pero juegas con mis sentimientos al no corresponderme. No bastan las cartas cariñosas, se necesita algo más, algo indefinible, que está ahí rondándonos pero que no se anima a aterrizar sobre nuestros corazones.

Lee esta carta con la misma calma en que la he escrito. No encierra una amenaza, ¡cómo podría amenazarte yo!, lo más que puedo hacer es desaparecer de tu vida; poco a poco o en forma violenta y definitiva: para siempre jamás. Sabes que para mí la vida no tiene sentido sin ti. Es el principio del fin. Tú ya no eres la misma, has perdido el encanto con que te envolvía. Conservas rasgos cavernícolas y también has comenzado a fumar, <has perdido detalles femeninos>. No te enojes, pero veo cómo, paulatinamente te voy perdiendo, y eso no lo puedo soportar.

Pasando a otra cosa: me gustaría visitarte el fin de semana y si lo hago, me gustaría que le dijeras a Eliana y Cía. que desaparezcan, que mi visita es exclusivamente para ti. Que no intenten acercarse por esos lados. Me iría en El Excursionista de la mañana del domingo 25, alojaré en casa de un amigo. Te llamaré por teléfono desde aquí, te pediría que estuvieras atenta a la llamada, entre las 7:30 y 10:30, contesta tú. Respóndeme temprano el viernes 23 para recibir tu carta el sábado 24. Te pido que no salgas de tu casa.

Si no te encuentro, lo tendré claro: me habrás dado el «golpe de gracia», y verás de esta forma cómo desparezco de tu vida.

Esperaré tu respuesta, si no me parecen bien tus palabras, llegaremos hasta aquí. Mi paciencia llegó a su límite, y sería el caso que no me necesitas y que lo pasas mejor sin mí que conmigo. Saludos y escribe decentemente. William

§

Santiago, viernes 23 de noviembre de 1934

Mi querida Eileen:

Ayer, alrededor de las 7:30 te llamé por teléfono, evidentemente que no te encontré. Me fui al tren a dejarte la carta, lugar donde me topé con un amigo, que, al enterarse del objeto de mi ida, prometió hacerte algunas bromas por el alambre.

Iré el domingo 25, dependiendo de tu carta de mañana. Procura no asistir a ningún malón para no tener que regresar acompañada. Y cuéntame quién te invitó a tomar té y al biógrafo, me encargaré que no lo vuelva a hacer. Coméntamelo en la próxima carta.

Casi me arranqué para El Puerto el domingo 18 en la tarde, pero si hubiera ido, no te habría encontrado, vas mucho al biógrafo.

Dile a mi hermano menor, el Bobby, que hace muy mal en asistir a fiestas y beber tanto, que su problema al hígado se le va a quitar, pero que no se le va a quitar muy fácilmente el dolor que le va a quedar en sus partes bajas posteriores; aquel sitio en donde aterrizan los puntapiés. La misma advertencia va para tu amigo Horacio Rodríguez, <ya sabes porqué>. Estoy formando parte en un equipo de fútbol y soy el *centro forward*, <central delantero>.

Allá pelearemos más.

Continuaré contestando tus cartas amigablemente

Respecto a las chiquillas de las cuales deseas saber cosas:

Marta: Definitivamente la estoy perdiendo de vista. Seguramente se habrá cansado de oírte nombrar por mí. Entiendo que trabaja en la gerencia de la empresa Grace de Santiago, ¿será ese el motivo por el cual no tiene tanto tiempo? No callejea ni tampoco se le ve por ahí. Siempre está en su casa después de las horas de oficina. Más de quince días que no la veo. Si en realidad te interesa, puedo averiguar cómo se encuentra.

Iris: Las noticias recientes son que se cartea en forma acalorada con Correa, un muchacho que le presenté en una oportunidad y cuyos papás viven en San Felipe y que estudia con mi hermano Alfredo y es quien coordinó con ella para aquella velada, ¿te acuerdas? Sin quererlo hice de Cupido, <¡como si yo estuviera para Cupido!>.

Me preguntas por «la terquedad» del papá, que te enteraste por el Bobby. Me he informado recientemente. Luego del torneo de natación, los chiquillos se quedaron con el auto y lo dejaron venirse a pie. Le encuentro toda la razón de su enojo. Yo nunca le uso su auto, además sabrás en las condiciones etílicas en que terminó el Bobby.

Me preguntas del porqué siempre te digo que tengas cuidado. Yo mismo no sé, pero sospecho, hablando con *myself*, <mí mismo>, que significaría que, si no lo tienes, podrías perderme. Te sonará egoísta, pero no permitiré que mientras yo me aburro solitariamente en Santiago, la señorita Eileen se esté dando la gran vida saliendo por todos lados y con quien a ella se le ocurra. ¡No-señorita! Ya sabes que mi paciencia está por terminarse.

Bueno no te reto más, dame un beso muy largo... gracias. William

§

Tiltil, domingo 25 de noviembre de 1934
(10:10 a.m. en el tren   El Excursionista)

Querida cristiana:

He pasado un día muy reconfortante contigo. Voy a Santiago con renovadas fuerzas, y para que veas que ya me estoy acordando de ti, te voy a escribir una carta desde el mismo tren.

En nuestro carro se ha armado una tremenda rosca, los protagonistas: unos curados con una voz «vitivinícolada». Intentaré reproducirte algo de sus diálogos:

—Compadre, ¿se sabe las palabras de las canciones de Carlos Gardel?

—¿Quién es Carlos Gardel Cumpa?

—Ese que se cayó del avión, cuesta abajo.

—No lo sabía compadre, primo Carnero.

—Te digo que yo me llamo «Carnera».

—Por eso, «carne carnero» de primera.

—¿Y va a seguir usté con lo mismo?

—A propósito de carne: los sanguches que hizo tu patrona están muy güenos.

—¿Una cervecita compadre?

—¡Para!, que viene el boletero.

—Aquí tengo los boletos.

—Sí, señor boletero, estamos un poco contentos, venimos de celebrar una boa.

—Cuidadito con seguir tomando—les dijo el boletero, y cuando cambió de carro, ellos continuaron su conversación.

—Quedó triste oña Elsa ¿No?

La letra, viejita me está saliendo apachurrada, es debido al vaivén del tren.

Siguen los borrachitos, ahora cantan

—Marinero, marinero...

—¿Otra cervecita cumpa?

—No, que vamos a llegar a Llay-Llay, mejor voy a cantar.

—Gira, Gira...

Uno de ellos no desea cantar porque va aprovechando la colilla de su cigarrillo hasta el último, <fuma cigarrillos «Holder»>, casi se quema los dedos. El tren continúa su viaje.

—¡Oiga iñor, cierre la puerta, que está entrando mucho frío!

—Y usté, venga para acá, siéntese al lao mío, va con una guagua. Ya cumpa, écha pa allá y éjale espacio a la eñora.

—No muchas gracias, me sentaré aquí junto a la puerta—contestó la mujer, un tanto desconfiada de los dos hombres.

—¡Oiga iñor, le igo que cierre la puerta, que no é que hay una iñora con guagua!

Y la puerta fue cerrada por ese «Iñor». Mientras los dos protagonistas continúan su diálogo.

—Oiga compadre Carnero...

—Te digo que me llamo Carnera.

—Por eso, primo Carnero...

—¡Bah!

—Dime primo. ¿Te hay fijao cómo se pone de fea esa vieja de allá cuando come? Chita que es fea la vieja, me asusta.

—Mejor salud cumpa.

—Salud.

§

La estampilla de esta carta la coloqué y la dejaré en el buzón de la estación Mapocho. Siempre ando con estampillas en mi cartera, por si acaso, <hombre precavido>.

Mientras te escribo, al lado mío me «luquea» un hombre, continuaré haciéndolo en inglés para que se chingue. Es un hombre con un gran tufo a vino. Se ha caído una maleta sobre uno de los borrachitos de antes, ¡Vaya bolina que tienen nuevamente!

Perhaps that was what the newspaper called murder... <Quizás eso es lo que los periódicos llaman asesino.>, me estoy refiriendo a un hombre que se ha estado cambiando por todos los vagones y ha pasado frente a mí. Da el aspecto de que ha cometido un asesinato en otro vagón, tirando por la puerta a alguien y se va escapando, esperando la primera estación para bajarse y arrancar.

Se cierra el sobre a las 11:1/5 en plena marcha del tren. Intentaré dormir un poquito. Tengo algo de sueño. Besos William

§

Santiago, lunes 26 de noviembre de 1934
Mi viejita querida:

No quise cobrarte la palabra de lo que prometiste en la estación, como tu tío estaba cerca, era poco decoroso; pero igual te besé y besé muchas veces y te abracé fuertemente, en forma imaginaria. Me dio mucho gusto tu compañía en la despedida, pero ya sabes cómo me parecen las despedidas, creo dejar en el andén todo lo que me interesa.

Deseo que le agradezcas a tu mamá los ricos tallarines que preparó, el rico postre y el almuerzo en general. Agradéceselo y le das un discurso en mi nombre; ¿pareciera que todo se va arreglando en tu casa, no te parece?

Me dio la impresión de que todo lo bueno de ahora, es debido—en gran parte—a tu tío Tito. En algunos momentos cuando quedamos solos; tú y tu mamá entretenidas en la cocina y tu tío y yo tomando un café y él fumando un cigarrillo, hablamos. Me comentó muchas cosas que te resumiría: me habló de algunos planes y proyectos matrimoniales para nosotros. Me comentó de su reciente compra de tierra en Quillota. Me dijo que tú eras su sobrina preferida y su ahijada. Que él y la tía Winnie te adoraban.

Saboreé mucho los sándwiches que me preparaste. Supongo que—a tu lado—en quince días engordaría todos los kilos que he perdido, y sería como tú me quieres. Dejaré de adelgazar tanto para que no te desilusiones más y no pienses en mí como un esqueleto.

Anoche te incluí el trébol de cuatro hojas que encontré. Dicen que quien encuentre uno, tendrá muy buena suerte, y lo creo ya que ayer tuve mucha suerte, en todo. Fue un día especial. La relación con tu mamá se ha ido arreglando. Y lo principal tú, estabas divina: contenta, *buenamoza*, y radiante. Cada vez te encuentro más dije. ¡Todos me envidian cuando me ven contigo!, ¡qué chiquilla más linda, me dijo alguien al pasar el otro día. Te adjunto el trébol para contagiarte y te llegue la suerte a ti.

Si no voy a Valparaíso el próximo domingo 2 de diciembre, ya no iré. ¿Por qué no nos encontramos en un lugar común?, ¿en la hacienda de Quillota que se compró tu tío Tito?, nos ha dejado invitados, y es una invitación que a buen seguro podemos usar. Si fuera a El Puerto, me "archivarían" en mi casa y perderíamos tiempo para nosotros.

Bien mi viejita regalona. <*¿se enoja porque le digo viejita?*>, espero que me lo digas.

Besos a granel

PS: No busques más mi pluma, en una excursión por los bolsillos de un pantalón, la encontré. Perdona. William

§

Santiago, miércoles 28 de noviembre de 1934

Mi viejita:

Me alegro de que todas esas tonterías que te escribí desde el tren, no te hayan enojado. De buena gana me habría quedado en un rincón del vagón, quedándome callado y pensando en ti. Habría querido estar solo, para—precisamente—no estar solo, estar en tu compañía dentro de mi pensamiento. ¿Sabías que te llevo a todas partes de esa forma?, me gustaría comunicarme con *my ghost*, <mi alma>, y preguntarle por ti. Siempre se dice que somos cuerpo y alma. Pero alguna vez, ¿te has preguntado si uno se puede comunicar con ella? Estoy estudiando para ver si acaso eso fuera posible.

Te comentaré que mi amigo de *San Felipe*: Correa; pololo de Iris, te envía saludos. Iría a Valparaíso con él. Yo a verte a ti, y él a encontrarse con Iris. Claro, que preferiría nuestro proyecto de Quillota. Habrá también un torneo de natación en el deportivo *Playa Ancha*.

En una carta que recibí de casa, me cuentan que han ido a San Felipe y a las Termas de Jahuel. Llegaron a las diez de la noche a casa y lo pasaron muy bien. Los dejaron invitados con toda la familia para el día de la Navidad.

¿Por qué no me dijiste viejita que te molestaba en las mejillas el roce de mi chaqueta nueva?, la abría tirado a tus pies enseguida. «*Perhaps it likes your cheeks*», <quizás a ella le gusten tus mejillas>. Ni una chaqueta ni nada me impedirá que no te bese tanto. Besos. William

§

Santiago, jueves 29 de noviembre de 1934

Viejita querida:

Me gusta la recepción de tus cartitas diariamente. Me acostumbraré tanto, que pienso que, si no lo hicieras así en el futuro, te reclamaría mucho.

Correa irá el sábado a Valparaíso con Alfredo. Alojarán en casa de los papás, volverán el lunes. Él hará su programa con la Iris como mejor le parezca. Yo haré lo que tú quieras mi viejita, estoy a tus órdenes.

Preferiría ir después de almuerzo para no abusar de la gentileza de tu mamá. No alojaría—como te dije—en casa, lo haría donde un amigo.

Claro que eres mi pequeña viejita. Me pareces una guagua. A veces te hablo así porque te veo como una niñita. ¿Es cierto que me quieres más que ayer pero menos que mañana? Me cuerdo que mañana es el aniversario de la muerte de tu abuelito. William

§

Santiago, lunes 3 de diciembre de 1934
Mi querida Eileen:

Sano y salvo, pero como siempre he llegado muy triste por haberte dejado. Llegué anoche. El viaje exclusivamente fue amenizado por los ruidos rítmicos: £¡quién me ataja, ¡quién me ataja, con cuchillo y con navaja...!», que hacen las ruedas del tren sobre los rieles. Nada de la murga o chirigota sinfónica de la otra vez. ¿Continuó la radio tocando en tu casa: ¿tangos, cariocas y rumbas?, que ganas de haberme quedado contigo escuchando.

Debo pedirte que me disculpes ante tu abuelita y tía Katie, por el papelón que hice de no hablar ni sonreír. No podía aparentar lo que no sentía. Me sentía ridículo. Soy como tú me dices: *Narrow minded*, <estrecho de miras>. Me vine en el tren pensando en aquello hasta que me dormí, y un sonoro estornudo de un vecino, me despertó y recordó que no estaba en mi cama.

Eileen ¿podríamos pasar juntos la Navidad en Santiago?, nos invitaron contigo a una cena en pleno centro de Santiago, sin cambio de local. La invitación nos la hizo el tío Tito, es en el hotel Cecil. La fiesta—dijo—será para empresarios agrícolas, nuevo negocio que él comenzará con fu fundo en Quillota, pero me asegura que estará bien. Te prometo para entonces aprender a bailar tango. Te ruego que me avises con tiempo y arráncale un permiso a tu mamá, como un «regalo de Pascua o Navidad muy especial», y te vendrías antes, a estar en la casa de tus tíos y montaríamos el árbol de Pascua. A tu tío se lo propuse por teléfono y le pareció muy bien. Depende de ti.

¿Habrá otra carta tuya extraviada? Te acordaste de escribir la letra de la música "Caramba". Correa y Alfredo aún no regresan. William

§

Santiago, martes 4 de diciembre de 1934
Querida Eileen:
¿Por qué no he recibido noticias tuyas?

Ayer llegaron: Alfredo y Correa. Me dijeron que te divisaron en el paseo Yugoslavo, pero que tú apenas los saludaste. Ni salió Correa con la Iris, estaba en dique por reparaciones en un tobillo, impedida de andar. Se tuvo que conformar con su voz por el alambre. La llamó nuevamente el domingo y le contestó la mamá diciendo que la niñita estaba enferma y no se levantaría. El lunes siempre estaba ocupado el teléfono, de modo que hubo de venirse sin despedirse de ella.

Estuvieron el domingo en la noche en la inauguración del nuevo local del club alemán. Allí vieron al padre de la Iris, <Ralph Appel>, pero ni se dieron por enterados. Se rieron mucho y la cena estaba deliciosa. Pensaron que tú estarías allí, pero no te vieron.

Iré al centro, a la calle Huérfanos, a comprar cosas que necesito, entre ellas un block para escribirte cartas en forma algo más decente. También me sacaré unas fotografías que cuando estén te las mandaré.

Cuéntame de tus actividades y correrías. No te olvides de escribirme.

Miraré de la batería Ford para tu auto, ¿por qué no la vienes a buscar? William

§

Santiago, miércoles 5 de diciembre de 1934
Querida:

Tus dos cartitas las recibí hoy <nuevamente vamos empatados. ¿Te has dado cuenta de que últimamente eres tú la que me debes cartas?>. Casi te llamé para saber si estabas viva.

Sobre tu venida a Santiago para la Pascua, tu tío Tito propuso que, si estabas decidida a venir antes, te alojaras en su casa y que la noche de Pascua, te invitaba a alojar en el Hotel Cecil. Lo hace para que tengas más independencia y estés más cerca del centro, aunque él esté relativamente cerca, pero en la noche se hace lejos. Él siempre aloja allí cuando llega tarde de Valparaíso o cuando está lloviendo. Es acogedor y de confianza. Allí alojó tu Tito con la tía Winnie cuando reparaban su casa dañada por el terremoto, allí también creyó una vez que se había perdido un guante. ¿Te acuerdas? En todo caso, también está la casa de mi tía Rose, aunque está más alejada de la casa de tu tío Tito. Las opciones son muchas, como podrás ver. No te digo que tu tío te fusilaría si rechazas su invitación, porque te quiere mucho, pero no es para rechazarla. Escríbele preguntándole. Sería estupendo contar con total independencia.

Para cuando vengas a buscar la batería, haríamos lo siguiente. Te vienes muy temprano en la mañana en tren y nos vamos juntos en la tarde, me conseguí el auto con mi amigo.

Sé de tus actividades en el *Anglican Church*, <iglesia Anglicana>, tendrás que entretener a muchos chiquillos, pero no te olvides que el domingo 9 me tendrás que entretener solo a mí. Te iré a ver si no me dices que no.

Probablemente gestione un viaje a Valparaíso, con mi papá, que tendría que venir a Santiago. Te informaré.

 Viejita me preguntas que qué quiero de regalo de pascua, ya me lo entregaste, y es la promesa que me hiciste, sería continuar cumpliéndola. Es lo que más deseo en esta vida. Es el mejor regalo de pascua que nadie haya recibido nunca. No tiene precio ya que vale más que todo. Viejita querida.

La natación resultó un éxito, por lo menos para mis hermanos que ganaron algunas pruebas.

Es ofensivo que me pidas que me acuerde de ti. Lo hago constantemente. Como si es algo que se pudiera evitar. Cada día te quiero y te necesito más, creo que si sigo así terminaré en un manicomio, y diría: «estoy locamente enamorado de mi Eileen». Mi manía es que siempre pienso que hay «otros» que me quieren robar a mi Eileen. Y mis grandes pesadillas son siempre las mismas: apareces tú alejándote de mí, y sin darme vuelta la cara, te vas con «fantasmas». Te mando mis fotografías. William

§

Santiago, miércoles 7 de diciembre de 1934
Mi querida viejita:

Te he recordado mucho estos días. Hay muchas cosas que desearía comentarte. Por ahora debo contestar una carta que me envió el papá en donde me habla de estudios y otras yerbas. Él ya sabe que no me interesa estudiar medicina y que mis planes iban por otros derroteros. ¿Estás segura Eileen que deseas continuar conmigo en mi cruzada particular?, de ser así, no me importaría presentar batalla a quien sea. Nada me importa lo que me digan si tu cariño está de mi lado.

Como tú estás en un plan que siempre he deseado para nosotros, cumpliendo las promesas de no salir ni ventearte con tus amigos, ¿cuándo se convencerán todos que tú me perteneces?

Tendré que hacer unas gestiones que me pidió mi «señor padre», respecto a la cobranza de unas acciones que le deben, son unos $100.000. Espero que me dé alguna comisión por el cobro. Aunque, como está enojado conmigo, igual no me da nada. Aún no termino con el entuerto. He visitado *fundos*, visto ganado y un cuanto hay.

Lamento, pero me alegro por mí, que no hayas ido a esos malones. Nada te aportarán y harán al mismo tiempo que yo me ponga contento y nuestros planes vayan cobrando vida; poco a poco. Si deseas que yo haga algo especial por tu sacrificio, no tienes más que pedírmelo, y dalo por hecho.

¡Cuánto falta aún para poder verte, y abrazarte y ...! Me conformo con tus *wee kisses,* ¡Si quiere saber!, ya que de muchos *wee kisses*, se hacen grandes *kisses.*

¿Quién es la viejita con anteojos más linda de estos mundos? K. para ti. William

§

Santiago, sábado 8 de diciembre de 1934

Querida viejita:

Muchas gracias por tus piropos sobre mis fotografías. No es para tanto, pero me alegro de que te hayan gustado. Por mi parte tengo a la vista en mi pieza cuatro retratos tuyos, todos muy buenos, pero uno de ellos ¡fantástico!, incluso te diría que hasta sonríes y es capaz de hablar. Con él, muchas veces en mis momentos de triste soledad, conversamos que da gusto. ¡Te quiero Eileen! En un álbum tengo 16 fotografías tuyas, y en mi cartera tres. ¿Me ganas?, ¿aumentamos la colección?

Si deseas pasar la pascua con tu familia, no he dicho nada, hazlo, probablemente sea lo mejor para mejorar las relaciones familiares, que, aunque las veo bien, las presiento mejor, no sé. Y si te provoca demasiado venir a pasarla conmigo a Santiago, te esperaría gustoso. Recuerdo que en más de una vez has pasado con la Amor esta fecha.

Hoy se fue a las 7 de la mañana un amigo al El Puerto y le encargué que te llamara y te preguntara si podía ir mañana a verte, que me contestaras por cable. Todavía es oportuno que reciba tu respuesta. Besos. William

§

Santiago, lunes 10 de diciembre de 1934

Querida Eileen:

Hoy a la hora de almuerzo, bromearon mucho conmigo. Aquel mensajero que envié a Valparaíso dijo—delante de todos en la mesa— que le había sido imposible cumplir mi encargo. Que te había llamado cuatro veces y que en ningún momento te encontrabas en casa, <¿dónde estuviste?>, las llamadas las hizo, y así lo dijo delante de todos: A las 11 de la mañana, a las 2 ½, a las 6 de la tarde y por último a las 9 ½ de la noche. Cree—dijo—además, haberte divisado en tu auto el domingo.

Para mí resultó algo bochornoso, pero de una gran lástima también. Me interesaba tu invitación para haber ido a verte ayer. Debía conversar muchas cosas contigo.

¿Con quién fuiste a la playa Las Salinas? No alcanzo a escribirte más. William

§

Santiago, martes 11 de diciembre de 1934
Mi querida viejita:

Mi papá se acaba de ir. Vino en auto a dejar un enfermo a Santiago. Almorzamos juntos. Nada me dijo del asunto que discutíamos. Aproveché de entregarle los cheques de mi gestión de cobranza. Me ha premiado con una buena suma de dinero, me dijo: ¡regalo de pascua adelantado!, y me entregó el cheque. Mejor para nosotros si puedes venir. Te compraré un bonito regalo.

Si este amigo estuvo intentando dar contigo cuatro veces, ¿te imaginas que si en lugar de él hubiera sido yo?, habría perdido el día de viaje. Habría sido muy lamentable. Espero que me cuentes todo lo que has hecho, y con sumo detalle.

¿Romperías cualquier compromiso tratándose de mí?, ¿aunque se tratara de Eliana y Cía. ?, no me gusta que ningún amigo, ni Tommy ni nadie te saque al biógrafo o pretenda salir contigo, si yo puedo evitarlo.

Lástima que en Valparaíso haya tan solo una película que no hayas visto, aquí en Santiago, seguro que hay más. Cuando veas esa en Valparaíso, vente a Santiago.

Iría en auto, o el viernes 14 o el sábado 15, pero de repente. Si no te encuentro, arderá Troya.

Me niego a creer eso que te ha contado esa tal Genoveva de la Iris. Supongo que habla de envidia. De ninguna forma iré con esos chismes adonde Correa. Él continuará pensando de iris como mejor le parezca. Es su problema. Con gente como esa Genoveva no vale la pena ni caminar, ni sentarse en la plaza ni tampoco andar en góndola. Ese tipo de chiquillas siempre andan varadas y son cortadas por la misma tijera que doña Eliana. Me niego rotundamente a creer nada.

Aunque aún estoy algo sentido por lo ocurrido el sábado. Te ruego me envíes otra fotografía tuya con una nueva dedicatoria. Pero no me pidas—por favor—que te sople qué es lo que debes poner, que sea algo que nazca del fondo de tu corazón.

Estoy seguro, por la experiencia de otras veces, que cuando llegue tu confesión, se me pasará mi enojo. Estoy seguro. ¿Por qué me ocurrirá esto?, ¿será que estoy enamorado de ti al 100%?, ¿o que pretendo cuidarte como a una niña chica?

§

—Supongo que me encuentras una niña chica.

—Lo eres de cierta manera.

—Probablemente es que siempre me he sentido un poco como huérfana, desde que mi papá murió el 23 de abril de 1929. Es una fecha que la llevo marcada en mi alma. Es un gran dolor.

—Me imagino.

—No creo que te lo imagines tanto. Pero recuerda que cuando él murió, yo era una niña de tan solo catorce años.

—¿Te acuerdas mucho de él?

—Siempre. Él me contaba cuando navegaba en un yate por los fiordos de Escocia. Sus aventuras y travesías por la vieja Europa. Así aprendí a conocer muchos lugares por las historias que me contaba.

—¿Eras la preferida de él?

—No, creo que no tenía preferencia ni por mí, ni por la Elsie ni por el Harry. Lo que ocurre es que yo era la mayor, y es lo que ha pesado. Nunca te he contado William, pero muchas veces, cuando la luna ilumina mi pieza, me quedo con los ojos abiertos soñando en que voy viajando en un velero muy grande, cuyo capitán es mi papá. El me lleva por todos los puertos del mundo. Sin poder impedirlo, las lágrimas caen de mis ojos, finalmente me voy quedando dormida. Y cuando despierto al día siguiente quedo con la sensación agradable en mi corazón de haber estado con mi papá.

—Que hermosa historia me estás contando. Vuelvo a reiterarte, que eres mi viejita chiquitita, la más linda y regalona de todas. Te echo mucho de menos. Deseo verte para que me des muchos *wee kisses*.

Se me ha ocurrido una cosa: que un día—juntemos tus cartas—que las tengo yo y las mías que las tienes tú, en un gran cofre. Las enterramos en un lugar que nosotros dos solamente sepamos y que sea un secreto mutuo. Así, nunca persona alguna podría encontrarlas. ¿Te parece? Hasta luego. William

§

Santiago, miércoles 12 de diciembre de 1934
Querida Eileen:
Me deberás perdonar por haberte escrito esas cartas un tanto tontas. Ese muchacho logró hacerme desesperar, pero ante la palabra tuya o la de cualquier otro, siempre prevalecerá la de mi viejita linda. Lo que ocurre es que me ofusqué. De haberte tenido cerca, te abría castigado con un abrazo que te habría hecho crujir los huesos.

Nunca ando jugando a los bandidos. Lo que ocurre es que te vieron el domingo unos amigos paseando cerca de la catedral con unas amigas. O tú tienes mala memoria o mis amigos son unos embusteros. Prefiero pensar esto último. No me hagas caso Eileen, te digo todo esto solamente para no dejármelo dentro y así tener dolores de cabeza.

Creo que tienes razón al encontrar poco amables mis cartas. Ese día estaba un poco mal. Luego me fui al biógrafo a ver la película: «La vuelta del caballero audaz», con Loreth Young y R. Colman, muy divertida. Te la recomiendo, podría hacerte ahora mismo una apuesta que esa película no la has visto aún.

Este fin de semana <sábado 15 y domingo 16> no solamente «pienso» ir «voy» a ir a verte. No podría estar tranquilo si no lo hiciera. Te echo mucho de menos, ¡si quiere saber!

Me gustaría saber el grado de libertad que tendrías el domingo, para estar tranquilos y disfrutar de un día para nosotros dos. Si vas a la playa, ten mucho cuidado con quemarte, mira que el abrazo fuerte que te voy a dar no dejaré de dártelo por ningún motivo.

Ahora escríbeme una carta más larga y cariñosa. De esas que tú sabes que me gustan, pero no te olvides de decirme algo sobre el domingo, ¿estarás dispuesta?

Muchos besos y no te enojes. Me volvería en auto el domingo más o menos a las 10 de la noche. William

§

Santiago, viernes 14 de diciembre de 1934

Querida Eileen:

Hoy recibo tu carta fechada el miércoles 12. Nada mencionas que vaya a verte. Si no recibo una invitación mañana, dejaré el viaje para el domingo después de almuerzo. Llegaría allá a las cuatro espérame en tu casa. Si recibo tus noticias, me voy antes, ¿de acuerdo?

Cuando me dices que soy tonto y egoísta, en cierto sentido no te lo puedo discutir, es verdad. Pero debido a que te quiero tanto y solo para mí. Es debido a que me interesas mucho. *Where love is great, the little doubs are fear. Where little fears grow great, great love grows there,* <donde el amor es grande, las pequeñas dudas son insignificantes. Donde las pequeñas dudas se transforman en grandes, un gran amor se desarrolla ahí>.

Te escribo muy a la ligera para no demorar más la carta y la puedas recibir temprano. Así me encontrarás de un muy buen humor el domingo.

Si estás enojada, dímelo para llevarte algún juguete, mi pequeña viejita linda.

Besos

PS: Murió el chiquillo que pololeaba con Inesita, y ella ha permanecido desde su coronación, en Santiago. William

§

Santiago, lunes 17 de diciembre de 1934
Mi Eileen querida:

Como no recibí tus noticias, me fui el domingo 16, pero no me arrepiento—en general—uno nunca debe arrepentirse de las cosas que hace, debe arrepentirse de la que pudiendo haberlas hecho, dejó de hacerlas, estabas muy cariñosa, mimosa y linda. Fue lindo verte, ¡si quiere saber! Me gustó mucho verte puesto el vestido de novia de tu mamá, realmente tienes razón, es un vestido muy hermoso para llevarlo puesto; y a ti se te veía hecho a la medida. No sabía que te gustaba tanto ponértelo.

§

—Me lo pongo pensando en mi boda.
—¿Tu boda?, ¿con quién?
—Contigo.
—¿Conmigo?
—Si.
—¿Y cuándo será?
—No sé, supongo que cuando la magia del destino conjugue y se pongan de acuerdo con las fuerzas divinas.
—¿Cuándo será ese día?
—«¿Cuándo mi vida cuándo?» ... Como la canción del baile «Cuándo».

A la estación llegué en un auto, tan solo unos tres minutos antes de la partida del tren, casi no lo alcanzo.

Nuevamente acá en Santiago, me parece algo completamente irreal, me siento como un sonámbulo. Estoy repleto de confusas ideas, nada claro en mi conciencia. Así entré a mi pieza. Miré alrededor de ella e hice un rápido control de todas tus fotografías. Estaban ahí, y me pareció que algo querían decirme. Luego de algunos instantes, ¡bingo!, ya sabía lo que querían. Deseaban saber si te había tratado bien y que si te había dejado en perfectas condiciones. Sin abrir la boca, asentí con la cabeza, a todas ellas. Me pareció entonces que me sonreían, ya que se habían dado cuenta del húmedo calor de los besos que me diste. Me envolvió un instinto asesino, por unos instantes deseé quebrar todas tus fotografías, ya que pretenden ser tú, y son únicamente un atisbo de ti. Son papel sobre cartulina y nada más, preferí acostarme, un fuerte dolor de cabeza se estaba apoderando de mí, mi cuello se puso—como siempre—rígido Tuve miedo, de nada ni de nadie, me envolvió un pavor desconocido, probablemente tuve miedo de mí mismo.

Al despegar el alba, mis ojos se abrieron. Hice el mismo recorrido visual de la noche anterior: miré las cuatro fotografías tuyas que tengo a la vista, y las encontré encantadoras. Me dieron los buenos días con una sonrisa perfumada que alegró mi alma. Te recordé a ti «vestida de novia» bajando unas escaleras color granate, en algún lugar que me dio la impresión de haberlo visto antes, no era la casa de nadie, no te lo podría describir. Era como si estuvieras en el séptimo cielo y descendieras a buscarme a mí para llevarme contigo. ¡Qué linda te veías! Pensé, o lo soñé despierto, no te lo podría asegurar, que estabas vestida para nuestro matrimonio. Fue una visión preciosa.

También pude—en esas circunstancias—analizar el parecido notable que tenías cuando te pusiste frente a la lente de la máquina del fotógrafo. Pero viendo aquel parecido de entonces a como eres ahora, puedo asegurarte de que a las fotografías les falta cada día más. Se tendrían que perfeccionar mucho para llegar a ser como tú, y cuando lo lograran, ya te habrías escapado. Y vuelta a empezar. Por eso es mi egoísmo de querer tenerte «fuera de circulación». No te martirizaré más con estos argumentos, ¡si quiere saber!

Deberé ser muy cuidadoso, con lo que te escribo, ya que he visto en tu casa mis cartas al alcance de todos ¿Me lo puedes negar? Los he observado, pero nada te he dicho para evitar discusiones. Lo más seguro es que se estén enterando de lo nuestro, de nuestros sueños, de nuestras tristezas, de nuestras alegrías y de nuestros anhelos imposibles. Deberías saber que lo que te escribo a ti, pues para ti es. No es que escriba nada en particular, pero podrían encontrarme más *estulto* o necio de lo que realmente soy.

§

—Un enamorado.

—Un tonto enamorado.

Debería existir algún tipo de tinta la que luego de algunas horas pudiera borrarse. En esos momentos del descubrimiento, me atrevería a escribir las cosas que ahora debo callar.

¿Vendrás, aunque sea por el día, en la pascua? Respóndeme a la vuelta de correo. No creo que te significaría una gran dificultad. Haríamos nuestro programa y para la vuelta, te iría a dejar a Valparaíso. ¿No te provoca?

No te olvide que en la noche de año nuevo te voy a ir a dar un abrazo muy fuerte. Tendrás que estar en casa, bien quieras o no... <¿Te fijas cómo salen mis dotes de actor?, el papel de marido lo voy aprendiendo a la perfección, como ya te vi vestida de novia para mí>.

Debo—en honor a la verdad—agradecer mucho a tu mamá por lo atenta que fue conmigo. Me sentí como un verdadero rey. Lo cierto es que hubo una repartición desequilibrada, me explico: mucha comida rica y buena para tan poco rey, pobre y malo. De allí el desnivel. Los sándwiches también fueron debidamente "guardados entre «pecho y espalda», ¿los preparaste tú? Antes de la media noche, el cartucho de papel estaba vacío. Eran exactamente las 11:30, habíamos llegado a Batuco.

Podría parar esta carta aquí o seguir escribiendo, pero antes debo tener la seguridad de saber si vas a continuar dejando mis papeles por ahí y allá. De momento, como tengo besos tuyos de reserva, no te pido más, pero me animo a enviarte algunos míos: xxxs... ∞ (¿Te acuerdas de este signo?). William

§

Santiago, martes 18 de diciembre de 1934

Mi querida viejita:

Ayer de mañana te coloqué en el correo una carta, supongo que ya te habrá llegado. Si me dices que te escribo de puro aburrido, me parece una bobería, ¿cómo se te ocurre eso? Si cuando estoy junto a ti, lo único que hago es ser feliz. You know Eileen, that your form and your soul are the spell and the light of each pass I pursue. Whether sunned in the Tropics, or chilled at the Pole, if my Eileen is there is happiness too, < sabes Eileen, que tu cuerpo y tu alma son el hechizo y la luz de cada paso que persigo. En el calor de los trópicos o en el frío de los polos, si mi Eileen está allí también está mi felicidad>. Hasta parezco un poeta.

Si tú te sentiste muy mal al verme partir, imagínate yo. ¡Maldito tren!, no, mejor no lo insulto, ya que es el mismo que me lleva de ida a verte. Es cierto tanto para ti que como para mí. Nadie podrá separarnos si nosotros estamos bien unidos.

Ayer fui a ver una exposición de cuadros en una galería de calle Estado: en la galería catalana. Un gran triunfo y acierto de una serie de muchachos estudiantes de bellas artes de Barcelona que vinieron hace algunos días a pintar el puerto de Valparaíso. Los cuadros los han expuesto en Santiago por la mayor capacidad de venta que existe en la capital. Son muy buenos, se vendieron todos, pero serán igualmente expuestos por una semana, <si vienes para Pascua, los podrás ver, aunque sea uno solo, te lo prometo>. Tienen bastante experiencia pintando el puerto de Barcelona, sus calles, la estatua de Colón, la Rambla... y en nuestro Valparaíso, les ha tocado una labor más chica, pero no por eso menos importante. También lograron captar muchos rincones hermosos. Acuérdate de que los perfumes buenos vienen en frascos chicos. Con este triunfo, el viaje de estudio que han hecho ha sido inmejorable. Allí me encontré con tu tío Tito, y me permití contarle que habías aceptado su invitación del hotel Cecil. No me dejes de mentiroso. ¿Cuidarás mi reputación?, ¿permitirás que ande por los suelos?, <no yo, mi reputación>. El tío Tito me habló del asunto, de una manera que era imposible decirle que no. Estaba deseoso, feliz de que estuviéramos. Me habló de las «relaciones públicas» que deben tener las parejas jóvenes para el futuro... bla, bla, bla. No sé, pero intuyo que tiene razón. Dije que sí. Intenta venir William.

§

Santiago, viernes 21 de diciembre de 1934

Eileen querida:

Practica una de las más convincentes formas de pedir permiso, para que te dejen venir los días entre *Pascua* y *Año Nuevo*. Es la oportunidad en que todo aquel que lo desee pasar bien, tendrá el anhelo de estar junto a la mejor compañía, que, en mi caso, eres tú, viejita linda. No son estas palabras «Sentimentalismos Vidriosos» o «Sentimental Nonsense», es la pura verdad. El tío Tito nos ha ofrecido pasar juntos una cena de pascua estupenda, la invitación continúa en pie, y se le agrega el año nuevo. ¡Si quiere saber! Si fuera adonde ustedes para el 31, siento que abusaría de la hospitalidad de tu mamá, y eso no lo quiero, para aprovechar ese «As» debajo de la manga... (¿?) Intenta por tanto acercarte tú hasta Santiago. ¿Por qué no me dices nada sobre esto?, ¿Por qué me abandonas cuando más deseo tenerte cerca? Siempre estamos en eternas idas y venidas, saludos y despedidas, me atormenta y me hace sentirme un desgraciado:

«Aunque me voy, no me voy,
Aunque me voy no me ausento.
Aunque me voy de palabra,
No lo hago de pensamiento» ...

—Esa es una estrofa de un lindo poema que leí en algún lugar, y que atesora entre sus palabras; verdades, que me hacen sentir protagonista de ella. Son como si las estuviera diciendo yo mismo para ti.

—Es un fandango de Francisco Barrera García.

—Ahora lo recuerdo, sí. Se llama Paco Isidro, artísticamente.

—¿Te gusta el fandango mi viejita?

—No especialmente, pero leí esto en un libro de poesías. Este cantaor nació en Huelva casi a fines del siglo pasado.

—También dice, otra parte:

«Y ardiente para querer
¡Ay!, tú eres fría para amar.
Y eres un mal vendaval.

Calor y frío a la vez.
Eres nieve en un volcán».

—Eileen, ¿No te sientes identificada un poco?: «nieve en un volcán».
—Pues no...pero hay otra parte que dice:
«Vete a Huelva por su gente
Vete a Huelva por su río,
vete a Huelva por su mar,
Vete a Huelva amigo mío».

—William, ¿no te sientes un poco «tocado»?
—Pues no.
—Decir: «vete a huelga», para los españoles, es decir, «vete a hacer puñetas», «vete a Bilbao», lo que para nosotros es «vete a la porra», «vete a la punta del cerro». No es que desee «mandarte a freír espárragos», es solamente lo que ese estribillo decía.
—Pero dice, además: «amigo». «Solamente me consideras un amigo?».
—Es solo la letra.

§

Nunca más me digas que te da—a veces—la impresión que me canso de tu compañía. ¡Jamás!, intentaré siempre alargar el tiempo en que estoy contigo. Una vez ya te dije que eso—aunque se quisiera—es imposible. Si tan solo pudiera robarles minutos a las cortas horas, y horas a los cortos días y días enteros al veloz calendario cuando estamos juntos, sería el mejor mago del mundo.

Si Tommy, ex- o ¡qué se yo!, pololo de la Amor te invita al biógrafo, no creo que debes sentirte autorizada para salir con él, me encargaré da hacérselo saber. ¡Si lo quiere saber! No me gusta y, por otro lado: ¿qué dirías tú si yo hiciera lo mismo con otra chiquilla? No sería justo, ¿verdad?, y lo peor de todo es que estaríamos rebobinando al revés. No creas que soy egoísta. A estas alturas de nuestra relación, más bien creo que debe ser así, <te vi vestida de novia para mí>.

He recibido una linda *tarjeta de pascua* por parte de Eliana. ¿Qué te parece?, ya he enviado mis saludos a los tuyos ¿Me enviarás alguna tarjeta a mí? En una nota adjunta a la tarjeta, me contó que había estado resfriada. Dile que ¡no salga tanto a callejear y que verá cómo no sufrirá una recaída!

Espero noticias tuyas, más que nada para saber lo de las fiestas de fin de año. William.

§

Santiago, sábado 22 de diciembre de 1934

Mi querida Eileen:

Con el mejor de los ánimos iré a Valparaíso a almorzar en casa de tu abuelita Si esa es la condición para que vengas a Santiago, está hecho. Tendré aquí todo arreglado conforme a lo planificado. Tu tío Tito me está ayudando con lo del hotel, y me ha dicho, «que todo está solucionado, que lo deje a su cargo». ¡Soy un tipo feliz! Ando como en las nubes.

Debes darle las muchas gracias a tu mamá por haberte dado un permiso tan largo, creo que ha sido el más largo de todas las veces. ¿Se habrá rendido? Y ya no nos enfrentará pelea. Conversaremos mucho de nuestro futuro, de nuestras vidas de todo lo que tú quieras. En mi casa hay un sospechoso silencio total, mis hermanos que estudian en Santiago andan mirándome en forma como que tuvieran algo que decirme, y no se atrevieran. Mis compañeros de pensionado, otro tanto y lo más raro aún, <y desde hace varios días que lo noto>, es que hasta mis amigos—los curas—me miran raro es como si dijeran: «adelante, haz lo que quieras». ¿Es cosa de mi imaginación?, ¿Me estaré volviendo loco? Habrás escuchado la frase que dice: «quien calla, otorga», eso mismo haré. Obrar conforme a mis deseos. <Mi corazón sobre mi mente>.

Viejita regalona, estoy ansioso que pase muy luego este par de días e ir a verte a Valparaíso al cerro Alegre a casa de tu abuelita, y que prepares allá una maleta muy grande y con tu hermosa sonrisa de

chiquilla amada, de chiquilla amadora, viajemos juntos a Santiago, en el primer tren de la tarde, para estar juntos en Santiago. No iré a casa, para que no me dejen «archivado». Aunque entiendo que andarán en San Felipe. No deseo ni comprobarlo, están muy misteriosos. William
PS: Felicitaciones a la Elsie por haber sacado el primer puesto en su curso y haber terminado el colegio con excelentes calificaciones en todos los ramos. Con las dos cartas que recibí de ti, enviándote esta, «quedo en deuda contigo en una carta». ¡Ya te la escribiré! No me gusta estar en deuda contigo.

§

El tiempo—eso muchas veces indefinible—tiene una capacidad de arreglar las cosas, mucho mejor—incluso—que cualquier pareja de enamorados. Los agobios, los tormentos de William, las constantes idas y venidas, los eternos adioses en los andenes de ferrocarriles; parecían llegar a su fin. Ahora era Eileen la que lo esperaba en el andén de El Puerto. Juntos en el auto de Eileen, conducido por William. Mejor que por ella—cabría señalar—subieron por la calle empedrada de nostalgia y pasado de *Tubildad, Los Catorce Asientos* del cerro Concepción los saludaron al pasar, la plazuela *San Luis*, teatro *San Luis*, donde tantas veces hicieron malones de beneficencia, calle *Monte Alegre 283* y—al fin—la casa de la abuelita. Muy contentos se pusieron de verlos tanto ella como la tía Katie. De su mamá no sabían nada. Era una especie de complicidad secreta. La abuelita los escondía en su casa, para que pasearan por el jardín y conversaran con los pelargonios, con las calas y con todas las plantas. Candy se acercó moviendo el rabito, era sintomático que quería—a su modo—dar la bienvenida a William.

Se despidieron con grandes besos. Un taxi los llevaría hasta la estación del puerto. Eileen llevaba una maleta, preparada por su mamá, mucho más grande que otras veces. Ni tiempo tuvo para ver lo que ella le había echado. William para evitar que se fuera a romper el encanto, apuraba la despedida, tomó la maleta de Eileen y la puso en el maletero del auto que los esperaba. ¡Debían irse luego!, antes que apareciera su mamá y se arrepintiera del permiso, o alguno de sus hermanos que, aunque le parecía que irían a San Felipe con sus papás, podría haber errado en sus cálculos, y echar por los suelos la escapada a Santiago. Debían irse ya, no podían esperar ni un minuto más. Prefería esperar en el andén la salida del tren. ¡Era urgente! Tenían que salir del cerro Alegre inmediatamente. Cuando William cerró la puerta del asiento de Eileen, y se disponía a subir al otro lado, por la esquina vio el auto de su papá doblando. Sintió un temblor en el cuerpo. Las manos le sudaban. El *Ford color caoba* venía bajando y los rayos de sol que se reflejaban en el parabrisas impedían ver quién manejaba. El auto descendía lentamente, de igual forma como cuando lo manejaba su papá. Los latidos de su corazón se aceleraban. Por primera vez sintió que—con Eileen—el tiempo estaba detenido o avanzaba en cámara lenta. El *Ford color caoba* venía dispuesto a detenerse detrás del taxi. Cada vez más despacio. Se detuvo a una distancia prudente, impidiendo la visibilidad a través del cristal. ¿Serian sus papás que lo estaban observando a la distancia?, no pudo pensar, reaccionó cuando Eileen le dijo que entrara. Él como un sonámbulo miraba cerro arriba por la calle *Montealegre* adonde el auto se encontraba. En unos segundos, la puerta del chofer se abrió, pero nadie estaba decidido a bajarse. Repentinamente, se abrió una puerta de la casa frente al auto. Venía bajando una empleada con una niñita de pocos meses. El hombre que conducía se bajó y cogió al bebé y lo entregó a la mujer, que ahora se dejó ver, al abrir la puerta; sentada en la parte trasera. William sonrió. Pensaba que estaba sufriendo de «delirio de persecución», por los síntomas que tenía. Eileen lo besó cuando entró en el coche. Comprendía perfectamente lo que le había ocurrido a su William. Sabía que el mejor tratamiento para él, eran sus besos. Le dio un *wee kiss* y William se sintió mejor.

§

El tren partió a la una en punto. Tenían presupuestado llegar, antes de las cinco a Santiago. Cuando pasaron por *Villa Alemana*, se sintieron y continuaron dándose *wee kisses*, con gran disimulo, pero sin poder resistir la tentación del corazón sobre la razón. Frente a ellos, suavemente se fue alejando el tren, y esa sensación en el corazón de William, de romper todo contacto con la adversidad. Ahora él estaba junto a Eileen y Eileen estaba junto a él. Se pertenecían de una forma muy singular y personal. Nadie les estaba impidiendo el viaje. Nadie estaba borracho. Nadie estaba dando bolinas. Nadie los interrumpía mientras sus ojos se miraban y sus corazones latían al unísono. ¡Todo era perfecto para ellos! Y ellos—al parecer—eran perfectos para todas las circunstancias que se les estaban presentando. Nunca había sentido William tanto gozo al viajar hacia Santiago.

Estaba decidido. Le comentó a Eileen, que estaba dispuesto a dejar de estudiar medicina. Dejaría la carrera de forma definitiva y total. La resolución era sin vuelta atrás. No le preocupara en absoluto que el silencio de los de su casa se transformara en barullos de mucho nivel. Eileen estaba a su lado y era cuanto necesitaba para enfrentarse al mundo.

—Te tengo una *llapa* cuando lleguemos al hotel —, le aseguró William a Eileen, y también le confirmó que el tío Tito era uno de sus cómplices. Eileen—por su lado—le confesó que también ella guardaba una sorpresa para él. Bastaba—por lo tanto—llegar a Santiago. El tío Tito los estaría esperando en la estación—según William pensaba—y juntos se irían en un taxi hasta el hotel Cecil.

Bajaron del tren cargando las maletas: maleta grande de Eileen, maleta más pequeña de William y bolsos de mano, en un carro hasta la salida, donde aguardaban los autos de alquiler. Cuál sería la sorpresa para William, que—a las primeras personas que vio—fue a sus papás que se acercaban hasta los trenes. Quiso hacerse invisible, pero la suerte ya estaba echada. Sus papás los habían visto y se acercaban, lentamente hasta ellos. William dio unos tiritones, abrazó más fuertemente a Eileen y continuó adelante. ¡Que sea lo que la fuerza de los dioses quiera! Nada podía detenerle, en ese momento. Nada podía impedirle que continuara con la decisión tomada. Él era la persona que debía proteger a Eileen, y haría perfectamente bien su papel de guardián. No era cosa de ser buen actor, era el papel que menos le costaría interpretar en su vida. Era el personaje definitivo para enfrentarse a todos. Amaba a Eileen, y no estaba dispuesto a perderla. No podrían matarle; sus papás lo querían. Ahí venían acercándose, lentamente. Nuevamente William sintió que el tiempo viajaba a un ritmo más lento de lo acostumbrado. Su corazón comenzó a dar latidos arrítmicos, en completa irregularidad. La gente en sus cosas normales en un andén de ferrocarril. Niños corriendo. Gente vendiendo. Los "lum-dum", sin ningún sentido rítmico de su corazón, se precipitaban desordenadamente, desobedeciendo el orden establecido por divina orden. La cosa se estaba poniendo de un color cuyos matices rompían la armonía de este arcoíris. Eileen junto a él, parecía esperar un accionar de William, pero él no atinaba a nada. ¿Qué podía hacer ella ante tal situación?, nada más que esperar una defensa por parte de William frente a posibles ataques—educados pero certeros—de sus papás. Ya estaban cara a cara. El papá lo miró muy seriamente, él hizo otro tanto. No hablaron, se podría asegurar que ninguno se atrevía tan siquiera a respirar. Ocurrió lo que no podían sospechar: el papá abrazó a su hijo y le dijo:

—Te quiero mucho y espero que sean muy felices con Eileen —, enseguida la abrazó a ella y también le deseó lo mejor. Al tiempo en que mamá e hijo hacían lo suyo, entre lágrimas de amor y emoción. ¿Qué había ocurrido? Nada más que la magia del amor entre todos.

Saliendo de la estación, los esperaba un auto *Ford color caoba;* este sí que era el de su papá. Las ciudades de Chile que paulatinamente estaban siendo visitadas por ese último modelo y color de auto. En él, todos se dirigieron hasta el hotel Cecil. Allí fue la gran sorpresa. Toda la familia los esperaba en una hermosa recepción. El motivo, fueron entendiendo paulatinamente: era un ágape para celebrar y festejar el matrimonio entre Eileen y William.

Estaba todo preparado. Se haría—conforme a las leyes chilenas—una celebración de un matrimonio civil, luego una eclesiástica. Un funcionario del *Registro Civil* haría el primer matrimonio, enseguida, un cura del pensionado celebraría la ceremonia religiosa, secundados por otros curas y por algunos estudiantes como Pierre Poisson y otros que ahí vivían. La comparsa musical estaba preparada para luego. Por parte de Eileen estaban: doña, Rhoda, Elsie, Harry, Mr. Brown, el tío Tito y la tía Winnie. A William lo acompañaban: el doctor, doña Laura, Alfredo, Enrique, Carlos, Fernando, Wilson y Bobby, con sus respectivas acompañantes, sus tías y primas. Habían venido algunas amigas de El Puerto, entre ellas la Amor y Tommy. Marta no fue invitada. <William comprendió el motivo que Tom tenía para invitar a Eileen al biógrafo: se trataba de alejarla de su casa en complicidad de doña Rhoda, para los preparativos de la boda>. Comprendió William las miradas de sus hermanos. También ellos se habían encargado de traerle ropa adecuada para lo que debía enfrentar, cosa similar había hecho doña Rhoda. El grupo podría haber sido más numeroso, pero no podía haber sido mejor para ellos. Toda la familia por ambos lados. ¡Qué felicidad!

Los: «si quiero» sonaron acompasados por los corazones de los contrayentes con una fuerza tal que las palomas que revoloteaban en la plaza de Armas vinieron a entonar los sones de la *Marcha Nupcial*, en los dinteles de las ventanas del salón de recepción donde estaban. Ahora les estaba quedando muy claro a William aquellas miraditas extrañas de sus hermanos, de los curas del pensionado. Tanto su papá como doña Rhoda se habían reunido—y en una decisión atinada— habían acordado que ambos se querían mucho, y que debían casarse. William estaba dispuesto a dejar la carrera, pero para poder independizarse, el famoso doctor Páez—amigo de su papá—le había ofrecido el cargo de ayudante del departamento de bacteriología de la universidad de Chile. Comenzaría el próximo año, el trabajo de *estudios-prácticos*, como currículo de estudios de la carrera de medicina, en que cada estudiante va definiendo su camino a seguir, lo avalaban. William tenía un sendero bien trazado: estudios más aliviados en cuanto a asistencia a cátedras si continuaba estudiando «laboratorista químico», y con un trabajo práctico remunerado, con un futuro muy prometedor. Pero él estaba decidido a dejar la carrera de medicina y no seguir estudiando más. Forjarse un futuro—como en un comienzo lo logró—

solitariamente. No le interesaba convertirse en un «matasanos» tampoco en un «laboratorista». En ese camino William agradeció al doctor Páez y argumentándole que él no era la persona más adecuada para ocupar dicho puesto y que tampoco deseaba vivir en Santiago. El doctor Páez le señaló que ese cargo precisaba de una persona como él, con gran capacidad de observación, buenos conocimientos de química, buena memoria, ordenado y por sobre todas las cosas, iniciativa e inteligencia. Reúnes, joven amigo William, todos los requisitos. William estaba aterrado con solo la idea de echar raíces en Santiago. Finalmente quedaron en que no. Y muy amigos.

Los regalos fueron muchos. Los principales: un gran cheque por parte del doctor con una escritura de un terreno, para que se hicieran una casa, cerca de la suya en el cerro Alegre. Unos pasajes en el carro dormitorio del tren, en el que viajarían al sur de Chile, hasta Cayutué, o hasta donde se podía viajar en ese tren <Temuco>. Había arreglado todos los detalles del viaje, su hermano Alfredo, quien le entregó un sobre con los apuntes debidamente señalados. Doña Rhoda entregó una tarjeta detallando una cantidad de joyas, y muebles que debían elegir entre ambos en la mueblería Beyes de Valparaíso y, además de joyas que trajo para la ocasión, otros recuerdos familiares para Eileen, además de un año de arriendo de una suite del hotel Prat de Valparaíso, mientras ellos deciden qué casa construirse. Y lo más importante, una carta para presentarse a hablar con el gerente general de la compañía *Carbonífera de Lota*, cuya gerencia estaba en Valparaíso. William debía hacerse cargo del departamento de relaciones públicas y de la radio de la compañía. Con ella debía comunicarse diariamente con los piques del mineral en la ciudad de Lota—al sur de Chile—en las cercanías de Concepción. En los tiempos ociosos, podía utilizarla para hacer trasmisiones en onda corta. 2BK, que era su registro. Con el tiempo, harían muchas salidas al aire, compitiendo con las radioemisoras oficiales de Valparaíso. William tenía los contactos adecuados para llevar a cabo su objetivo, como lo hizo. Este señor gerente había sido subalterno del abuelo de Eileen, Mr. Robert, cuando trabajó como ingeniero directamente contratado para la minera Lota, desde

Inglaterra. Medio para vivir y vivienda estaban solucionados. Tenían el amor, ¿se puede pedir más?

Como en la misma visión que William había tenido, Eileen venía descendiendo por las escaleras del hotel, del brazo de su tío Tito. Su elegante vestido de novia, <comprendía la razón oculta de doña Rhoda, de que Eileen se pusiera su traje de novia, por si había que hacerle algunos retoques>, con hermoso tul y larga cola, dejaba el encanto y donaire de su belleza y presencia. Sonreía con sus ojos mientras miraba a William. El granate del alfombrado de las escaleras hacía—si cabe—resaltar más aún su bello rostro de mirada celestial. Descendía desde el séptimo cielo a buscar a William. La ceremonia resultó un éxito más allá de las expectativas de todos sus organizadores. William vestido como casi todos, de un riguroso chaqué. Le pareció que su sueño continuaba, que no estaban juntos, que no era realidad, tuvo que mirar a su alrededor para darse cuenta de su yerro. Eileen continuaba descendiendo rodeada de una especie de nube. No era raro aquello, cavilaba William, venía del séptimo cielo, y en los cielos hay muchas nubes. No, era realidad, nunca más se separarían. Su pacto de unión que celebrarían ahora confirmando el efectuado por lo civil, rompía, incluso con el poder de su anillo de Mizpah. ¿Dónde estaría aquel anillo?, no le daría ahora importancia. La magia del amor es superior a todos los poderes y conjuros. Habidos y por haber. Estarían unidos hasta la eternidad misma, eso desconocido y por lo mismo atractivo. Eso que nos hace iguales a todos. Esa justicia divina. El anillo que ahora usaría sería un anillo de mujer casada, como un símbolo de estar fuera de circulación. La fiesta fue espectacular.

§

Todos se retiraron, unos al mismo Santiago, otros hacia El Puerto. Alfredo se había hecho cargo de traer las maletas a William. Quedaron solos. Quedaron como marido y mujer. Estaban en el cuarto preparado para ellos. Una fría botella de champaña con unas fresas con crema esperaba ser partícipes y cómplices de la mejor noche de boda que uno se pudiera imaginar. Y así sucedió. Eileen se encargó de entregar a William toda aquella felicidad que él estaba esperando. Todas aquellas cosas que él, calladamente les pedía a los retratos de Eileen en su pieza del pensionado. Fueron decididos, y callando aquel secreto. Eileen fue un "ardiente vendaval de calor y frío: nieve en un volcán". Pero no nos adelantemos, como si fuéramos los recién casados y quisiéramos—nada más— estar solos y juntos en la intimidad.

La verdad es que estuvieron cenando una cena espectacular:

«Crème Varsovie.
Latin avec Petit Pois à la crème ;
Et Pommes de Terre Anna.
Salade Veuve Joyeuse.
Fraises Giselle.
Fromages
Fruits.
Café et Liqueurs».

§

«Sopa Varsovia.
Conejo con guisantes a la crema;
Y papas Ana.
Ensalada Viuda Alegre.
Frutillas Giselle.
Quesos.
Frutas Frescas
Café y Licores».

Tenían un árbol navideño notable, pero nada les atraía tanto como el querer estar solos en su suite. El tío Tito, quien actuó como un papá para Eileen. Tenían una especie de conjuro. Entregarse los regalos de navidad. Uno al otro. El mejor regalo, sabían perfectamente, cuales eran, pero también tenían otros. Eileen le entregó a William un hermoso tocadiscos RCA, capaz de tocar tres discos si se le daba cuerda, y dos discos: «No es la misma cosa» y «Ámame esta noche». El primero era el que William vio roto en casa del profesor, al sur de Chile y el segundo, ninguno más adecuado para la noche de bodas. Esa noche los disfrutaron mucho. Con el tocadiscos, fueron muchas las salidas al campo donde posteriormente fueron juntos, comenzando por ese viaje al sur, como luna de miel. Escucharían muchas canciones, especialmente las de Maurice Chevalier: *Valentine, Ma ponme, Paris será toujours Paris, Mimi...* y tantas otras que los invitaba a mirarse y escucharse en silencio y con la complicidad lunar, amarse con pasión. Él—por su parte—le hizo entrega de un cuadro del paseo Yugoslavo, donde se veía la bahía del puerto de Valparaíso. Había sido pintado por Guillem Carboner, uno de los mejores artistas venidos en su viaje de estudios desde Barcelona. Había costado mucho muñequeo y dinero para poder adjudicárselo. La plata se la había dado como comisión de cobranza, por los reiterados trámites de su papá en Santiago. Pero Eileen se merecía todo lo que a ella le gustaba. Quedó feliz con aquel cuadro.

Para viajar al día siguiente a su *Luna de Miel*, tenían la ropa adecuada. Y las maletas que no se llevarían, y los regalos el tío Tito se encargaría de rescatarlas. En ese hotel estaban como en su casa.

Comenzaban a viajar hacia el sur de Chile.

Ambos estuvieron haciendo recuerdos que alguna vez, conversaron conocer juntos y solos, en el sur chileno. Un lugar misterioso en muchos lugares, pero siempre interesante y atractivo. Tendrían también la posibilidad de comprar, en la ciudad de Concepción, "lana", para que Eileen le pueda tejer a William muchos chalecos y chalinas, para todos los inviernos de la vida juntos. Hasta que Eileen, realmente sea una viejita linda, su viejita linda.

Luego de un largo viaje, de muchas horas, se detuvieron en el lago Llanquihue, sin nada de lluvia, con el sol brillando tanto como los ojos de Eileen o los corazones de ambos. Una juvenil alegría parecía cubrir todo: paisaje y naturaleza. Es la belleza de los amores jóvenes realizados. Los volcanes estaban ante las miradas de ambos: el Villarrica, el Calbuco, el Puyehue, el Osorno. Navegaron en el

Translago, iban pasando Puyehue. Cada vez se iban acercando más a los pies del volcán, majestuoso e imponente. ¡Qué belleza!, decía Eileen a William, y él le aseguraba que la belleza mejor del lugar quedaba aminorada con ella, con el brillo de sus ojos y que era exclusivamente él quien podía decir eso, ya que era él quien tenía ante sus ojos su belleza. Pasaban por la playa Venado con sus arenas finas y doradas, protegidas por los pinos y rodeadas de pircunes y zarzamoras, donde las cacatúas parecían venir junto a los gorriones y jilgueros a verlos y darles la bienvenida. Todos cantaban y revoloteaban por los aires. Escribían con sus alas en el pentagrama de los cielos, la melodía interpretada. Eileen—con el tiempo—escribió aquella música enseñada por habitantes de los aires, y William le escribió una letra muy adecuada a la ocasión. Aún se escucha por las radioemisoras de Chile, como una canción de auténtico folclor, nacida de la alegría de los corazones de dos enamorados que se pertenecen mutuamente. Divisaron *Los Riscos*, al rato después *Ensenada*. Al llegar al embarcadero de Ensenada, con todo su equipaje, los esperaba el profesor Wolffhügel. Se veía de mejor aspecto que la primera vez que William lo conoció. El poder del tiempo pensó William, que todo lo pone en el mejor de los sitios posibles. ¡Cómo podía negar ese poder viéndose a sí mismo ahora casado con Eileen y en plena luna de miel! El profesor ya tenía 65 años, su barba vestía de una tonalidad blanca-suave. Estaba más alegre no ya tan ausente. Siempre dinámico y su afición a los insectos, como pudieron comprobar luego, continuaba con mayor entusiasmo. Los estaba esperando con un chofer y un todoterreno, donde viajaron los 16 kilómetros hasta llegar a Petrohué. El lugar le pareció a William que lo estaba viendo por primera vez, y de alguna forma era así ya que tenía una visión muy diferente a la anterior que hizo con sus papás. El verdor de los diferentes árboles y arbustos: eucaliptos, ulmos, alerces, pataguas, escoltados por los maquis, pircunes y zarzamoras tenían una tonalidad que ni tan siquiera Guillem Carboner podría lograr con su paleta de óleos, pensaba William. Desde Petrohué, se fueron en la lancha rápida del profesor Wolffhügel. Los salmones saltaban fuera del agua a saludarlos, Eileen podía—incluso—hacerles cariño en sus lomos. Las truchas lo siguieron luego durante el resto del viaje, que duró unas tres horas. El lago parecía una taza de leche—quieto y suave—sin siquiera una brisa que hiciera mover a la lancha más de lo necesario. El motor tampoco deseaba despertar la tranquilidad ambiental. Llegaron a Petrohué, y desde allí, los tres kilómetros siguientes los hicieron en una camioneta, de propiedad del profesor. Llegaron a casa. El equipaje lo dejaron en la última cabaña—la mejor—la más aislada, y con una gran chimenea por si bajaba mucho las temperaturas en las noches. En el sur de Chile, pasan las cuatro estaciones en un solo día. Hubo pequeños intercambios de regalos en la gran sala central al calor del fuego encendido del fogón, que era capaz de mantener la casa a una temperatura agradable, a esas horas de comenzar la tarde, cuando el termómetro comienza a descender.

De un chinero, una alacena esquinada, sacaron chicha, <antes, nada de eso tenía el profesor>, y brindaron por los recién casados. Su mujer, el cuñado y su hermana con los tres hijos estuvieron muy gratos de conocer a Eileen y miraban lo elegante que vestía. Estaban muy bien vestidos, aunque llevaban ropas adecuadas para la ocasión campestre, era el estilo. La última moda de Santiago, y cuando se dice de Santiago de Chile, se está diciendo de Madrid, que es donde se marca la pauta de la moda que tocará en las diferentes capitales de los países sudamericanos. Los insectos, los pumas y las aves del entorno se hacían sentir junto a los grillos de la habitación. Venían todos a dar la bienvenida a Eileen.

—¿Qué pasará? —, preguntó en voz alta el profesor.

—Nada —replicó William—lo que sucede es que donde está Eileen, todo se transforma en alegría. Y todos brindaron saboreando un delicioso pastel de higos que había preparado la dueña de casa.

Los bosques vírgenes—cuyos orígenes aún eran desconocidos—junto a los ríos y cascadas, continuaban escondiendo misterios y enigmas. A través de la ventana, mirando todos hacia afuera, vieron detrás de un olivo, la silueta *media-aparecida* o *media-escondida* de Chulín. William cogió la mano de Eileen y la condujo decididamente afuera, ante los ojos de todos a través de los cristales.

Continuaba siendo un hombre muy tímido y mágico, estaba con una rama de olivo en su mano izquierda. Eileen extendió su mano para saludarlo <William los había presentado: Eileen te presento a Chulín; Chulín te presento a Eileen: parecía una rima>. Él le cogió la mano y algo buscaba con sus ojos, luego le toma la otra, continuaba buscando algo. Buscaba el anillo de Mizpah, entendieron luego William y Eileen ya que él observó mucho el anillo matrimonial que ella llevaba puesto en el dedo anular de su mano izquierda. Ella y William se miraron con estupor, desconcierto y—por qué no decirlo—con cierto nerviosismo. Poco a poco Chulín, comenzó a levantar la vista y a medida que lo hacía, iba soltando las manos de Eileen. El rostro adusto de Chulín se fue transformando cada vez más suave y tierno. Cada vez más, en que su mirada llegaba hasta el rostro de Eileen. Cuando se cruzaron las miradas ocurrió algo fantástico, por primera vez—que se tenía razón— lo vieron sonreír y repentinamente comenzó a golpear con su rama junto a los pies de William y Eileen, una y otra vez a medida que decía: «Arrecunquichi, malaca, guachapa, tai, tai», aquella poderosa frase en mapudungun, con que los mapuches logran comunicarse con sus espíritus para alejar a todos lo que puedan perjudicar a las personas vivientes. «Arrecunquichi, malaca, guachapa, tai, tai», volvió a irrumpir el ambiente. Esa magia se entendía perfectamente por los antepasados de Chulín un tanto poderosos dentro de las tribus indígenas. ¿Se habría comunicado el anillo de Mizpah con algún espíritu y este con él?, ¿sería motivo la pérdida del anillo, un algo para romper la felicidad eterna que ellos se profesaban? William, conjeturaba mucho, era un poco los residuos de su delirio. Dejaría de pensar que pudiera algo o alguien que fuera capaz de romper aquella felicidad que ambos de prodigaban. Finalmente, William sacó de su bolsillo un pequeño regalo para Chulín, el que abrió de inmediato, era una linterna que se podía recargar con la corriente generada por los motores de la casa del profesor. Y Chulín se alejó. Pero, repentinamente reapareció y le preguntó a William:

—¿Qué quisieras ahora? — William le respondió:

—Quisiera tener mi lapicera fuente para escribir parte de mi futuro —y Chulín desapareció.

Ya dentro, el profesor le dijo a William:

—Tendrán un amigo para toda la vida, y él te devolverá el regalo que le acabas de hacer—algún día—te lo aseguro joven amigo William. Todos se fueron a sus dormitorios.

§

Año 1980

Valparaíso, domingo 9 de noviembre de 1980

William estaba aletargado, abatido por el más grande de los pesares, por el dolor más intenso a que despiadadamente está sometido el hombre. Es una—ley de vida—que quien toca los umbrales de la ella al haber nacido, irremediablemente entra en los dominios de la muerte. La *vida* y la *muerte* son parientes, como la *noche* y el *día*. La vida podría ser todo, ya que es nuestra propia existencia, y la muerte, la nada, lo desconocido, el gran misterio. Aunque lo peor que podría sucederle a William, era morir en vida, era como una prueba final de limpieza espiritual por todas las faltas a su pacto cometidas en vida. A su pacto de amor con Eileen. Ahí estaba enfrentando su castigo, su muerte en vida. Frente a sus ojos, Eileen, en la fría camilla de mármol del hospital alemán, esperando a que los de las pompas fúnebres llegaran con el ataúd.

Frente a la inexorable fuerza de la ley de la naturaleza, nos toca someternos. Ver pasar, ir y venir, a unos y a otros, hasta que nos toque el turno a nosotros. Es una verdad tan antigua como el mundo que siempre será dolorosa y terrible no tan solo para los muy espirituales, también para los más empíricos materialistas.

William escribió con lágrimas en sus ojos:

Mi Querida viejita:

Te estarás dando cuenta que es la primera vez que te escribo diciéndote «viejita», y que realmente lo pareces físicamente. Tienes un hermoso rostro de viejita. Una sonrisa de amor y agradecimiento por lo tan poco que te ha tocado vivir y lo mucho que te ha tocado sufrir. Siempre has sido una mujer agradecida, y es tu forma de estar enfrentándote al más allá.

»Voy a relatarte mi vida, para que veas como la fui viviendo. Para que sepas que siempre fuiste mi amor. Para que sepas que siempre estaré contigo. ¡Hay que dolor más grande existe en mi corazón!, es un dolor superior a todas las horas pasadas en soledad en aquella pieza del pensionado, en Santiago. Esto es superior. Duele mucho. ¿Por qué te fuiste antes que yo?, ¿por qué me has hecho esto?

»Te escribiré esta última carta. Te la estaba debiendo, por primera vez deseo pagar urgentemente esta deuda. Son tantos años atrás que te la debía desde el lunes 5 de noviembre de 1934, tengo buena memoria aún, y tú nunca me la cobraste. He fallado a nuestro pacto, pero sé que tú me perdonarás como siempre lo has hecho. En el crepúsculo de la vida, las personas famosas e importantes, suelen escribir sus memorias. Eso pretendo hacer yo. No es que haya sido famoso para otras personas y mi importancia está, únicamente por haber sido un hombre afortunado de haber tenido el privilegio que un día de Pascua, de 1934, me aceptaras para casarte conmigo. El resto, bueno, el resto, a no ser por los hermosos cuatro hijos que me diste, ha sido poco más que nada. Fuera de ti, fuera de los hijos que me diste y de los que me ayudaste a criar; ha sido nada. Nada me ha ocurrido en la vida. Nada más que ella misma, la vida.

»Tuvimos una larga *Luna de Miel*, que duró hasta que mis dolores de cabeza se fueron profundizando y me hicieron actuar de una manera que no hubiera querido, pero por ser un hombre que subordino las cosas de la mente a los dictámenes del corazón, he sucumbido a lo más ingrato, a lo más desleal. Te engañé. Y no lo hice con cualquiera, lo hice con la que más te dolía, lo hice con Marta. Ella fue siempre el motivo de muchas discusiones entre nosotros. Te había prometido que la dejaría, nunca te cumplí; y tu siempre me perdonaste, ¡Qué generosa eres! ¡Qué generosa fuiste! Lloro por saber que nunca más estarás conmigo. ¡Cómo te quiero! Cuando todo iba tan bien, yo caía en mis egoísmos y te engañaba. No quería hacerlo, pero tú siempre me perdonaste. Teníamos a nuestros cuatro hijos: Jacqueline, una hermosa niña que nos llenó la casa de paz. ¡Qué felicidad me daba verte jugando con ella! Temía siempre que algo, o alguien pudieran romper el encanto. Era mi constante temor. Luego nos vino a acompañar Walter, enseguida Lawrence; ¡Nos estamos llenando de gente!, nos decía Jacqueline con sus ojitos de princesa. Finalmente, como un sello de perfecta felicidad, vino Verónica. Regalona, mimada, juguetona y con una eterna sonrisa de oreja a oreja, la segunda princesita de la casa.

»Hasta ahí todo iba bien, pero mi mente volvía a ser subalterna de mi corazón: me encontré con Marta. Yo sé que ella siempre había estado enamorada de mí. Tú Eileen, te dedicaste a nuestros hijos con tal ímpetu, que a veces me sentía solo. Y esta ficticia soledad, la dejé madurar, sabiéndola irreal, estaba tentado con una fuerza diabólica: quise engañarte con Marta. Y lo hice, no tan solo lo hice, sino que además tuvimos con ella dos hijos: Álvaro y Daniela. Dos niños inocentes de todo lo ocurrido con sus papás. Inocentes de la traición—a conciencia—de sus padres contigo, mi querida viejita. Tú que fuiste tan buena durante toda tú vida. Que fuiste tan generosa. ¡Qué injusto fuimos contigo! Y comprendiendo la vida, al pasar yo la mía, y tú traspasar la tuya— que a veces—aquí mismo se pagan las injusticias de nuestras acciones. Ella, murió pronto. Fue mi ilusión pasajera y yo, estoy pagando ahora, cuando te veo muerta sobre este frío mármol. Alguna vez te dije que no sería capaz ni tan siquiera verte muerta, y mírame ahora. Recuerdo el miércoles 24 de octubre de 1934 te dije que «nunca podría imaginarme perder a mi viejita. Que no podría verte muerta, que sería terrible». Y mira ahora. ¿Será un sueño de esos donde yo acostumbro a soñar despierto?, ¿me estoy engañando a mí mismo como siempre lo he hecho? Tiemblo de llegar a comprobar que estás realmente muerta. Me da escalofríos.

»Pensé en mi vida que los deseos de mi corazón me acompañarían toda mi vida, y así ha sido hasta ahora que has fallecido. Me conociste mejor que yo a mí mismo. Siempre me decías que el corazón mandaba en mi vida, más que la razón. Me arrepiento de algunas cosas que hice y que sería muy largo listarlas; como tú las conoces y siempre me perdonaste. Cuando joven decía que no había que arrepentirse de las cosas que uno hacía, que debería arrepentirse de las que pudiendo haberse hecho, habían quedado sin hacer. ¡Cuán equivocado me encontraba!

»Has vuelto a tu séptimo cielo. Y aquí en la tierra, nos diste una lección a todos. Una lección de cómo se debe vivir la vida, para no perder ese lugar privilegiado y guardado por los dioses para aquellas almas capaces de dar, con generosidad, sin una pizca de mezquindad. Fuiste una mujer amante y amada. Fuiste una madre ejemplar, diste tu vida por tus cuatro hijos: Jacqueline, Walter, Lawrence y Verónica. Y no te detuviste ahí, también recogiste con amor a Álvaro y Daniela y los criaste. Los niños son inocentes, me decías y los criaste bajo tus alas. Con amor y generosidad. «Estos niños también son míos», me aseguraste, y «que también es mamá la persona que los cría, no únicamente la que los dio a luz». ¡Qué buena fuiste! Y ¡Qué mal me porté contigo! Siempre me perdonaste, ¡si quiere saber!

»Han llegado muchas personas a despedirse de ti. Están en la capilla del hospital. Aquí, estamos solos. Vendrá pronto tu féretro y lo sellarán para que viajes hacia la eternidad. Una de las personas vino como un deudor contigo, a lo mejor debiera decir con nosotros. Es Horacio Rodríguez, ha traído tu anillo de Mizpah. Aquel anillo que ya casi lo habíamos olvidado—pero que—probablemente, de haberlo tenido puesto, nuestros destinos hubieran sido otros muy distintos. ¿Estaría escrito así? Toco tu mano para ponerte el anillo y siendo que las tienes frías. Pero comienza a actuar una de las magias del anillo de Mizpah. Tu mano se va entibiando. Parece querer decirme algo. Esa sensación de calor producido por el anillo me dice que muy pronto estaremos juntos. Espérame en el más allá, guárdame un lugar junto a ti y los dioses. Sé que estaré junto a ti, tu siempre me has perdonado. Con este anillo, el anillo de Mizpah como un anillo de compromiso para el más allá, te dejaré «fuera de circulación» en esos lugares donde estarás. Que todos sepan que la viejita regalona es mía, de nadie más. Es el último egoísmo que me puedo permitir. Estaremos siempre juntos.

»Pondré esta carta entre tus manos, pero te contaré todo lo que dice, por si es que mi letra, tiritona ahora, impide que puedas leerla. Me ha salido más irregular que aquella vez que te escribí en un tren, para acompañar mi soledad—que creía entonces—la peor de todas. ¡Qué equivocado estaba en aquellos días! Cada cosa en la vida tiene su dimensión y las dimensiones son relativas. Dependen muchas veces del prisma con que se miren.

»¿Te acuerdas de aquel cuento cuya protagonista se llamaba Eileen? La historia estaba en una revista que me dejaron unas profesoras norteamericanas, huéspedes en la casa del profesor Wolffhügel. Ella—como tú—se entregaron al amor, sin pensar siquiera que era lo que les convenía. Me aseguraste que en el amor no hay que buscar la conveniencia. ¡Qué lección acerca del amor!, que lección acerca de la vida nos has dado a todos. De alguna forma—pienso—también tú actuaste conforme a los designios de tu corazón. Amaste y amaste, nunca pensaste en recibir, siempre entregaste todo de ti, a todos los que te rodearon, a mí más que a nadie, el que menos lo merecía, ¡si quiere saber!, pero tú siempre me perdonaste.

»Hay algo que nunca he aprendido, por lo innecesario que lo creí: aprender a vivir sin ti. Hoy—sin saber hacerlo—debo enfrentarme a esta tarea. Nuestros hijos, los seis, como siempre pensaste, me prometieron ayudarme. No te preocupes. Una vez, en mi vieja pieza del pensionado, te dije que estaba muriéndome poco a poco: Sin comer y llorando por mi soledad. Hasta que tú me escribías una carta cariñosa, y se me iba la pena. Ahora que, con esta carta, estamos empatados en «nuestra contabilidad», no recibiré otra tuya. Subrayo «nuestra contabilidad» para destacarte que es el principal motivo—ya que de no ser así—creo en los milagros y esperaría aún, después de muerta, otra carta tuya. Te moriste sin siquiera avisar. Anoche te di un beso de buenas noches, y en la mañana, te habías dormido para siempre. ¿Me escribirás desde el más allá?

»Tu mamá me dijo un día, que yo no te convenía. ¿Sabes?, cuando pienso en eso que me dijo creo que realmente tenía razón. Pero siempre fui incapaz de alejarme voluntariamente de ti. Prefería que tú lo hicieras por mí. Eso—sabía de alguna forma—que nunca sería algo que tú hicieras. Motivos sobraba: tu consabida generosidad y tu amor incondicional por mí. ¡Cuánto me amabas! Y yo despreciando aquel amor. ¡Qué necio, que torpe! Merecería estar en tu lugar, para alivianarte el camino en lo desconocido. Pero, claro, hasta después de muerta eres generosa, el trabajo te lo darás tú.

»Te encargaste de todos los detalles de nuestro hogar. En cuanto a la casa, también fuiste la persona que ocupó su vida para velar en la comodidad de todos los tuyos. Nunca renunciaste y ni te amargaste ante la adversidad. Fuiste mucho más segura que yo, y eso hizo que descansara en ti. Siempre solucionabas los problemas. Hiciste un «matriarcado» en tu casa. Algo muy cómodo para todos, pero no supe que también te cansabas. Fuiste muy buena, siempre me perdonaste.

»Cuando nuestra casa estuvo construida, plantaste un olivo. Ahora este árbol ha crecido muchos metros, y estoy seguro de que continuará ya que es un árbol que vive muchos años, casi como la eternidad misma, ese lugar adonde te diriges. Creíste siempre en la magia de Chulín y su ramita de olivo. La capilla está llena de ellas. Chulín, seguramente ahora será el monaguillo de la iglesia donde vive, quizás, nunca más lo podré ver, aunque me gustaría. ¿Habrá sabido que te has muerto? Recuerda que las personas con esos poderes espirituales logran comunicarse con dimensiones desconocidas para todos los vivientes, para todos los mortales. ¡Si quiere saber!

»Siento ruidos desde afuera. Parece que llegan con tu ataúd, para ponerte adentro y llevarte hasta el altar de la capilla. ¡Qué tristeza más grande! Estoy llorando de desesperación, que estás en un lugar donde yo no estoy. ¡Qué será de mí sin tu compañía! Me moriré de pena. Mis años de estudios de medicina me confirman que no podré durar mucho tiempo sin ti. Eras todo en mi alma y te has ido. Estoy llorando, es una de esas pocas veces que siento que el tiempo se detiene. El carro con tu ataúd continúa acercándose, pero no llega. Tenemos otros segundos para estar juntos. No puedo atajar mis lágrimas, se deslizan por mis mejillas en una búsqueda y con una mezcla de tristeza y rabia por tu partida. No podré decirte que quiero que me cuentes todo, absolutamente todo lo que haces: con quién te juntas, con quién sales, con quién vas al biógrafo. ¿Habrá biógrafos adónde vas?, ¿darán películas de Maurice Chevalier? Lo único que sé, es que es un lugar perfecto, y en los lugares perfectos existirán todas las cosas perfectas. Maurice Chevalier fue un artista que estará ahí esperándote para cantarte sus mejores canciones, nos cantará a ambos cuando estemos juntos y para siempre.

»¿Te acuerdas cuando nos visitó en Chile, Chevalier? El viernes 16 de agosto de 1968, y fuimos a verlo actuar. No fuimos a verle a Francia, pero él vino hasta Chile a cantar algunas canciones, «vino a vernos», como suelo decir. Todavía me acuerdo de que lo iba a entrevistar en el lugar donde dio una conferencia de prensa. Esa es otra cosa que te debo a ti. Dejé los estudios de medicina y también me dediqué al periodismo. Gracias a tu ayuda: traducías y hacías clases de inglés. Tú y yo, ¡qué bien habíamos comenzado! No me olvido, estaba hablando de Chevalier. Cuando iba—acompañado contigo—a entrevistarlo, al verlo tan cerca, se me vino el mundo abajo. Estaba completamente incapacitado para cumplir con mi trabajo. También ahí estabas para tenderme una mano. Tú le hiciste la entrevista y le conversaste, primero en inglés y enseguida en francés. ¡Todos se quedaron callados!, hasta él mismo no podía comprender cómo se podía saber tanto de sus canciones y películas, en este país tan lejano de su París natal. Al día siguiente escribí en el periódico:

«Una estrella cae sobre Santiago». Un gran premio recibí por ese artículo—que en parte—también te lo debo a ti.

»Nos va quedando muy poco, están del otro lado de la puerta, en cualquier momento se abrirá. A ver si alcanzo a seguir contándote lo que te escribí.

»Ya no deseo vivir. No soy un cobarde, pero siento que al otro lado estás tú, y es ahí adonde quiero estar. Nuestros hijos ya están encaminados en la vida. Espero que ninguno sufra de un amor irrealizable. Que ninguno llore más de lo necesario por un amor, y que todos puedan tener la tranquilidad en la vida y que—con aquella tranquilidad—no me juzguen muy duro, aunque me lo merezca por haberlos hecho a ellos—en cierta forma—desgraciados. Que puedan vivir plenamente hasta que Dios diga: «hasta aquí has llegado», y nos llame a su presencia. No tengo miedo de partir, y tampoco creo que mis hijos me castigarán con una mirada dura, ya que tú los criaste con tu amor, y tú me perdonaste.

»Un día te prometí que te recitaría la última estrofa de una poesía de Amado Nervo: «Seis meses», ¿te acuerdas?, si la memoria privilegiada que tengo no me falla, te la recitaré. Estaba en un libro que pedí en la Biblioteca Nacional, único lugar en Chile dónde está ese libro. Querías que te la recitara—no pensaba hacerlo—pero como siempre estaré en deuda contigo, y pensando. ¡Perdóname si lloro, no me puedo contener! Que esta promesa debo cumplírtela, te la recitaré.

«Y tú que me querías, tal vez más que yo te amé,
Callas inexorables, de suerte que no sé
Sino dudar de todo, del alma, del destino,
Y ponerme a llorar en medio del camino.
Pues, con desolación infinita evidencio,
Que detrás de la tumba fría, ya
no hay más que silencio».

»Mi querida viejita, tienes la carta entre tus manos, lloro con una gran pena en mi alma, te daré mi último *wee kiss*. Es para ti, para que tengas muy buen viaje y me esperes allá donde estés. Te amo y te echaré mucho de menos.

PS: Cuando terminé, seguramente se dará vuelta la manivela de la puerta, y estarán aquí, en ese momento me iré. K. H. And S. William

§

Chulín se le apareció primero y secretamente a William, y le preguntó:

—¿Qué quieres ahora? —. William sencillamente respondió:

—Tener una goma para poder borrar parte de mi pasado.

Y desapareció.

§

Seis meses después

William estaba rodeado de sus seis hijos alrededor de su cama: Jacqueline, Walter, Lawrence, Verónica, Álvaro y Daniela. Sabía perfectamente que estaba expirando, sus conocimientos de medicina, los aplicaba para sí mismo. No tenía miedo, se volvería a reunir con su viejita regalona. Eileen lo estaría esperando con sus brazos abiertos. Estaría en el «Séptimo Cielo». Viviría allí con ella toda la eternidad. La perfección de la vida es la muerte. No se le debe temer, se la debe conocer, aceptar y ser feliz cuando nos llegue el llamado.

Los ojos de William estaban abiertos, muy abiertos, su respiración se estaba haciendo muy dificultosa. A ratos se cortaba, para luego, en un suspiro ahogado, respirar con toda la fuerza que sus cansados pulmones podían. Seguía mirando a su alrededor. Sus hijos no entendían qué le pasaba a su padre El médico ya había salido del cuarto, «el deceso es cosa de minutos», aseguró. Pero las personas no tienen el real conocimiento de lo que es el tiempo. No es algo que avanza y avanza en un reloj. El misterio del tiempo es algo dimensional. Creemos comprenderlo, creemos conocerlo, pero pasa a nuestro lado y ni siquiera somos capaces de detenerle. El tiempo va a la velocidad que a él se le antoja. Es independiente de nosotros. El tiempo es eso: tiempo. Afuera se veían las ramas del olivo. El día estaba en su apogeo y el sol brillaba. William sonrió. Ninguno veía nada, pero los ojos de William sí. Estaba viendo a Chulín. Golpeaba fuertemente con una rama del árbol, a su propio tronco, mientras decía, una y otra vez: «Arrecunquichi, malaca, guachapa, tai, tai», la poderosa frase en mapudungun, tantos años conocida por William. Era una bienvenida. También estaba ayudándole para que se encontrara con Eileen—es más—parecía que se lo estaba anunciando. Unos gorriones bajaron a hacerle compañía a unos jilgueros y todos corearon a Chulín, y parecían decir también: «Arrecunquichi, malaca, guachapa, tai, tai». Chulín le hizo un regalo en agradecimiento por la linterna.

A William le estaba llegando la hora para partir. El reloj de pared estaba marcando cinco minutos para las doce. ¿Cuánto le quedaría de vida? No importaba, lo que verdaderamente importaba era estar pronto al lado de su viejita linda, su viejita mimada, su viejita con anteojos.

Había pasado un nuevo minuto, uno menos contabilizaba William en su mente

Con un deseo de eternidad, pidió que le pusieran un disco en su viejo tocadiscos portátil, un disco de Chevalier: «Ámame esta noche», y lo hicieron.

Pasó un nuevo minuto. William presintió que le quedaban tres minutos, debería morir justo a las doce—al medio día—deseaba en ese instante que su alma comenzara el viaje hasta adonde se encontraba Eileen.

Un nuevo minuto había pasado, estaban quedando menos. Sus ojos miraron hacia el cielo de la habitación, buscaba encontrar el «Séptimo Cielo», ¿podría hallarlo?, ¿Estaría Eileen esperándole como le pareció entender en el mensaje de la fugaz aparición de Chulín?

Debía intuirlo ya, acabada de pasar otro minuto, ya no había tiempo para casi nada. Su corazón comenzó a latir a una velocidad inesperada, su respiración se estaba haciendo muy fatigosa. Un sudor frío estaba envolviéndolo desde los pies a la cabeza. Continuó mirando al cielo de la habitación, continuó buscando una respuesta que le permitiera saber—a ciencia cierta—el resultado de sus últimas preguntas. Comenzó a verlo claro. Frente a la pantalla de sus ojos estaban los años 1932, 1933 y 1934. Se veía viajando constantemente en tren, adioses en los andenes, buscaba a Eileen, pero ella no aparecía en esta búsqueda. ¿Se había ido hasta de su recuerdo?, ¿nunca más se podrían encontrar? Ya no tenía tiempo, no se podía esperar más, el segundero del reloj avanzaba. Deseaba robarles segundos a los minutos, pero sabía que el tiempo es algo que no se podía detener por antojo. Que el tiempo se detiene únicamente cuando él lo desea. Volvió a mirar al cielo del cuarto, una nube confusa comenzó a emerger de la nada, e hizo su aparición la figura hermosa de Eileen. Estaba más bella que nunca, vestía su traje de novia, solamente la podían ver las personas espirituales, y William ya lo era. El reloj de pared dio las doce.

FIN

Printed in Great Britain
by Amazon